야구란 무엇인가

야구란
무엇인가

김경욱 장편소설

문학동네

차례

1

마이크를 쥔 사내의 얼굴이 굳는다. 사내는 지금 가장 싫어하는 곳에서 제일 싫어하는 일을 하려는 참이다. 노래방에서 노래하기. 한솥밥을 먹고 한 지붕 아래서 잠자는 동료들 앞이지만 어색하기만 하다. 마이크가 아니라 아령이라도 들고 있는 것 같다.

저 여자 때문인가. 사내는 맞은편 소파에 다리를 꼬고 앉아 있는 여자를 흘깃 쳐다본다. 짠돌이 팀장이 선심 쓰듯 부른 도우미. 여섯 마리 일벌을 거느린 여왕벌. 과장되게 부풀린 파마머리, 말라버린 밀가루 반죽 같은 얼굴, 밀가루 반죽에 박아넣은 건포도 같은 눈. 나이를 짐작할 수 없다.

팀장이 귀엣말로 속삭이자 여왕벌이 웃는다. 파마머리가 웃고 밀가루 반죽이 웃고 건포도가 웃는다. 사내의 얼굴은 더 굳어진다. 여왕벌이 사내를 쳐다본다. 사내는 나쁜 짓을 하다 들킨 것처럼 당황한다. 누군가를 훔쳐보는 것은 나쁜 짓이다. 어머니가 말하지 않았던가. 다른 사람을 빤히 쳐다보지 마라. 눈에는 눈이라 안 하든. 눈은 눈을 부른당께. 초등학교만 다녔지만 어머니의 머릿속에는 깜짝 놀랄 말들이 잔뜩 쟁여져 있었다.

어머니한테 꾸지람이라도 들은 듯 사내의 불알이 쪼그라든다. 여왕벌의 얼굴에 언뜻 호기심이 어린다. 밀가루 반죽에 열기가 노릇노릇 퍼진다. 건포도가 부풀어오른다. 부풀어오른 건포도가 자부심으로 빛난다. 난 아직 죽지 않았어.

여왕벌은 이제 노골적으로 사내를 쳐다본다. 숨을 헐떡이는 사냥꾼을 위해 잠시 멈춰 선 사냥감의 도도한 눈빛. 사내는 식은땀을 흘린다. 때마침 익숙한 멜로디가 들려온다. 누군가 사내의 애창곡을 입력한 것이다. 사내는 달아나듯 노래방 기기 앞에 선다.

화면에는 남국의 해변이 펼쳐진다. 사내는 헛기침을 한 뒤 노래를 시작한다.

당신은 사랑받기 위해 태어난 사람
당신의 삶 속에서 그 사랑 받고 있지요.

처음 이 노래를 들었을 때 사내는 모욕이라도 당한 듯 불쾌했다. 사랑받기 위해 태어난 사람이 있다면 사랑받지 않기 위해 태어난 사람도 있다는 건가. 사랑받지 않기 위해 태어난 사람이 있다면 꼭 자기일 것만 같았다. 불쾌함이 가라앉자 오히려 홀가분한 기분이 들었다. 그리고 저도 모르게 그 노랫말을 흥얼거리게 됐다. 가려운 데를 긁는 심정으로. 손톱자국으로 피범벅이 된 부위를 벅벅 긁는 기분으로. 당신은 사랑받기 위해 태어난 사람. 음정과 박자가 서툰 사내조차 만만하게 따라 부를 수 있는 노래였다. 무엇보다 그 노래를 부르고 나면 사람들은 더이상 노래를 권하지 않았다.

앵콜.

여왕벌이 쥐포인지 오징어인지를 입에 문 채 소리친다. 여왕벌이 웃는다. 동료들도 따라 웃는다. 기발한 농담이라도 들은 것처럼 배꼽을 잡고 웃는다.

앵콜이라니. 사내는 당황스럽다. 급한 볼일이라도 있는 척 황급히 룸 밖으로 나간다. 차가운 웃음소리가 사내의 어깨를 친다. 이봐, 어딜 가. 문을 닫자 사내를 따라나오던 웃음소리가 비명을 지른다. 비명은 다른 방에서도 새어나온다. 마이크를 쥔 사람들, 탬버린을 흔드는 사람들, 몸을 흔드는 사람들이 비명처럼 노래를 지른다. 세상의 마지막 밤을 보내는 사람들처럼 필사적이다.

좁고 긴 복도에는 붉은 양탄자가 깔려 있다. 노래방 이름도 '레드카펫'이었을 것이다. 두툼한 양탄자가 발소리를 삼킨다. 기분이 별로다. 소리없이 움직이는 것은 배로 기어다니는 뱀이나 할 짓이 아닌가.

사내는 걸음을 재촉한다. 저만치 복도 끝에 카운터가 보인다. 카운터는 비어 있고 카운터에 놓인 텔레비전은 야구를 중계하고 있다. 호랑이와 거인의 대결. 삼십 분 전에 나왔을 때는 7회 초, 동점이었는데 지금은 8회 말, 한 점 뒤진 거인의 공격이다.

선두 타자는 배트를 짧게 쥐고 있다. 발이 빠르게 생긴 얼굴이다. 사내는 얼굴만 봐도 발이 빠른지 느린지 알 수 있다. 초식동물처럼 생긴 얼굴은 발이 빠르다. 토끼눈. 토끼눈은 공을 때리기도 전에 달려갈

태세다. 토끼눈이 출루하면 골치 아프리라는 것을 투수도 안다. 너무 잘 안다. 문제는 그것이다. 절대 내보내서는 안 된다는 생각 때문에 투수의 어깨가 뻣뻣해진다. 허리가 흐트러진다. 허벅지가 무너진다. 무릎이 흔들린다. 투구 간격이 짧아진다.

볼, 볼, 스트라이크, 볼, 스트라이크. 그리고, 그러나, 그럼에도 불구하고, 결국, 볼.

토끼눈이 1루로 냉큼 달려간다. 부풀어오른 오렌지색 비닐봉지를 화관처럼 머리에 얹은 관중들이 열광한다. 조짐이 좋지 않다. 사내의 머리에 빨간불이 들어온다.

다음 타자는 부산한 발놀림으로 타석을 고른 뒤 3루 코치를 쳐다본다. 코치의 손이 분주하게 움직인다. 코를 건드리고 어깨를 두드리고 턱을 쓰다듬고 귀를 만지고 박수를 친다. 악기를 연주하는 연주자 같다. 타자는 초구를 후려치지만 공은 3루 파울선 밖으로 떨어진다. 번트는 없다. 공격의 목표는 동점이 아니라 역전이다. 더그아웃 한쪽 끝에 선 검은 얼굴의 감독은 껌을 질겅질겅 씹으며 고개를 끄덕이고 박수를 친다. 흑인 감독 뒤편 벽에 붙은 종이에는 이런 구호가 적혀 있다.

No Fear.

사내의 손이 두려움으로 축축해진다. 질 것 같다. 게임을 잃을 것 같다. 사내는 마른침을 삼킨다. 볼. 투수가 모자를 벗어들고 팔뚝으로 이마를 훔친다. 토끼눈은 슬금슬금 굴에서 걸어나와 다음 굴을 노리고 있다. 투수가 다리를 들고 토끼눈은 냅다 달리고 2루수는 2루 쪽으로 풋워크를 하고 타자는 때리고 공은 2루수가 서 있던 자리를 뚫고 외야로 굴러가고 토끼눈은 3루까지 내달린다.

수만 개의 빵빵한 오렌지색 화관이 수십만 개의 꽃잎으로 폭발하며 춤춘다. 텔레비전이 터져버릴 것 같다. 사내의 얼굴이 창백해진다. 심장이 오그라든다. 염병, 글러부렀다. 아버지가 곁에 있었다면 혀를 차며 욕지거리를 내뱉었겠지. 토끼눈에게 볼넷을 내줬을 때부터 그랬을 테지. 아버지의 입은 유독 야구 앞에서 험해지곤 했다. 타이거즈의 선수가 실수라도 하면 곧장 욕설이 튀어나왔다. 밥 처묵고 거시기만 허는 놈이 어쩌고저쩌고. 하지만 만루 홈런을 쳐도 잘했다고 칭찬하는 법은 없었다.

사내는 카운터에 놓인 리모컨을 집어들고 음소거 버튼을 누른다. 소리가 사라지자 두려움도 실감을 잃는다. 소리를 잃은 야구는 무성영화처럼 비현실적이다. 그 가늠할 수 없는 마음의 거리가 숨통에 공기를 불어넣는다. 타자가 친 플라이가 중견수에게 잡히자 토끼눈이 홈으로 뛰어든다. 토끼눈의 금의환향. 승리의 여신은 토끼눈 편일 것 같다. 민첩하고 센스 있는 남자를 마다할 여자는 없는 법.

영화는 아직 끝나지 않았다. 타자가 친 공이 1루수 앞으로 굴러가는 사이 1루 주자는 2루까지 진출한다. 투아웃, 주자는 2루. 흑인 감독이 주자를 바꾼다. 육식동물의 얼굴이 물러나고 초식동물의 얼굴이 달려온다. 무릎이 둥글고 단단하다. 스프린터의 무릎이다. 가젤의 무릎이다.

외야수들이 앞쪽으로 전진한다. 투수는 2루 주자를 견제한다. 휙 돌아서 유격수에게 공을 던지지만 가젤의 무릎은 어느새 베이스로 돌아와 있다. 관중들이 미간을 모으며 일제히 외친다. 소리는 들리지 않지만 사내는 무슨 말인지 안다. 마.

'마'로 끝나는 문장들이 사내의 머릿속에 소용돌이친다. 견제하지 마. 쫄지 마. 두려워 마. 얼지 마. 울지 마. 죽지 마.

딱. 배트에 부딪친 공이 포물선을 그리며 외야로 날아간다. 우익수가 몸을 날린다. 우익수의 글러브는 공을 낚아채지 못한다. 2루에 있던 주자가 홈으로 들어온다. 거인에게 역전당한다. 사내의 머릿속에 아버지가 돌아눕는 모습이 스치고 심장에 대고 성냥을 그은 듯 뜨거운 기운이 욕지기와 함께 치밀어오른다. 아버지는 돌아누우며 중얼거리곤 했다. 나가 뭐라 그랬냐. 진즉 글러부렀다고 안 했냐. 그럴 때 삐뚜름한 아버지의 어깨는 패배의 예언이 실현되는 것을 지켜본 점성술사처럼 죄의식에 짓눌려 있었다. 누군가에게 패배는 죄악이 되기도 한다. 하지만 소리가 없으면 패배도 없고 죄의식도 없다.

다음 타자가 초구를 건드려 파울플라이로 물러나고 공수가 바뀐다. 사내는 출입문 쪽으로 걸어간다. 오줌이 급한 것은 아니다. 문제는 다음이 마지막 이닝이라는 것이다. 야구는 9회 말 투아웃부터라지만 사내의 야구는 8회 말까지다. 자신이 지켜보고 있으면 크게 이기던 경기도 뒤집어질 것만 같았다.

사내는 노래방 문을 열고 나가 계단을 올라간다. 화장실은 일층과 이층 사이 계단참에 있다. 지상에는 여름밤이 달궈지는 냄새가 진동한다. 발정난 지구의 체액이 만물을 흥분시키는 밤, 무슨 일이든 일어날 것 같은 밤이다. 사내는 화장실 문을 열고 들어간다. 누리끼리한 소변기에서 지린내가 진동한다. 사내는 자신의 지린내를 조금 보탠다. 바지 지퍼를 올리려는데 휴대폰이 주머니에서 진저리친다. 사내는 휴대폰을 꺼낸다. 집이다. 생활비를 부친 게 언제였더라.

할머니 아파.

아이다. 아이의 목소리가 곤두서 있다.

어디가 어떻게 아픈데?

할머니 아파. 할머니 매우 아파. 할머니 매우 매우 아파.

아이의 말이 수챗구멍의 물처럼 빠르고 급하게 맴돈다. 어쩌면 아이는 제자리에서 빙빙 돌고 있을지도 모른다. 사내는 현기증을 느낀다. 빙빙 도는 건 질색이다. 치미는 욕지기를 꾹 누르며 사내는 입을 연다.

할머니 바꿔봐.

할머니 안 일어나. 할머니 안 일어나. 할머니 안 일어나.

아이의 말은 이제 고장난 장난감에서 나는 소리 같다.

진구야, 진정해. 진정하고 할머니 깨워봐.

할머니 흔들어도 안 일어나.

아이의 목소리가 돌연 고즈넉해진다. 물을 몽땅 빨아들인 수챗구멍처럼 고요하다. 뭔가를 체념한 듯하다. 무엇을? 사내의 마음에 불길한 구멍이 뚫린다. 좋은 것들만, 소중한 것들만 빨아들이는 작고 무시무시한 구멍.

할머니가 언제부터 자고 있어?

아침부터.

오늘 아침?

어제 아침.

진구야, 아빠 말 잘 들어. 조금 있다 소방관 아저씨가 집으로 갈 거야. 소방관 아저씨가 가면 문 열어줘야 해.

불났어?

그게 아니라 할머니를 도와주러 갈 거야.

할머니 아파서?

그래, 할머니가 아파서.

아빠도 와?

응.

언제?

지금 당장.

지금 당장.

사내는 자신의 실수를 깨닫는다.

네 시간쯤 걸릴 거야.

네 시간쯤?

그래, 네 시간.

네 시간.

아이는 자신의 몸 어딘가에 받아적는 것처럼 사내의 말을 되풀이하고 전화를 끊는다.

사내는 119로 전화를 걸어 도움을 청하지만 전화기 저쪽은 반신반의다. 노인들은 수시로 자는 법 아니냐고. 모욕이라도 당한 것처럼 사내는 얼굴이 뜨거워진다. 사내는 결백을 주장하는 사람처럼 힘주어 말한다.

평생 낮잠 한번 안 주무신 분입니다.

그랬다. 어머니는 낮잠도 늦잠도 잔 적이 없다. 심지어 사내는 어머니가 잠든 모습을 본 기억이 없다. 어릴 때 이렇게 묻기도 했다. 엄마는 잠을 안 자요? 어머니는 웃으며 대답했다. 죽으면 오래오래 잘 것인디 뭣 땜시 잔다냐? 사내는 놀랐다. 엄마는 안 자는구나. 엄마는 짜장면도 안 먹고 영화도 안 보고 잠도 안 자는구나. 사내가 말했다. 나도 안 잘래. 어머니가 사내의 머리를 쓰다듬으며 말했다. 넌 아직 덜 여물었응께 잠을 자야 써. 잠을 자야 키가 큰당께. 풀도 나무도 기린도 밤에 잠을 자야 키가 큰당께. 사내가 고개를 갸웃거리며 물었다. 아버지는 어른인데 왜 자? 덜 컸응께로. 아버지는 어머니보다 키가 작았다.

전화기 저쪽은 사내의 단호한 기세에 움찔한다. 움찔하는 기색이 전파에 매달려 수백 킬로미터를 끌려온다. 전화기 저쪽은 의심을 거두고 주소를 물어온다. 이제 뭔가 제대로 되고 있다.

사내는 주소를 댄다. 주소를 읊자 사태는 돌이킬 수 없는 국면으로 접어든 것만 같다. 돌이킬 수 없다. 돌이킬 수 없는 상황이다. 돌이킬 수 없는 소방서다. 돌이킬 수 없는 주소다. 불났어? 펄쩍 뛰어오르던 아이의 음성이 귓전을 맴돈다. 아이의 덜떨어진 질문은 차마 건드릴 수 없는 어떤 사태의 본질을 무심히 후빈다. 그래서일까. 사내는 아이와 얘기할 때면 긴장감으로 뒷목이 뻣뻣해진다. 지금 사내는 제집에 불이라도 놓은 기분이다.

아버지는 수가 틀리면 술을 진탕 마시고 집을 태워버리겠다며 기름통 뚜껑을 열곤 했다. 큰누나가 인문계 고등학교에 진학하겠다고 했을 때도, 작은누나가 펜팔을 하다 들켰을 때도 풍로에 쓸 등유를 여기저기 끼얹었다. 그럴 때마다 아버지의 팔에 울며불며 매달리는 것은

동생의 몫이었다. 아빠, 무서워. 아빠, 무서워. 누나, 잘못했다고 그
래. 누나, 잘못했다고 그래. 그런 날 밤이면 사내의 꿈에서는 휘발유
냄새가 났다. 키가 덜 자라 잠을 자야 하는 것들이 불길에 휩싸였다.
풀이 불타고, 나무가 불타고, 기린이 불타고, 아버지가 불탔다. 무서
운 꿈에서 깨면 사내는 죄책감에 훌쩍였다. 아무에게도 꿈 얘기를 할
수 없었다. 그 사실이 더 무섭고 슬펐다.

전화기 저쪽에서 즉각 출동하겠다는, 냉큼 알아보겠다는 다짐이 들
려온다. 사내의 입에서 무심코 이런 말이 튀어나온다.

잘 부탁드립니다.

사내는 노래방으로 돌아간다. 팀장은 여왕벌과 한 몸이 되어 블루
스를 추고 있다. 수나사와 암나사처럼 꽉 맞물려 돌아가고 있다. 팀장
의 커다랗고 반질반질한 머리통은 여왕벌을 자신의 발등에 박아놓으
려는 듯 빙글빙글 돈다.

사장님.

팀장은 '사장'이라고 불러주면 좋아했다. 하지만 사내의 목소리는
주저하고 머뭇거리다 쿵쾅거리는 노랫소리에 묻힌다. 땅딸보 팀장은
엉뚱한 곳에 박힌 못처럼 눈을 질끈 감고 있다. 사내는 문 앞에 엉거
주춤 선 채 노래가 끝나기를 기다린다.

마침내 노래가 끝나고 꽉 물려 있던 나사못이 헐거워진다. 나사못
이 대체 무슨 일이냐는 듯 눈을 뜬다. 기름이라도 먹인 것처럼 번들거
리는 눈이다.

어이, 목사님 할말이라도 있어?

팀장의 목소리가 건들거리며 사내의 멱살을 붙든다. 사내가 인기척도 없는 횡단보도 앞에 차를 세우고 파란불을 기다릴 때면 팀장은 대단한 목사님 나셨다며 비아냥거리곤 했다.

목사라니. 사내는 교회 문턱을 넘은 적도 없다. 아니, 딱 한 번 있다. 여덟 살 때였고 크리스마스이브였다. 과자를 준다기에 동생을 데리고 갔다. 동생은 일종의 보험이었다. 들통나도 동생을 걸고넘어지면 무사할 거라는 계산이었다. 무뚝뚝한 아버지도 동생이라면 껌뻑 죽었으니까. 열 손가락 깨물어 안 아픈 손가락 없다지만 차마 아까워 못 깨무는 손가락도 있는 법이니까. 불만은 없었다. 동생은 머리도 좋은데다 늘 방실방실 웃었다. 눈초리는 비스듬하게 처지고 입꼬리는 슬며시 올라간 게 언제나 웃는 얼굴이었다. 긴장할 때도, 겁먹을 때도, 오줌 눌 때도, 잘 때도 웃는 얼굴이었다. 심지어 울 때도 웃는 얼굴이었다. 그런 동생이 사내도 싫지 않았다. 게다가 동생은 사내를 그림자처럼 따라다녔다. 태양이 있고 사내가 있으면 어김없이 동생도 있었다. 그림자라는 것은 그런 뜻이다.

태양이 자리를 비울 때도 동생은 사내 곁을 떠나지 않았다. 캄캄한 밤 외딴 변소에 쭈그려앉아 있으면 밖에서 촛불을 들고 서 있었다. 그럴 때면 동생은 무섭다며 끝말잇기를 하자고 했다. 변소. 소나무. 무지개. 개집. 집배원. 원숭이. 원숭이는 진짜 엉덩이가 빨개? 몰라 끝말잇기나 해. 동물원에 가고 싶다. 어서. 이발소. 소금. 금방. 방학. 학교. 교회. 회사원. 아빠도 회사원이면 좋을 텐데. 왜? 넥타이를 매잖아.

사내는 동생의 대답에 부르르 떨었다. 동생은 입 밖에 내서는 안 되는 말, 아버지를 배신하는 말을 하고 있었다. 사내의 머릿속 어둡고 외딴 변소 한구석에 휘갈겨진 낙서를 떠벌리고 있었다.

성. 동생이 소리쳤다. 성, 거기 있어? 동생의 목소리가 높아졌다. 동생의 목소리가 겁에 질렸다. 캄캄한 곳은 이쪽인데, 불을 들고 있는 사람은 동생인데 동생의 목소리가 자꾸만 사내의 목소리를 불러냈다. 사내는 귀찮은 듯 심드렁하게 대꾸했다. 여기 있어. 사내가 초등학교에 입학했을 때 동생은 자기도 학교에 가겠다고 떼를 썼었다. 그러니 애당초 동생을 떼어놓고 교회에 갈 수는 없었을 것이다. 낮이든 밤이든. 교회가 아니라 교회 할아비라도.

교회는 환하고 따뜻하고 달콤했다. 크림빵도 환하고 따뜻하고 달콤했다. 크림이 닿는 곳마다 살살 녹아내렸다. 입술이 혀가 목구멍이 뇌가 새하얗게 녹아내렸다. 그냥 크림이 아니라 생크림이라고 했다. 죽은 크림이 아니라 살아 있는 크림. 천국의 존재를 증명하는 맛. 아무렴. 천국이 없다면 그런 맛이 존재할 수 있었을까? 크림빵 하나에 믿음, 크림빵 하나에 소망, 크림빵 하나에 사랑. 개중 으뜸은 크림빵이니라. 사내는 세 봉지를 단숨에 해치웠다. 동생의 입도 크림 범벅이었다.

잘 차려입은 사람들이 목소리를 모아 천국의 영광을 찬양했다. 크림빵 봉지처럼 투명하고 말쑥하고 깨끗한 사람들이 크림빵처럼 환하고 따뜻하고 달콤하게 노래했다. 아, 크림빵 봉지 같은 아버지들. 하늘의 아버지를 찬양하는 지상의 아버지들. 사내는 따라 부를 수 없었다. 죄다 모르는 노래였다. 동생은 눈을 동그랗게 뜨고 입만 벙긋거렸다. 사내는 창피하고 조마조마하고 두려웠다. 노래를 모른다는 사실이 창피했고 그 사실이 들통날까봐 조마조마했고 크림빵을 뱉어내라고 할까봐 두려웠다. 그러다 문득 짠하고 서글픈 뭔가가 옆구리를 찔렀다. 크림빵과는 결코 관계없는 그 무엇. 사내는 동생의 손을 잡아끌고 도망치듯 교회를 빠져나왔다.

목사도 회사원이야? 집으로 돌아가는 길에 동생이 물었다. 왜? 넥타이를 매고 있잖아. 맞아, 교회도 회사야. 와! 그럼 목사는 교회사원이네. 동생은 능청스러운 얼굴로 소리쳤다. 교회사원이라니. 사내는 웃음을 터뜨렸다. 이 아이의 머릿속에는 전파사가 들어 있는 게 분명해. 입만 열면 반짝반짝 알전구가 튀어나와.

동생의 입은 너무 반짝여서 탈이었다. 동생이 그새를 못 참고 작은누나에게 자랑한 것이다. 평소와 달리 동생이 밥알을 깨작거리자 어디 아프냐고 엄마가 물었고 기다렸다는 듯 작은누나의 입이 발동을 걸었다. 교회에 가서 크림빵을 얻어먹었대요. 내일도 갈 거래요. 매일매일 가고 싶대요. 넥타이를 맨 아저씨들이 노래 부르는 걸 보러 또 갈 거래요. 교회사원들의 노래를 배우러…… 아버지가 숟가락을 거칠게 내려놓았다. 고자질의 노래를 부르던 작은누나의 입이 얼어붙었다. 숟가락도 젓가락도 밥상도 얼어붙었다. 아버지의 눈꺼풀이 콧방울이 입술이 목울대가 파르르 떨었다.

이 거지새끼들. 아버지가 자리를 박차고 일어나 씩씩거리며 부엌으로 달려갔다. 우당탕 소리가 들리더니 방으로 돌아온 아버지의 손에는 기름통이 들려 있었다. 이 거지새끼들, 오늘 다 같이 죽자. 기름통 뚜껑을 돌리는 아버지의 손이 부들부들 떨었다. 아부지, 잘못했어요. 아부지, 잘못했어요. 동생이 아버지의 바짓자락을 붙들고 매달려 간신히 불바다는 면했다. 하지만 아버지는 이미 창백하게 타오르고 있었다. 지글지글. 사내는 아버지의 심장이 타는 소리를 들었다.

벗어라. 아버지가 명령했다. 사내의 두 손이 충직한 형리처럼 아버지의 명령을 따랐다. 스웨터가 사내의 머리를 헝클어뜨리며 대열에서 이탈했다. 몽땅. 아버지의 목소리는 여전히 지글거렸다. 코르덴바지와 내복과 양말이 차례로 사내에게서 떨어져나갔다. 사흘째 신고 있던 두툼한 나일론 양말이 방바닥에 나란히 선 채 멀뚱거렸다. 양말 신은 투명인간이 저기 서 있었다. 동생이 키득거렸다. 동생은 살짝 돈 것 같았다. 그런 상황에서 웃음이라니. 사내의 굳은 입매는 감히 미소 근처에도 얼씬거리지 못했다.

나가라. 내 집에서 나가라. 아버지가 싸늘하게 말했다. 사내는 팬티 차림으로 쫓겨났다. 너도. 아버지가 동생을 노려보며 말했다. 아부지, 잘못했어요. 동생은 웃으면서, 아니 울면서 싹싹 빌었다. 하지만 동생도 아버지의 뜨거운 기름에 흙을 끼얹지는 못했다. 그래도 동생의 옷은 여전히 동생의 몸에 걸려 있었다.

사내는 집 밖으로 나갔다. 꽝꽝 얼어붙은 골목길을 맨발로 쩍쩍 달렸다. 인적이 드문 곳, 불빛이 없는 곳을 향해 달렸다. 아무도 없는 곳으로 달아났다. 투명인간이 되고 싶었다. 동생이 허겁지겁 따라왔다. 동생은 어디든 따라왔다. 울 때도 웃는 것처럼 보이는 미친 동생은 어디든 따라왔다. 태양이 있을 때도 달이 있을 때도. 저기 꽁꽁 얼어붙은 달을 머리에 이고 미친 동생이 그림자처럼 따라왔다.

수확이 끝난 들판에는 살얼음이 꼈다. 굶주린 추위가 먹잇감을 발견하고 득달같이 달려들었다. 어깨를 할퀴고 장딴지를 베어 물고 코를 물어뜯었다. 갑자기 눈물이 핑 돌았다. 추위 때문이 아니었다. 어둠 때문도 아니었다. 팬티가 더러웠다. 팬티가 너무 노랬다.

미친 동생이 넝마를 들고 왔다. 성, 이거 입어. 동생이 넝마를 건넸다. 어디서 난 거야? 사내가 이를 딱딱거리며 말했다. 저기. 동생이 손가락으로 가리키는 곳에는 허수아비가 벌거벗은 채 서 있었다. 허수아비에게는 팬티가 없었다. 허수아비에게는 거시기가 없어서 허수아비의 뼈대는 십자가였다.

급히 집에 가봐야겠습니다. 사장님.
듬성듬성한 머리카락마저 땀에 젖어 팀장의 불그스름한 머릿가죽은 더 휑뎅그렁하다. 땀의 나라에 사는 일벌들은 다른 일벌의 땀에 더 민감하다. 사내는 팀장의 머릿가죽이 흘리는 땀 때문에 초조해진다. 충분히 땀을 흘리지 않아서 불행의 눈에 띈 것만 같은 기분이다.
교회에 불이라도 났나, 목사님?
자신의 농담이 흡족한 듯 팀장의 입이 헤벌쭉 벌어진다. 암컷 앞에서 허세를 부리는 수컷처럼 콧구멍이 커지고 콧잔등에 주름이 진다. 팀장이 새로운 건수를 물어왔을 때 짓던 표정이다. 삼겹살집에 데리고 가 맘껏 주문하라고 할 때도, '사장'이라고 부르라 할 때도 짓던 표정이다.
어머니가 많이 아프십니다.
사내는 아이의 말을 그대로 옮긴다.
그럼, 가봐야지. 어서 가봐. 여기 일은 걱정 말고.
어차피 내일은 쉬는 날이지만 팀장은 노예를 해방시키는 영주처럼 말한다.
고맙습니다.

사내는 고개도 숙인다.

어머니는 입버릇처럼 말했다. 두 마디만 잘하면 그럭저럭 살아갈 수 있다고. 고맙습니다. 죄송합니다. 규칙은 있다. 한 번에 하나씩. 설탕과 소금은 같이 넣지 않는 법. 사내는 늘 궁금했다. '고맙습니다'는 설탕일까, 소금일까.

사내는 다시 붉은 양탄자를 밟으며 노래방을 빠져나간다. 머리를 노랗게 물들인 남자애가 텔레비전 속의 야구를 주시하고 있다. 사내는 텔레비전을 애써 외면한 채 밖으로 나간다.

여름밤이 외설스럽게 빛나고 있다. 전기라는 수액을 빨아올린 콘크리트 나무들이 하얗고 노랗고 빨간 꽃을 펑펑 피워낸다. 에디슨이 처음 발명한 전구에 쓰인 필라멘트는 판지였다. 판지 쪼가리는 진공의 유리알 속에서 삼백 시간이나 타올랐다. 아이에게 사준 세계위인전집에서 본 것이다. 사내는 빛나는 전구를 처음 본 사람처럼 휘둥그런 눈으로 주위를 둘러본다. 오십 명의 내로라하는 위인 중에서 사내는 에디슨을 가장 좋아했다. 에디슨이 없었다면 야구를 낮에만 해야 했을 것이다. 에디슨은 야간경기의 아버지, 모든 밤의 아버지다.

사내는 노래방 건물 뒤편으로 돌아간다. 저기 어둠을 머금은 무심한 건물 외벽 아래 엎드린 1995년식 봉고는 사내가 예전에 따라다니던 새시 시공업자가 체불된 넉 달치 임금 대신 넘긴 물건이다. 잘 쳐줘도 두 달치에 불과했지만 사내로서는 선택의 여지가 없었다. 빈손보다는 낡은 운전대라도 쥐는 게 나았다.

사내는 봉고에 올라타 시동을 건다. 차는 힘겹게 걸음을 뗀다. 매해

매해가 폐차 직전이다. 아니, 매일매일이 폐차 직전이다. 엔진오일이 새고 에어컨 가스가 새고 냉각수가 새고 배터리 전기가 샌다. 새지 않는 건 기름뿐이다. 그런 식으로 벌써 삼 년을 버텼다. 풍 맞은 노인처럼 골골거리다가도 사내의 마음이 폐차장 근처에만 가면 산삼이라도 달여먹은 듯 벌떡 일어나곤 했다. 십사만 킬로미터를 달리는 동안 영혼이 깃든 것인지도 모른다. 자동차라는 물건이 처음 나왔을 때 마차에 익숙했던 사람들은 코너를 돌 때 이렇게 외치곤 했다지. 워워. 왠지 사내는 이 얘기가 마음에 들었다.

'최초'라는 타이틀을 단 것은 뭐든 사내의 마음을 끌어당겼다. 최초의 전구, 최초의 자동차, 최초의 비행기, 최초의 우주인, 최초의 달 착륙. 아이에게 사준 세계위인전집의 주인공들은 대부분 최초로 무엇을 발명하거나 최초로 어딘가에 발을 들인 사람들이었다. 사내가 성경을 재미 삼아 읽은 것도 '최초'가 차고 넘치기 때문이었다. 최초의 낮, 최초의 밤, 최초의 하늘, 최초의 땅, 최초의 노동, 최초의 휴일, 최초의 남자, 최초의 여자, 최초의 죄, 최초의 살인, 최초의 홍수 등등.

사내는 뒷골목을 빠져나가 큰길로 합류한다. 차가 많다. 흰 전조등과 붉은 미등이 서로 어긋나며 흘러간다. 사내는 흰빛의 강에 섞여든다. 섞이자마자 흰빛은 사라지고 붉은빛만 가득해진다. 어느 방향이든 머리는 흰빛, 꽁무니는 붉은빛이라는 사실이 인생에 관한 예기치 않은 진실을 드러내는 것 같다. 이를테면 달의 뒷면, 인생의 수수께끼 같은 것.

도로는 좁고 커브가 많다. 곳곳이 공사중이다. 아파트, 사무실, 상가, 학교, 교회. 공사 현장은 발 빠른 짐승을 잡기 위해 파놓은 덫처럼 검고 우묵하고 조용하다. 반쯤 내린 창문 틈으로 바다 냄새와 흙냄새와 녹아내린 아스팔트 냄새와 죽은 태양 냄새가 난다.

바다 냄새가 희미해질수록 시야를 가로막는 붉은빛도 뜸해진다. 액셀에 얹힌 발목에 힘이 들어간다. 피스톤과 크랭크와 몇 가닥의 축으로 얽힌 기계장치는 도로의 급소에 연결된 듯 슬쩍 건드릴 때마다 도로가 부리나케 등뒤로 달아난다. 도로가 달아난 만큼 사내는 앞으로 튕겨진다. 도로는 계속 달아난다. 하나가 달아나고 다른 하나가 달아나도 여전히 달아난다. 천재지변을 감지하고 달아나는 겁에 질린 개구리떼처럼 풀쩍풀쩍 뛰어간다. 시야의 빗각에서 반짝이는 불빛이 뜸해지고 어둠이 만연한다. 어둠 속에서 흙의 기운이 강성해지고 산냄새가 진동한다.

길이 확 넓어지는가 싶더니 도시의 관문이 나타난다. 다시 붉은빛들이 어둠 위로 떠올라 강을 이루며 좁은 수문 앞에서 소용돌이친다. 사내의 발이 브레이크 페달을 누른다. 널찍한 페달을 통해 관성의 투정이 고스란히 발바닥에 전해진다. 차가 쿨럭거린다.

빛으로 뒤덮인 톨게이트는 천국의 문 같다. 천국에 가려면 기름을 가득 채워야 한다. 천국에는 주유소가 없을 테니까. 사내는 연료계를 확인한다. 기름은 넉넉하다. 어디선가 귀뚜라미 소리가 들린다. 여름밤에 웬 귀뚜라미? 귀뚜라미 소리가 아니라 휴대폰 소리다. 사내는 바지 주머니에서 휴대폰을 꺼낸다. 모르는 번호를 보자마자 사내는 소방관을 떠올린다. 어머니. 사내는 어머니를 잊고 있었다는 것 때문에 충격을 받는다. 속죄라도 하는 기분으로 황급히 전화를 받는다.

예감은 적중했다. 사내의 집으로 출동한 소방관이다. 소방관이 사내의 신원을 체크한다. 이름을 묻고 주소를 확인하는 목소리가 조심스럽다. 자신보다 더 불행한 사람을 대할 때의 조심스러움. 소방관은 사내의 신원을 확인한 뒤 잠시 침묵한다. 사내도 섣불리 입을 열지 못한다. 전화기 저쪽은 좋지 않은 소식을 만지작거리는 낌새다. 그 와중에도 차는 관문으로 서서히 빨려들어간다. 전화기 저쪽에서 침 삼키는 소리가 들린다. 귀가 끈적거린다. 천국의 관문을 지키는 천사가 통행료를 요구한다. 천국행치고는 지나치게 싸다. 바늘구멍이 낙타 통과하기다. 사내는 전화기를 귀와 어깨 사이에 끼우고 지갑을 꺼낸다. 마침내 소방관이 입을 연다.

모친께서……

잠깐만요.

좋은 소식을 사려는 것처럼 사내는 서둘러 통행료를 지불한다.

뭐라고요?

사내가 다시 묻는다.

모친께서 사망했습니다. 저희가 출동했을 때 이미 사망 상태였습니다. 지금 병원으로 이송중입니다.

소방관의 말이 심장에 차갑게 박힌다. 심장의 외피에 비문처럼 새겨진다. 모친께서 사망했습니다. 심장의 불 때문에 폐는 연기로 자욱하다. 숨을 쉴 수 없다. 기이하게도 속은 불덩이인데 거죽은 차가워진다. 귓불이 이마가 손목이 팔꿈치가 발목이 차갑다. 전파에 실려온 어머니의 죽음이 관자놀이에 들어앉아 차갑게 굳는다. 얼음을 씹어먹은 것처럼 정수리가 아프다.

사내는 한 번도 죽은 어머니를 상상해본 적이 없다. 아이의 심상치 않은 전화도 어머니의 죽음을 예고하지는 못했다. 어머니는 낳고 기르는 존재이지 늙고 죽는 존재가 아니다. 실제로 어머니는 병원 신세를 진 적조차 없다. 어지간한 병은 그냥 앓았다. 어머니는 말하곤 했다. 고뿔은 병원에 가면 한 주 만에 낫고 병원에 안 가면 칠 일 만에 낫는다. 치질로 고생할 때도 어머니는 두꺼비를 짓이겨 항문에 발랐다. 어머니가 방귀를 뀔 때면 두꺼비 소리가 났다.

사내는 어머니의 얼굴을 떠올리려 애쓴다. 어머니의 얼굴이 떠오르지 않는다. 죽음이 어머니의 얼굴을 데려갔다. 두꺼비라도 삼킨 듯 속이 메슥거린다. 사내는 핸들을 급히 꺾어 차를 갓길에 댄다.

소방관과의 통화는 어떻게 마무리되었나. 뭔가에 정신이 팔려 있던 것처럼 사내는 멍하다. 머릿속에 뿌옇고 축축한 막이 드리워진 느낌이다. 사내는 종이에 끼적인 낙서를 지우는 것처럼 자신의 머릿속을 연필로 까맣게 칠한다. 모든 흔적을 지워버리려는 팔놀림이지만 사내의 바람을 비웃듯 새까만 먹지 위로 흰 글자가 또렷하게 떠오른다. 앞장에 꾹꾹 눌러쓴 흔적이 고스란히 드러난다. 병원 이름이다. 소방관이 일러준 병원. 어머니의 죽음을 최종적으로 확인하고 공식화할 백의의 기관. 장례식장이 딸린 큰 병원.

어떤 보이지 않는 손이 항문을 틀어막고 대장부터 위장까지 쥐어짜는 것 같다. 사내는 조수석을 돌아본다. 주유소에서 사은품으로 받은 휴대용 티슈, 신용카드 영수증, 야구모자가 아무렇게나 놓여 있다. 조수석 아래 처박혀 있는 검정 비닐봉지가 눈에 띈다. 사내는 비닐봉지를 집어올린다. 주둥이가 매듭으로 봉해져 있다. 매듭이 완강하다. 사내는 손톱을 세워 겨우 매듭을 해결한다. 안에는 음료수 캔이 담겨 있다. 부라보콘 껍질도 있다. 공사 현장에서 먹고 남은 것들이다. 부라보콘은 사내의 몫이었다. 음료수를 먹으면 금방 오줌이 마려워 아이스크림을 먹었다. 늘 그 아이스크림만 고집했다. 음료수 캔과 아이스크림 껍질을 다 꺼내기도 전에 사내는 얼굴을 비닐봉지에 들이민다. 구역질이 목젖을 몇 번 간질이더니 시큼한 액체와 함께, 완결되지 못한 소화의 증거가 입에서 쏟아져나온다. 삼겹살과 소주와 된장찌개가 걸쭉하게 흘러내린다. 어머니의 항문을 지키던 두꺼비떼가 쏟아진다. 사내는 두꺼비를, 어머니의 죽음을 낳는다. 눈물이 핑 돈다. 우는 것은 아니다. 울음은 태어나는 것들의 몫. 뭔가를 낳고 우는 사람은 없다. 설령 그것이 죽음일지라도. 허물만 남은 사내의 팔이 비닐봉지의 주둥이를 꼼꼼한 매듭으로 봉한다. 세상에서 가장 귀중한 것을 담기라도 하는 듯한 손놀림이다.

사내는 다시 핸들을 잡고 액셀을 밟는다. 갈 길이 멀다. 어머니의 얼굴을 한시라도 빨리 봐야 할 것 같다. 어머니의 얼굴은 여전히 떠오르지 않는다. 날이 밝기 전에 어머니의 얼굴을 봐야 할 것 같다. 무엇 때문인지는 모르겠다. 어쨌든 낯선 길 위에서 미적거리는 것은 어머니의 죽음에 대한 도리가 아니다. 마음이 급해진다. 발을 동당거린다. 액셀이 납작 엎드린다. 봉고가 화들짝 놀라 곧게 뻗은 어둠의 트랙으로 뛰어든다. 백미러가 톨게이트를 통째로 집어삼킨다. 톨게이트를 천국의 문이라고 생각한 것이 마음에 걸린다. 그 불경한 연상 때문에 어머니가 돌아가신 것만 같다. 얼토당토않은 망상이지만 어쩔 수 없다. 지금은 어둠의 힘이 너무 세다. 당분간 어둠은 점점 더 강해질 것이다. 사내는 어둠을 똑바로 바라볼 기력조차 없다. 앞차의 미등만 노려본다. 액셀은 허리를 펼 새가 없고 봉고는 숨 돌릴 새가 없다.

노랗고 파랗고 빨갛고 검은 어둠이 미친 말처럼 힝힝거리며 지나간다. 저 미친 말 같은 어둠 속에는 산이 있고 강이 있고 논이 있고 밭이 있고 과수원이 있고 축사가 있고 집이 있고 교회가 있고 절이 있고 무덤이 있다. 휴게소도 지나간다. 갈증도 허기도 요의도 입을 꽉 다문 사내에게 감히 말을 붙이지 못한다. 사내는 태양이 진 쪽으로만 달린다. 김해, 마산, 가야, 함안, 진주, 화개, 사천, 성내, 광양, 승주, 곡성, 옥과, 창평이 형광 표지판에 담겨 법정 최고속도로 휙휙 사라진다.

마침내 목적지가 나타난다.

어머니가 이제 막 죽어 누워 있는 곳.

동생이 죽어 누워 있는 곳.

아버지가 죽어 서 있는 곳.

2

봉고는 다시 톨게이트를 통과한다. 사내는 천국의 문이라는 생각을 멀찌감치 밀어둔다. 그래도 뭔가 다른 세계로 들어간다는 느낌은 지울 수 없다. 돌이킬 수 없는 낯선 세계가 어서 오세요, 라고 길고 캄캄한 허리를 굽혀 인사한다. 상주를 예우하는 상조회 직원 같다. 조심스럽고 능숙하고 사무적인 어둠이다. 어둠 속에서 가로등이 조등처럼 빛난다. 사내는 조등이 마련한 붉은 양탄자를 밟으며 어머니가 누워 있는 병원으로 달려간다.

병원에 들어서자 사내는 허둥거린다. 환하고 깨끗한 병원은 특유의 톡 쏘는 무뚝뚝함으로 사내를 주눅들게 한다. 경찰서 앞을 지나갈 때면 괜스레 오금이 저린 것처럼 병원에 들어오면 어딘가 아픈 것만 같다. 아파서 병원에 오는 것이 아니라 병원에 있어서 아픈 것 같다. 의사도 간호사도 아픈 것 같다. 청진기도 주사기도 아프다. 휠체어도 목발도 링거도 아프다. 까맣게 그을린 사내의 얼굴도 창백해진다. 창백한 까만 얼굴이 어머니의 죽음을 찾아 응급실로 원무과로 당직실로 쫓아다니지만 소득은 없다. 응급실과 당직실은 곁을 주지 않고 원무과는 퇴근했다. 무엇보다 병원 사람들에게는 말 붙이기가 어렵다. 그들의 이마에는 이런 카드가 걸려 있다. 방해하지 마시오.

사내는 응급실로 돌아간다. 머리가 깨진 사람, 다리가 부러진 사람, 목에 생선 가시가 걸린 사람이 응급실 한 자락을 움켜쥐고 있다. 한 명의 의사와 두 명의 간호사가 그들 사이를 곡예하듯 들락거린다.

사내는 한 간호사를 붙들고 어머니의 행방을 묻는다. 소방대원이 신고 온 할머니. 사내가 어머니의 이름을 대자 간호사는 서류를 뒤적거린다.

DOA네요.

네?

병원에 도착하기 전에 돌아가셨어요.

어디 계시죠?

누구세요?

아들입니다.

따라오세요.

사내는 간호사를 따라 응급실을 나선다. 복도는 창백하고 좁고 높다. 간호사는 복도 끝에서 엘리베이터를 불러 세운다.

간호사는 말이 없다. 침묵이 불편하지만 사내도 입을 다문다. 엘리베이터도 입을 다물고 무겁게 가라앉는다. 사내는 어머니의 얼굴을 떠올리려 안간힘을 쓴다. 어머니를 보기 전에 어머니의 얼굴을 떠올리는 게 도리라는 생각이 든다. 사내의 얼굴에는 어머니의 얼굴이 반쯤 들어 있다.

깊고 긴 인중, 두툼한 입술, 둥근 턱.

지푸라기라도 잡는 심정으로 사내는 제 얼굴을 찾지만 엘리베이터에는 거울이 없다. 엘리베이터 문은 백태가 낀 것처럼 불투명하다. 백태 낀 강철 망막에 어른거리는 얼굴이 유령 같다.

엘리베이터가 멈추고 문이 열린다. 간호사가 앞장선다. 복도는 어둡고 좁고 낮으며 차갑다. 모퉁이를 세 번 돌고 철문을 두 번 통과하도록 어머니의 얼굴은 떠오르지 않는다. 사내의 손에는 망각이라는 횃불이 활활 타고 있어 죽음이라는 짐승은 코앞에서 멈칫거린다.

간호사가 영안실의 철문을 열쇠로 연다. 문이 슬쩍 비켜서자 갇혀 있던 냉기가 조용히 짖어댄다. 간호사가 불을 켠다. 놀란 어둠이 쥐새끼처럼 구석으로 쪼르르 물러난다. 그래도 어둠의 잔영이 남아 침침하다. 흐릿한 시야 안으로 시신이 하나씩 불려나온다.

하얗게 늘어선 시트 중 간호사는 팔 번 앞에 선다. 간호사가 시트 한쪽 끝을 걷자 발 한 쌍이 얼굴을 내민다. 크고 늙고 못생긴 발이다. 넙적하고 울퉁불퉁하고 딱딱하다. 일생 쟁기를 끈 소의 발 같다. 어머니의 발이다. 이상한 확신이다. 사내는 어머니의 발을 한 번도 본 적이 없다. 어머니에게 발이 있다는 사실도 방금 알았다. 이 자명한 사실이 사내를 놀라게 한다.

발의 야만스러운 물질성이 사내의 울대뼈 아래 단단하게 꾸려진 슬픔의 보따리를 툭 건드린다. 차가운 슬픔이 폭풍처럼 사내를 후려친다. 사내의 울대뼈가 흐느낀다. 그제야 어머니의 얼굴이 선명하게 떠오른다.

간호사가 시트의 반대쪽 끝을 걷는다. 죽음의 얼굴이 드러난다. 희끗한 파마머리, 넓은 이마, 짧은 눈썹, 작은 눈, 펑퍼짐한 코, 깊고 긴 인중, 두툼한 입술, 둥근 턱.

어머니가 틀림없나요?

간호사가 다짐을 받듯 묻는다.

사내는 무겁게 고개를 끄덕인다.

어머니가 틀림없다는 사실이 사내의 심장을 아프게 찌른다. 빠져나갈 구멍은 없다. 간호사가 종신형이라도 선고한 것 같다. 모친의 발을 한 번도 눈여겨보지 않았으므로 피고에게 종신형을 내린다. 땅땅땅.

사내는 참회하는 죄인처럼 모든 것을 받아들인다. 어머니의 발을 눈여겨보지 않은 것은 사실이어서 정상참작의 여지는 없다. 어머니에게 발이 있다는 것도 방금 알지 않았던가. 이마저 간파했다면 간호사는 사형을 선고했을지도 모른다.

간호사가 다시 앞장선다. 사내는 마땅한 벌을 받으러 가는 죄인처럼 순순히 뒤를 따른다. 간호사는 왔던 길을 되짚어간다. 어둡고 좁고 낮은 복도, 육중한 철문, 옆구리를 윽박지르며 튀어나오는 모퉁이. 복도도 철문도 모퉁이도 더욱 차가워졌다. 춥다. 복도와 철문과 모퉁이의 차가운 눈초리에 사내는 팔다리가 얼어붙는다.

어머니의 발이 자꾸만 눈앞에 어른거린다. 죽음으로 얼어붙은 발. 사내의 쪼그라든 심장이 얼어붙은 발을 향해 소리친다. 추워요, 어머니. 여기는 너무 추워요. 냉장고에 갇힌 아이처럼 소리친다.

엘리베이터에 올라타자 진짜 냉장고에 갇힌 기분이다. 숨을 쉴 수 없다. 어머니의 죽음 때문이 아니라 어머니의 부재 때문이다. 아이는 이제 누가 건사하나? 함정에 걸려든 느낌이다.

아이는 어디 있죠?

사내의 목소리가 가파르다.

아이라니요?

내 아들 말입니다.

할머니만 실려왔어요.

간호사의 대답은 피곤에 절어 있다. 방금 어머니의 주검을 확인한 사람을 앞에 두고 있다는 사실을 깜박한 듯하다. 어쩐지 사내는 그런 사무적이고 일상적인 냉담함에서 오히려 위로를 얻는다. 적어도 어머니의 죽음에 대해서만큼은. 하지만 아이에 대한 걱정을 덜지는 못한다. 아이에 대한 걱정으로 사내의 관자놀이가 달아오른다.

엘리베이터에서 놓여나자마자 사내는 집으로 전화를 건다. 신호음은 응답을 낚아채지 못하고 자꾸만 사내의 귓불로 미끄러진다. 사내는 황망히 병원 밖으로 뛰어간다.

저기요.

잠깐만요.

아저씨.

간호사의 외침도 사내를 불러 세우지 못한다. 사내는 총알처럼 뛰어나가 봉고에 올라탄다. 시동을 걸고 액셀을 힘껏 밟는다. 발사된 총알에 엉덩이를 걸친다. 총알이 법정 최고속도로 달린다. 노란불 앞에서는 숨을 고르고 빨간불 앞에서는 멈추면서, 빨간불도 파란불도 없는 횡단보도 앞에서도 일단 멈추면서, 날아간다.

총알이 날아간 곳은 시 동쪽 외곽의 영구임대아파트 단지 주차장이다. 구획선은 희미하고 차들은 후줄근하다. 사내의 낡은 봉고도 이곳에서는 튀지 않고 잘 어울린다. 총알은 탄창에 들어간다.

이번에는 사내가 총알이 된다. 부리나케 아파트의 검고 길쭉한 입속으로 뛰어든다. 한달음에 집으로 올라간다. 열쇠를 쥔 손이 떨린다. 문이 열리지 않을 거라는 황당한 불안은 딸깍하는 부드러운 쇳소리에 녹아내린다.

문을 여는 순간 불안한 공기가 주먹을 휘두르며 달려든다. 집 안 공기는 시금털털한 의구심에 가득 차 있다. 갑작스런 방문자가 아니라 스스로에 대한 의구심이다. 의구심은 묵은장 냄새처럼 집 안 곳곳에 배어 있다. 안방에도 거실에도 건넌방에도 화장실에도 아이는 없다.

사내의 내부에도 의구심이 차오른다. 사내는 탐정의 눈으로, 사냥꾼의 코로 다시 집 안을 살핀다. 도마 위에는 썰어놓은 파가 말라비틀어져 있다. 가스레인지 위에는 냄비와 뚝배기가 올려져 있다. 냄비에는 카레가, 뚝배기에는 된장찌개가 졸아붙어 있다. 카레는 아이를, 된장찌개는 어머니를 위한 메뉴일 것이다. 어머니는 카레를 싫어하고 아이는 된장찌개라면 질색이다.

된장찌개에 두부가 없다. 두부를 좋아하는 어머니인데 이상하다. 어머니는 찌개를 끓이다 두부를 사러 잠깐 슈퍼에 나간 것만 같다. 사내가 어렸을 때도 자주 그랬다. 머릿속에 두부라는 구멍이 있는 것처럼 어머니는 요리 도중에야 두부를 떠올렸다. 그때는 사내와 동생이 심부름을 맡았다.

금방이라도 동생이, 아니 어머니가 두부가 담긴 비닐봉지를 들고 돌아올 것 같다. 동생이 죽은 뒤로 어머니는 사내에게 두부 심부름을 시키지 않았다. 매번 미리 준비해두었다.

어머니는 두부를 사러 동생의 나라까지 간 것일까.

사내의 수색은 계속된다. 거실 바닥에는 개키다 만 아이의 속옷(모두 노란색이다), 아이의 반팔셔츠(모두 칼라가 없는 것이다), 아이의 바지(한여름에도 긴 바지만 고집한다), 아이의 양말(역시 모두 노란색이다)이 널려 있다. 아이만 없다.

사내는 수색의 범위를 넓힌다. 안방 문갑 위에 검정 비닐봉지가 놓여 있다. 비닐봉지 안에는 박카스 상자가 들어 있다. 웬 박카스? 박카스는 어머니의 음료수가 아니다. 의구심의 주름이 깊어진다.

어디선가 끙끙거리는 소리가 희미하게 들려온다. 칭얼거림 같기도 하고 신음 같기도 한 소리의 진원지는 문간방이다. 사내는 문간방으로 건너가 불을 켠다. 저쪽 구석에 작은 텐트가 쳐져 있다. 아이가 좋아하는 스파이더맨이 큼지막하게 그려진 집 모양의 놀이용 텐트다. 앞쪽에 출입문이 있고 지붕 양쪽에 망으로 된 격자창이 나 있다.

지퍼가 채워진 출입문 앞으로 온갖 곤충 모형이 일렬횡대로 늘어서 있다. 어쩌다 집에 올 때마다 하나씩 사줬는데 어느새 부대를 꾸릴 정도가 됐다. 매미, 메뚜기, 사마귀, 잠자리, 장수하늘소, 개똥벌레, 무당벌레, 딱정벌레. 파수 부대의 한가운데, 대장 자리는 거미의 몫이다.

진구야.

사내는 아이의 이름을 부르며 텐트 앞에 무릎을 꿇고 앉는다. 텐트 안에서 칭얼거림 같고 신음 같은 소리가 단속적으로 들려온다. 사내는 곤충 보초들 위로 손을 뻗는다. 출입문의 지퍼가 반원을 그리자 출입문이 맥없이 주저앉는다. 텐트 속에 아이가 동그랗게 몸을 만 채 누워 있다.

사내는 상반신을 텐트 안으로 들이밀고 아이의 어깨를 흔든다. 아이 주변에는 캐러멜 껍질이 널려 있다. 손전등과 나침반도 보인다. 플라스틱 물통에는 물이 반쯤 남아 있다. 너덜너덜해진『파브르 곤충기』가 펼쳐져 있고 휴대용 라디오도 뒹굴고 있다.

아이 주변은 비상상황이다.

미간을 찌푸린 채 엄지를 물고 있는 아이도 비상상황이다.

아이의 꿈도 비상상황이다.

진구야.

사내는 아이의 어깨를 힘껏 흔든다.

아이의 눈이 화들짝 열린다. 장수하늘소도 무당벌레도 지켜주지 못한 꿈의 잔영이 파란 별이 되어 아이의 눈동자에 박힌다. 아이의 눈동자가 서서히 꿈의 늪에서 풀려나 단단해진다.

아빠.

아이가 사내의 손등을 보며 말한다. 거기에 사내의 눈이 달려 있기라도 한 것처럼.

사내는 두 팔로 바닥을 짚어 몸을 지탱한 채 목을 쭉 빼 아이를 바라본다. 텐트 안으로 들어갈 수는 없다. 이 텐트에는 오직 아이만 들어갈 수 있다. 어머니의 죽음이 파놓은 가슴의 구덩이를 아이의 체온으로 메우고 싶지만 머리를 쓰다듬을 수도 안을 수도 없다. 아이는 다른 사람의 손이 몸에 닿으면 질색한다.

갓난아이 때부터 그랬다. 품에 안으면 빨갛게 울어대다가도 이불 위에 내려놓으면 언제 그랬냐는 듯 잠잠해졌다. 사내는 아이가 품에서 울음을 터뜨릴 때마다 당황했다. 아이가 자신을 싫어하는 것 같아 기분이 상하기도 했다. 하지만 아이는 모든 사람의 손길과 품을 싫어했다. 그 사실을 안 뒤로도 사내는 아이가 자신을 싫어하는 건 아닐까하는 의심을 지울 수 없었다. 사내에게는 영안실의 어머니보다 텐트 속의 아이가 더 멀게 느껴진다.

그래, 진구야.

할머니는?

병원에.

많이 아파?

사내는 진실의 문 앞에서 망설인다.

응.

어디가 아파?

심장이 아파.

심장 어디가 아픈데? 우심방? 좌심방? 우심실? 좌심실?

아이는 심장 전문의처럼 묻는다. 우심방이라니. 좌심실이라니. 이런 무시무시한 단어들은 대체 어디서 주워온 것일까.

사내는 늪에 빠진 기분이다. 거짓말을 하고 있다는 사실 때문에 불쾌하다.

정확한 것은 검사 결과가 나와야 알 수 있대.

언제 나와?

글쎄.

아이가 이마를 찌푸린다. 뭔가 마음에 들지 않는 것이다.

사내는 팔이 저리다. 수십 채의 집에 눈을 달았고 눈에 불을 켜고 이백칠십 킬로미터를 달려왔고 어머니의 죽은 발을 봐야 했다. 문득 화가 치민다. 무엇 때문인지는 확실치 않다. 말문이 막혀 화가 난 것인지도 모르겠다. 전에도 여러 번 그랬으니까. 아이의 머릿속에는 대체 뭐가 들어 있는 걸까? 사내는 컴퓨터 회로판을 떠올린다. 초록색 철판에 납땜된 불가해한 칩들과 은빛 직선들. 더하고 빼고 기억하는 기적의 기계. 그런 물건들이 들어 있는 걸까? 뇌의 주름마다 납땜 자국이 있는 걸까?

삐삐삐삐.

아이의 손목시계가 고함친다. 누군가 머리를 만졌을 때의 아이처럼. 스톱워치 모드로 전환된 전자시계는 네 시간이 다 되었다는 사실을 알리고 있다.

네 시간. 아이에게 약속한 시간이다. 약속한 시간에 오지 못했다면 사내의 전화통은 불이 났을 것이다. 아이는 시계 옆구리에 붙은 스위치를 눌러 시계의 입을 틀어막는다.

아빠 들어가도 돼?

아니.

화가 나는 이유를 사내는 그제야 알 것 같다. 슬픔. 아이와 나눌 슬픔을 찾지 못해서다. 슬픔으로 반짝이는 눈동자를 찾지 못해서다. 아이는 말할 때도 눈을 맞추는 법이 없어서 사내 곁에, 사내 앞에, 사내 뒤에 있는 보이지 않는 누군가에게 말하는 것 같다.

아이와 슬픔을 나눌 수 없다는 사실이 유독 슬픈 밤이다. 아니, 언제라도 도망갈 준비가 되어 있는 겁에 질린 토끼 같은 아이의 얼굴이

유난히 슬픈 밤이다.

아이의 얼굴은 실제로 토끼를 닮았다. 휘둥그런 눈, 선명하고 깊은 인중, 젖을 빨 것처럼 오므려진 입술. 무엇보다 튀어나온 두 개의 위쪽 앞니.

토끼는 슬프다.

아니, 슬픔은 토끼다.

아이는 병원에서도 비상상황이다. 집에 가겠다고 파란 얼굴로 빨갛게 떼쓴다. 어머니의 죽음에 관해 경찰이 몇 가지 물어보겠다고 했을 때도 마찬가지다.

경찰의 질문을 마주하자 아이는 고개를 흔들고 발을 구른다. 낯선 사람을 경계하는 아이만의 방식이다.

아이는 경찰에게 신분증을 보여달라고 한다. 경찰은 어이가 없다는 표정이다.

진구야.

사내가 미간을 찌푸린다.

똑똑한 친구, 몇 살이니?

경찰이 아이에게 묻는다.

아이가 사내를 올려다본다.

대답해야지.

저는 태어난 지 팔 년 삼 개월 십칠 일 됐어요. 하지만 아저씨는 내 친구 아니에요.

내가 경찰처럼 안 보이니?

경찰관이 어떻게 생겼는지 몰라요. 하지만 윤아름 선생님이 낯선 사람이 말 걸면 그 사람이 누구인지 확인하라고 하셨어요.

경찰이 아이를 빤히 바라본다.

아이가 사내의 팔을 잡아당긴다.

집에 갈래.

아이의 볼이 파랗다.

안 돼. 경찰 아저씨한테 대답해야 해.

싫어.

아이가 고개를 흔들기 시작한다.

안 돼.

사내가 소리친다. 아이가 고개를 흔들거나 발을 구를 때 다그쳐봤자 소용없다고 숱한 경험이 입 모아 경고하지만 치밀어오르는 뜨거운 감정을 어쩔 수 없다.

똑똑한 친구, 이게 보고 싶니?

경찰이 신분증을 아이의 눈앞에 내민다.

아이가 고갯짓을 멈추고 신분증을 들여다본다. 눈동자가 단단해지고 입술이 오므라든다. 길을 가다 무당벌레를 발견했을 때의 표정이 팽팽해진 근육의 덤불을 헤집고 나타난다.

신분증을 보여줬으니 이젠 네가 대답할 차례다. 할머니를 마지막으로 본 게 언제지?

어제 이십일시 십일분이요.

어떻게 정확한 시간을 알지?

경찰의 딱딱한 얼굴에 호기심이 피어난다.

아빠한테 전화했어요.

경찰이 돌아보자 사내는 고개를 끄덕인다.

좋아. 똑똑한 친구. 잘하고 있어.

아저씨는 친구 아니에요.

그래. 그렇다고 치자. 마지막으로 봤을 때 할머니는 어떻게 하고 있었지?

누워 있었어요.

할머니가 살아 있는 모습을 마지막으로 본 것은 언제지?

할머니 안 죽었어.

뽀얗게 가라앉았던 아이의 얼굴이 다시 파랗게 일어난다. 파란 토끼가 된다. 파란 토끼가 사내를 쳐다본다. 경찰도 사내를 쳐다본다. 사내는 눈을 질끈 감는다. 파란 토끼도 경찰도 까만 장막 너머로 사라진다.

할머니는 죽었어. 언제 어떻게 죽었는지 알아야 해. 그래야 할머니가 하늘나라에 갈 수 있어.

경찰이 참을성 있게 말한다.

싫어. 할머니 하늘나라 안 가.

파란 토끼가 경찰의 정강이를 걸어차고 비명을 지르며 허공에 주먹을 휘두른다. 사내가 아이를 붙든다. 파란 토끼가 벗어나려고 발버둥친다. 사내는 파란 토끼를 더 꽉 끌어안는다. 토끼의 몸에 가득 찬 두려움과 분노가 파란 즙이 되어 뚝뚝 흘러내린다. 파란 토끼의 눈가에서 눈물이 콧구멍에서 콧물이 입가에서 침이 흘러내린다. 파란 토끼가 짐승 같은 소리를 지르며 바들바들 떤다.

성난 토끼다.

성난 파란 토끼다.

빨갛게 성난 파란 토끼다.

경찰이 의사와 간호사를 부른다. 간호사가 먼저 뛰어와 아이를 진정시킨다. 특별한 관심이나 행동을 지불하지 않고도 토끼의 성난 심장을 누그러뜨린다. 빨갛게 성난 파란 토끼가 성난 파란 토끼로, 성난 파란 토끼가 성난 토끼로, 성난 토끼가 그냥 토끼로 돌아온다. 마술을 부린 것 같다. 마술의 비밀은 유니폼이다. 아이는 유니폼 입은 사람을 좋아한다. 경찰이 사복이 아니라 정복을 입고 왔더라면 일이 쉽게 풀렸을 것이다.

경찰은 아이에게 질문할 마음이 싹 가신 얼굴이다. 똥이라도 밟은 표정이다. 조사는 의례적이 된다. 경찰의 표정도 말투도 몸짓도 의례적이 된다. 사내의 마음도 편해진다. 경찰은 어젯밤 응급실에서 사망 진단을 내린 의사를 불러 의례적으로 몇 가지 묻는다. 하품을 주렁주렁 매단 의사는 전문적인 용어를 써가며 대답한다. 경추 엑스레이, 흉부 엑스레이, 심전도, DOA. 경찰은 사인에 대해 의례적으로 묻는다. 정확한 원인은 부검해야 알 수 있겠지만 심장 계통에 지병이 있었던 점에 비추어 심근경색일 가능성이 높다고 의사는 전문적이지만 의례적으로 대답한다.

경찰이 사내를 돌아보며 부검을 원하느냐고 묻는다. 역시 의례적인 질문이다. 식당 종업원이 주문을 받은 뒤 더 필요한 것 없느냐고 묻는 것 같다.

아니오.

사내는 단호하게 대답한다.

경찰과 의사가 눈짓을 나눈다. 처음이자 마지막으로 감정이 담긴 대화를 나눈다. 그럼, 이쯤에서. 네. 경찰과 의사가 교환하는 눈빛의 급류에서 사내는 그런 말들을 낚아올린다.

유니폼의 약발이 다한 걸까. 아이가 몸을 배배 꼬며 사내의 팔을 잡아당긴다. 아이는 꽈배기가 되고 있다. 다리와 다리가 엇갈리고 허리가 비틀어지고 가까운 어깨와 먼 어깨가 자리를 바꾸고 있다. 다른 건 몰라도 꽈배기는 참기 힘들다. 뒤틀린 형태를 보면 구역질이 치민다.

사내는 화를 참기 위해 입술을 깨문다. 마른 짚 같은 입술에서 피가 난다. 혀로 아랫입술을 핥자 쇠맛이 난다. 모공마다 땀이 흘러나오고 쇠냄새가 풍긴다. 아이 내면에 있는 불안이라는 강력한 자석이 몸속의 쇠붙이를 모조리 끌어당기는 것 같다.

그만해.

사내의 목에서 쇳소리가 튀어나온다.

경찰과 의사와 간호사가 사내를 쳐다본다. 사내는 얼굴이 화끈 달아오른다. 낯선 사람들 앞에서, 어머니의 죽음을 수습하는 자리에서 아이에게 소리지른 자신이 부끄럽다. 아이를 두고 심장을 멈춰 세운 어머니가 원망스럽다. 어머니의 변변치 못한 심장이 야속하다.

사내는 간호사가 들이민 몇 장의 서류에 서명한다. 어머니의 인생이 자연사로 일단락된다. 아이는 여전히 집에 가고 싶어한다. 아이에게 상황을 설명해야 하지만 설명은 언제나 어렵다. 아이가 눈을 쳐다보지 않기 때문에 더 어렵다. 아이에게 설명하고 있으면 눈이 귀라

는 사실을 알게 된다. 인간에게는 귀가 네 개지만 아이에게는 두 개
뿐이다.

진구를 돌봐줄 사람이 없어서 집에 갈 수 없어.

아빠는?

할머니 곁에 있어야 해.

할머니 여기 있어?

아니, 할머니는 돌아가셨어.

어디로?

왔던 곳으로.

거기가 어딘데?

집.

누구네 집?

진구야!

사내의 미간이 좁아지고 앞니가 아랫입술을 잘근잘근 씹는다.

누구네 집?

아이의 질문에는 브레이크가 없어서 어딘가에 부딪쳐 박살날 때까
지 달린다.

그만해.

사내의 얼굴이 일그러진다.

집에 갈래.

아이의 목소리도 일그러진다.

안 돼.

사내의 목소리가 갈라진다.

집에 갈래.

아이의 표정도 갈라진다.

안 된다고 했잖아.

사내의 목소리가 커진다. 손이 높이 올라간다. 무시무시한 높이다. 눈앞이 아찔하다. 사내는 아이의 머리를 겨눈 손을 거둬들인다. 어깨가 축축하고 무겁다. 밀고 당기던 기나긴 협상이 결렬된 것처럼 축축하고 무거운 피로가 밀려든다. 햇볕 냄새 나는 이불 위에 누워 눈을 붙이고 싶다.

사내는 아이와의 협상을 재개한다. 아이는 집을 원하고 사내는 아이를 원한다. 줄다리기 끝에 타협점을 찾아낸다. 사내는 아이의 스파이더맨 텐트를 실어와 장례식장 한쪽 구석에 새로 세운다. 텐트 전체에 거미줄이 그려져 있어 커다란 거미집 같다. 장례식 한구석에 거미가 집을 지은 것 같다. 집이 완성되자마자 아이는 냉큼 들어간다.

아이는 장례식장의 거미다.

사내는 장례 절차 내내 거미 행세를 할 수 있는 아이가 부럽다. 아이처럼 저 구석의 거미집으로 들어가 쉬고 싶다. 죽음의 절차가, 슬픈 얼굴로 치러야 하는 죽음의 모든 절차가 다 지나갈 때까지.

장례의 절차는 계약으로 시작된다. 장례식장측 실무자가 면담을 요구한다. 실무자는 젊고 팔팔하다. 죽음의 의례를 파는 사람치고는 죽음과 너무 멀리 떨어져 있다. 덩치가 좋고 근육질이다. 자신의 능력을 과시하고 싶어 안달인 시기를 통과하고 있는 사람답게 의욕이 넘친다. 자세하고 친절하게 설명한 뒤 곧장 치고 들어온다. 사내는 얼결에

우르르 떠밀린다.

수의는 모시 백 퍼센트여야 하고, 관은 삼 센티미터 두께의 오동나무가 아니면 안 되고, 제단을 수놓을 꽃바구니는 두 개가 기본에 꽂은 일 호는 해야 하고, 의전 도우미도 최소한 세 명은 써야 한다. 그렇게 해서 기본 비용만 삼백오십만원이다. 사내의 얼굴이 굳는다. 죽음이란 목돈이다. 불친절한 비용도 비용이지만 뭐든 일방적인 것은 싫다. 일방적이라는 느낌은 더 싫다.

선택할 수 있는 게 아주 없지는 않다. 조문객을 위한 장의 버스나 고인을 위한 전용 리무진 중 하나는 무료로 빌릴 수 있다. 사내는 장의 버스 쪽을 택한다. 어머니를 덤 취급할 수는 없다. 어머니의 리무진 값은 에누리 없이 치러야 한다. 사내는 자신의 단호함에 약간의 자부심마저 느낀다. 사람 구실을 하고 있다는 기분이 겨드랑이를 간질인다. 하지만 풀지 못한 수수께끼가 남아 있다. 어머니는 화장을 원했지만 어디에 뿌려달라는 말은 남기지 않았다. 땅속도 납골묘도 갑갑해서 싫다고만 했다. 죽기 전에는 알려주겠노라고 했는데 약속을 지키지 못하고 말았다. 사내의 머릿속 연산장치가 용량을 뛰어넘는 계산에 휘말린 것처럼 뜨거워진다. 달궈진 양철지붕처럼 끽끽댄다. 스트레스라는 쥐새끼가 양철지붕 위를 지그재그로 내달린다. 뇌가 딱딱해진다.

괜찮으세요?

실무자가 조심스레 묻는다.

괜찮습니다.

사내는 숨을 깊이 들이쉰다.

뇌가 다시 말랑말랑해진다. 핑크빛 연산장치로 돌아온다. 사내는 다시 죽음의 절차에 집중한다. 제단과 화환의 크기를 정해야 한다. 이번에도 저쪽에서 먼저 움직인다. 제단은 당연히 일 호로 해야 하지 않겠느냐고 압박한다. 리무진도 제값에 빌리겠다고 했으니 제단 앞에서 쩨쩨하게 굴 수는 없다. 리무진은 덫이었다. 사내의 얼굴이 다시 굳어진다. 어물쩍대는 사이 제단은 일 호로 굳어진다.

영정 화환은 어떻게 하시겠습니까?

실무자는 숨쉴 틈을 주지 않는다.

사내는 머뭇거린다. 움츠러든다. 줄어든다. 리무진의 비상등만큼 줄어들어 가망 없이 깜박거린다.

일 단은 기본으로 제공되고 한 단 추가할 때마다 십만원 추가됩니다.

기본만 하면 안 될까요?

사내가 기어들어가는 목소리로 묻는다.

삼 단은 해야 합니다.

삼 단이나요?

그렇게 합니다, 다들.

실무자가 '다들'이라는 대목에 유독 힘을 준다.

사내는 야단맞는 기분이다. 그래서 더 불안하고 초조해진다. 두렵기도 하다. 이상한 두려움이다. 뒷문을 어슬렁거리던 불안이 앞문을 열고 들어왔을 때 느낄 법한 두려움. 지독한 잘못을 저질러서 뭔가 더 큰 벌이 기다리고 있을 것 같다.

다들 그렇게 하는군요.

사내가 맥없이 중얼거린다.

뭐 하나 부탁해도 되겠습니까?

사내가 힘없이 묻는다.

뭡니까?

실무자가 나긋한 목소리로 되묻는다.

저기……

말씀하십시오.

뭐든 들어주겠다는 태도다. 어머니를 살려내는 것 빼고는 뭐든.

육개장에 고기를 안 넣으면 안 될까요?

고기를요?

어머니가 절에 다니셨거든요.

달걀도 풀지 말까요?

달걀은 괜찮습니다.

아이는 계란을 좋아한다. 노란색을 좋아한다. 이유는 알 수 없다. 역시 알 수 없는 이유로 회색 하느님의 창조물을 싫어한다. 소고기를 먹지 않는다. 익힌 소고기는 회색이 되기 때문이다. 프라이드치킨은 먹는다. 노랗기 때문이다. 아이가 믿는 노란 하느님이 먹을 수 있는 것과 먹을 수 없는 것을 정해준 것 같다.

아, 네.

실무자의 얼굴이 어리둥절하다. 노란 하느님의 나라에 불시착한 회색 곰 같다.

회색 곰은 회색 하느님의 나라로 돌아간다. 실무자가 사라지자 사내는 뜻밖의 외로움을 느낀다. 노란 하느님의 나라에 남겨진 회색 나무 같다. 구덩이에 발을 묻고 시멘트를 부어버린 나무.

곁에서 육개장을 먹어주고 술을 마셔주고 담배를 피워주고 화투를 쳐주던 검은 사람들이 하나둘 떠날 때마다 사내는 그런 기분에 사로 잡힌다. 어머니를 어디에 뿌려야 할지 자문할 때도. 어머니라는 자연은 너무나 광활해서 나무나 강 같은 자연의 귀퉁이로는 감당할 수 없다. 세상에서 가장 깊고 넓고 크고 밝고 푸르고 아름다운 곳이 아니면 안 된다. 어머니에게는 그런 집을 지어주고 싶다. 세상에서 가장 깊고 넓고 크고 밝고 푸르고 아름다운 집.

거미집에 들어앉은 아이는 수시로 가짜 집에서 기어나와 진짜 집에 가겠다며 칭얼대고 떼쓰고 빙빙 돌고 고함친다. 그때마다 검은 사람들은 술냄새를 풍기며 혀를 찬다. 아이의 고모들과 사촌들은 아이를 미친 원숭이 보듯 한다.

월요일 아침 사내는 아이의 학교로 전화를 건다. 담임선생을 찾아 할머니의 장례 때문에 아이가 학교에 갈 수 없다고 알린다. 담임선생은 고인의 명복을 빈다. 짧지만 긴 침묵 뒤 조심스럽게 말을 잇는다.

실은 지난주에 진구를 통해 뵙고 싶다는 뜻을 전했는데……

저희 어머니를 말씀입니까?

네, 연락이 없어서 전화 드리려던 참이었습니다.

무슨 일이신데요?

경황이 없으실 테니 나중에 연락 드리도록 하겠습니다.

괜찮습니다. 말씀하십시오.

그게…… 진구 일로 한번 뵀으면 해서요.

상대의 목소리에 담긴 무게가 사내의 가슴에 그대로 얹힌다.

진구가 무슨 문제라도 일으켰습니까?

전화상으로는 좀 그렇습니다.

그럼, 제가 학교로 찾아뵙겠습니다.

다음주면 방학이라……

장례 끝나는 대로 찾아뵙겠습니다.

힘드실 텐데 이런 말씀 드리게 돼서 죄송합니다.

담임선생의 말에는 정중함의 추가 달려 있어 무겁다. 큰절이라도 하는 것 같다. 사내는 자신도 모르게 고개를 숙이며 말한다.

괜찮습니다. 곧 찾아뵙겠습니다.

사내의 말도 꾸벅 고개를 숙인다. 무거운 말들의 무게로 사내도 무거워진다.

큰누나가 빨갛게 취한 매형의 등을 떠밀며 포장마차의 불씨를 되살리기 위해 떠날 때도 사내는 납처럼 무거워진다. 어머니를 어디에 뿌리면 좋을지 묻자 큰누나는 엉뚱한 말을 한다.

진구는 이제 어쩐담.

큰누나식의 작별인사 앞에서 아이를 맡아줄 수 있느냐고 물으려던 사내의 입이 움츠러든다.

처남도 더 늦기 전에 새 출발 해야지.

매형이 끼어든다.

제 주제에 무슨……

사내가 머리를 긁적이며 말꼬리를 흐린다.

어머 무슨 소리야. 네가 어디가 어때서? 집도 있겠다, 차도 있겠다.

게다가 너는 인문계 고등학교를 나왔잖니.

우리 가게 옆에서 국화빵 파는 여자가 있는데 참하고 싹싹해.

말도 안 돼. 내 동생이 뭐가 아쉬워서.

그래도 처년데.

처년지 과분지 당신이 어떻게 알아?

뭐가 어째?

사내는 시퍼렇게 달아오른 큰누나 부부를 뜯어말린다. 아이를 맡아
줄 수 있느냐는 말은 엄두도 못 낸다.

사내는 작은누나에게 마지막 희망을 건다. 수수께끼라면 자다가도
벌떡 일어나던 작은누나가 아닌가. 자고로 말이 많은 사람은 수수께
끼를 마다하지 않는 법.

어머니를 어디에 뿌리면 좋겠어?

사내가 어려운 문제에 짓눌린 얼굴로 묻는다.

작은누나가 갑자기 울음을 터뜨린다.

작은누나는 장례 내내 울었다. 남편이 배 타고 인도양 끝까지 가서
못 왔다고 울고, 해적이 출몰하는 곳이라 위험하다고 울고, 미장원 사
장이 어머니와 동갑인데 얼굴이 팽팽하다고 울고, 미장원에 손님이
줄어 잘릴지도 모른다고 울고, 장례식장을 찾아오는 이가 없다고 울
고, 어머니의 친구가 찾아왔다고 울었다. 친구가 돌아간 뒤에는 어머
니에게도 친구가 있었다며 울었다.

정확히 말하자면 절에 함께 다닌 신도였지만 친구는 친구였다. 사
내로서도 어머니에게 친구가 있었다는 사실이 놀라웠다. 어머니는 한
번도 친구 만나러 간다는 말을 한 적이 없었다. 절에 간다는 말도 안

했다. 한 가지는 확실하다. 어머니가 절에 다닌 것은 동생이 죽은 뒤부터다.

절이라. 절 근처 어디쯤에 어머니를 뿌리는 것도 괜찮을 것 같다. 대웅전을 굽어보는 아름드리 노송이나 산사를 품은 산꼭대기나 만물의 얼굴을 한 기암은 어떨까? 하지만 어머니가 삼십 년이나 다닌 절이 어딘지도 모른다. 어머니 친구한테 연락처라도 받아둘걸. 사내의 후회가 입술을 깨문다.

숱한 날들의 빛과 어둠을 함께 나누었지만 어머니의 인생은 미스터리다. 어머니는 사내가 아는 빛과 어둠 사이 어딘가에 또다른 인생을 경작한 것만 같다.

작은누나는 울고 또 울어서 눈두덩은 붓고 눈자위는 빨갛다. 어머니의 죽음을 눈에 담아가려는 사람 같다. 작은누나의 울음은 짧았다 끊어졌다 길어졌다 짧아졌다 다시 길어진다. 천국으로 타전하는 모스부호 같다.

이번에도 사내는 아이를 맡아줄 수 있느냐는 말을 차마 꺼내지 못한다. 사내는 저만치 혼자 쭈그려앉아 현미경의 표정으로 땅바닥을 들여다보고 있는 아이를 바라본다. 개미를 관찰하는 개미 박사의 얼굴이다. 장 앙리 파브르의 눈과 코와 입이다.

개미들은 어디든 왔던 길을 되짚어돌아간다. 어떤 장애물이 있어도 다른 길을 타진하지 않는다. 어머니도 왔던 길을 되짚어간 걸까. 사내는 그리 짐작한다. 천국에서 여자들이 벼락처럼 떨어졌듯이 다시 여자들이 천국으로 번개처럼 올라간다. 아폴로 우주선처럼 구름을 뚫고 대기권을 뚫고 번개의 가속도로 올라간다. 누나들도 왔던 길을 되짚어간다.

사내와 아이만 남는다.

어머니는 없다.

어머니는 불타서 하얗게 부서졌다.

오동나무 상자에 아편처럼 조용히 갇혀 있다.

3

오동나무 상자에 담긴 어머니가 보낸 첫번째 밤이 찾아온다. 노련한 우체부처럼 단박에 찾아온다. 우체부는 소리없이 문을 따고 소리없이 아이의 텐트 앞에 선다. 거미, 매미, 메뚜기, 사마귀, 잠자리, 장수하늘소, 개똥벌레, 무당벌레, 딱정벌레가 우체부 앞을 막는다. 우체부가 아이의 이름을 부른다. 아이의 잠에 금이 간다. 금 간 아이의 잠이 칭얼거린다. 훌쩍인다. 사내가 텐트 앞으로 간다. 아이가 할머니를 찾지만 사내는 곤충 부대에 막혀 아이에게 접근하지 못한다.

할머니는?

아이의 눈동자가 텐트의 좁고 낮은 어둠 속에서 새까맣게 반짝인다. 동서남북 어디서든 오직 진실만을 요구하는 부동의 북극성이다.

사내의 혀는 더이상 도망갈 수 없다. 어디로 달아나도 머리 위에는 북극성이 떠 있을 것이다. 사내는 아이의 금 간 잠이 훌쩍이는 소리가 잦아들기를, 선잠으로 말랑말랑해진 아이의 얼굴이 단단해지기를 기다린다.

돌아가셨어.

어디로?

하늘나라로.

죽었어?

응.

왜?

나이가 많으셔서.

칠십사 살이면 죽어?

사람마다 달라.

맞아. 개의 평균수명은 십이 살인데 보리는 십오 살이지만 아직 살아 있어.

보리?

영민이네 집 진돗개 이름이야.

사내는 말없이 고개를 끄덕인다. 손등을 끄덕여야 했을까. 아이의 시선은 사내의 손등에 꽂혀 있다.

그렇구나.

할머니 죽을 때 아팠을까?

안 아팠을 거야.

사내의 목소리가 축축하다. 이제 어머니의 죽음은 돌이킬 수 없는 사실이 된 것 같다. 돌이킬 수 없는 것들은 슬프다. 죽음이든 탄생이든.

아빠가 어떻게 알아?

진구는 잠들 때 아프니?

아니.

거봐.

죽는 건 잠드는 게 아니잖아.

어서 자. 내일은 학교에 가야지.

학교 가기 싫어.

왜?

학교 가기 싫어. 학교 가기 싫어.

진구야.

사내의 목소리가 차가워진다.

아이는 사내를 등진 채 텐트 깊숙이 웅크린다. 누구도 건드릴 수 없
는 곳으로 숨어든다. 사내는 한숨을 쉬며 방을 빠져나온다.

밤새 비가 내린다. 번개도 내리고 천둥도 내린다. 사내는 어둠을 등
지고 더 깊은 어둠을 향해 뒤척인다. 어머니를 어디에 뿌릴지 정하지
못했다. 뿌리지 못한 어머니가 머리를 어지럽히고 잠자리를 흔든다.
해결하지 못한 어머니, 집을 장만해드리지 못한 어머니가 하늘에서
쏟아진다. 사내의 귀가, 이마가, 두개골 속의 신경다발이 어머니로 흠
뻑 젖는다. 잠은 없다. 집 안 어디에도 잠은 없다. 구닥다리 자개장롱
밑에도, 얼룩덜룩 천장 너머에도, 아무렇게나 벗어놓은 바지 주머니
속에도 잠은 없다.

사내는 잠이 없는 방에 누워 방에 없는 잠에 대해 생각한다. 그 반
대도 생각한다. 방이 없는 잠과 잠에 없는 방. 목이 뻣뻣해지고 관자
놀이가 물구나무선다. 목을 타고 오르는 밧줄 같은 신경이 팽팽해진

다. 뇌와 심장의 간격이 좁아진다. 어머니는 무사할까? 사내는 오동나무 상자를 조심스레 열어본다. 어머니는 비에 떠내려가지 않았다. 번개에도 천둥에도 쓸려가지 않았다. 어머니의 집은 차차 구하면 된다. 마저 달지 못한 창 때문인가? 얼마 남지 않은 아파트의 눈알은 동료들이 박아넣겠지. 게다가 팀장이 열흘의 휴가를 주지 않았던가.

사내는 건넌방의 어둠을 흘깃거린다. 저쪽의 어둠이 더 어둡다. 텐트에 새겨진 거미줄이 어둠의 손금처럼 희미하게 빛난다. 긴장감은 거기에서 새어나오고 있다. 어둠이 더 캄캄한 어둠의 기둥들 사이에 자아놓은 거미줄. 사내는 아이와 단둘이 낮과 밤을, 밤과 낮을 지낸 적이 없다. 앞으로 감당해야 할 아이와의 낮과 아이와의 밤이 불길한 예언처럼 쏟아져내린다. 눈을 감아도 쏟아져내린다.

겨울과 여름 사이에 봄이 있는 것처럼 모름지기 남자와 남자 사이에는 여자가 있어야 한다.

눅눅하고 가늘어진 아침이 비에 실려 내려온다. 눈꺼풀 안쪽에 드리워진 붉은 거미줄에 후줄근한 아침이 매달려 있다. 사내는 아빠 노릇을 위해 일어난다. 아니, 엄마 노릇을 위해 일어난다. 아침의 아이에게는 엄마가 필요하다. 냉장고를 연다. 냉장고에는 김치와 김치였던 것과 김치 비슷한 것과 김치 비슷한 것이었던 것들과 바나나우유와 갈색 바나나뿐이다.

사내는 슈퍼에서 간단히 장을 본다. 계란, 콩나물, 도시락 김을 산다. 부엌에서 아침을 준비한다. 밥을 짓고 콩나물국을 끓이고 계란프라이를 부친다. 도시락 김을 곁들여 상을 차린 뒤 텐트 앞에서 아이를 부른다. 아이의 이름이 아이의 잠을 흔든다. 진구야, 진구야, 진구야, 진구야, 진구야, 진구야, 진구야, 진구야, 진구야. 아홉 개의 진구가 한 명의 진구를 좌우로 흔든다. 아이의 잠이 아홉번째 진구의 손에 끌려 지구 저쪽으로 물러간다.

밥 먹게 일어나.

몇시?

아이가 손등으로 눈을 비비며 묻는다.

일곱시가 넘었어.

몇분?

일곱시 이십칠분.

밥은 공팔시에 먹어.

다 차려놨어. 식기 전에 먹어야지.

밥은 공팔시에 먹어.

아무 때나 먹어도 돼.

밥은 공팔시에 먹어야 해.

누가 그러래?

생활계획표에 적혀 있어.

생활계획표?

아이가 문을 쳐다본다. 문 복판에는 도화지에 그린 생활계획표가 붙어 있다. 커다란 원에 담긴 하루가 여러 조각으로 쪼개져 있다. 기상은 일곱시 반, 아침식사는 여덟시다.

일단 일어나서 씻어.

아이는 화장실에 들어가 오래오래 세수한다. 세수라기보다는 물에 관한 연구 같다. 물을 두 손 안에 가둔 채 뜯어보고 쪼개고 분석하고 해체한다. 그렇게 물 분자를 요모조모 살피고 염탐한 뒤 얼굴에 찍어 바른다. 무해하고 안전한 것으로 판명된 물의 촉감을 빌려 이목구비를 차례대로 확인한다. 잠들기 전에 있던 자리에 그대로 달려 있거나 박혀 있거나 뚫려 있거나 솟아 있는지 확인한다.

말을 배울 때 아이는 유독 제 몸의 이름을 떠올리는 데 어려움을 겪었다. 사내가 코를 만지며 무엇이냐고 물으면 코라고 대답했지만 진구 코는 어디 있어? 라고 물으면 귀나 입술을 만지곤 했다. 장님이 코끼리 만지듯, 아이는 자기 몸 앞에서 장님이 된 것 같았다. 저기 눈먼 아이가 코끼리를 씻기고 있다. 이마를, 눈두덩을, 코를, 볼을, 입을 씻기고 있다. 아니, 물이라는 현미경으로 이마를, 눈두덩을, 코를, 볼을, 입을 연구하고 있다. 이럴 때 아이는 개미 같다. 신중하고 고집스럽다.

어서. 밥 다 식는다.

사내는 애써 화를 누르며 말하지만 서늘한 목소리의 뇌관에 매달린 폭발의 도화선이 가늘게 파닥거린다.

화장실에서 나온 뒤에도 아이는 벽시계를 뚫어져라 바라보며 밥상 주위를 배회한다.

어지러워. 어서 앉아.

폭발의 안전핀이 나가떨어진다. 사내가 소리친다.

하지만 아직 공괄시가 안 됐어.

아이의 대답은 완강하다.

사내는 벽시계를 쳐다본다. 여덟시 십 분 전이다.

사내는 치밀어오르는 욕지거리를 밥과 함께 삼킨다. 밥은 이미 차갑다. 죽은 밥이다. 아이가 죽은 사람의 얼굴로 밥상을 빙글빙글 돈다. 욕지거리가 사내의 목에서 빙글빙글 돈다. 사내는 다시 밥 한술을 목구멍으로 밀어넣는다.

아이는 정확히 여덟시에 밥상 앞에 앉는다. 아이는 계란 노른자만 깨작거린다. 노른자가 사라지자 아이의 젓가락은 더듬이를 접는다.

혼자도 먹어.

혼자 싫어.

어서.

하지만 계란말이는 먹어.

편식하면 못써.

하지만 할머니는 계란말이를 만들어줬어.

싫으면 먹지 마.

사내는 잿빛 한숨을 내쉰다. 아이는 잿빛 숨을 들이쉬며 자리에서 일어난다. 아이는 냉장고에서 바나나우유를 꺼내 먹는다. 갈색으로 변한 바나나는 먹지 않는다. 노란 하느님을 섬기는 아이에게 갈색은 타락의 색이다. 노란 아이 앞에서 사내의 표정도 갈색으로 타락한다.

학교 늦겠다. 어서 양치질하고 옷 갈아입어.

학교 싫어.

진구야.

학교 싫어. 학교 싫어.

아이는 선풍기 앞에 얼굴을 바짝 들이댄 채 소리친다. 선풍기 날개가 만드는 파란 원을 뚫어져라 쳐다보고 있다. 파란 원에서 파란색을 뜯어내려는 것처럼 노려보고 있다. 아이가 풍속을 올린다. 파란 바람이 아이의 볼을 파랗게 물들인다.

선풍기에서 떨어져.

아이의 입에서는 대꾸가 없다.

어서.

아이의 입에서는 여전히 대꾸가 없다.

사내는 이를 앙다물고 협상의 가능성을 저울질한다. 어떻게든 학교에 보내야 한다.

학교 끝나고 아빠랑 놀러 가자.

어디?

아이의 얼굴이 새 동전처럼 반짝인다.

어디 가고 싶어?

아이가 선풍기를 들여다보며 대답에 공을 들인다. 더듬이로 온갖 가능성을 탐색하는 부지런한 개미 같다.

야구장.

좋아.

야구는 아이가 좋아하는 유일한 스포츠다. 아이와 야구장에 가본 적은 없다. 그런 생각조차 해본 적 없다. 아이와 야구장에 갈 수 있다는 사실이 사내에게는 작은 충격이다.

사내 역시 아버지와 야구장에 가본 적이 없다. 아버지의 야구는 라디오나 텔레비전 속에만 존재했다. 아버지는 라디오와 텔레비전에 담가둔 자신만의 야구를, 자신만의 타이거즈를 매일매일 소주잔에 부어 홀짝였다. 승리도 패배도 소주잔의 손아귀를 벗어나지 못했다. 승리라는 뜨거운 불이, 패배라는 차가운 불이 아버지의 뇌와 위와 간을 필라멘트 삼아 빨갛게 타올랐다. 아버지의 뇌와 위와 간이 에디슨의 판지 쪼가리처럼 타올랐다. 타이거즈의 원정 유니폼처럼 새빨갛게 타올랐다.

사내의 야구도 라디오와 텔레비전 속에만 존재했다. 대여섯 번 야구장에 가보기는 했다. 아버지가 돌아가신 뒤였고 매번 혼자였다. 그때마다 타이거즈는 졌다. 그때도 사내의 야구는 8회까지만이었다. 경기 결과는 스포츠뉴스로 확인했다. 아버지가 살아 있을 때는 굳이 스포츠뉴스를 기다릴 필요가 없었다. 집 안 공기만으로도 승패를 알 수 있었으니까.

비가 많이 왔는데 오늘 야구를 할 수 있을까?

아이가 중얼거린다. 아이의 뇌는 이제 야구가 꿰찼다.

비는 그쳤지만 보이지 않는 비가 오는 듯 대기가 눅눅하다.

아빠가 나중에 야구장에 전화해서 확인해볼게. 그러니까 선풍기에서 떨어져.

아이는 파란 원 앞에서 꿈쩍도 않는다. 이제는 이마도 귀도 턱도 파랗다.

오늘 야구를 할 수 있을까?

아이가 선풍기 날개에 대고 소리친다. 아이의 목소리가 선풍기의 파란 원으로 우묵하게 말려들어가며 웅성거린다.

나중에 확인해본다고 했잖아. 선풍기에서 떨어져.

아이의 머릿속에는 파란 걱정거리가 가득한 것 같다. 파란 야구장, 파란 야구공, 파란 배트, 파란 베이스. 아이의 야구장은 둥근 수영장에 빠졌다. 파랗고 둥근 수영장이 빙글빙글 돌면서 야구를 삼킨다.

오늘 야구를 할 수 있을까?

아이는 다시 한번 선풍기 날개에 대고 외친다. 아이의 목소리가 파란 원반 위에서 빙글빙글 돌아간다.

진구야, 아빠가……

사내가 소리를 지르다 말고 입을 다문다. 아이를 어서 학교에 보내야 한다. 아이를 파란 걱정에서 건져내기 위해 사내는 야구장 번호를 알아내 전화한다.

야구장은 전화를 받지 않는다. 비에 젖은 야구장은 전화를 받지 않는다. 야구장은 아직 잠에서 깨지 않았다. 사내는 야구장의 잠을 들려주기 위해 아이의 귀에 수화기를 갖다댄다.

너무 이른 시간이라 전화를 안 받아. 아빠가 나중에 확인해볼게.

사내는 선풍기 날개를 멈춰 세운다. 아이는 머릿속에 움켜쥐고 있던 선풍기를 풀어주고 화장실에 가서 양치질을 한다.

아이는 생활계획표에 따라 여덟시 반에 등교한다. 죽었던 빗소리가 되살아난다. 생활계획표가 없는 사내는 아이의 생활계획표 바깥에서 빈둥대다 빗소리 위에 누워 어떤 생활계획표에도 없는 이상한 잠에 빠져든다. 눅눅한 잠의 안쪽에서 허우적거린다.

잠은 노란색이었다가 파란색이었다가 빨간색이었다가 회색에서 빙글빙글 맴돈다. 사람도 없고 풍경도 없는 잠이다. 풍경도 없고 사람도 없는 잠이지만 꿈은 있다. 잠을 가득 채운 회색 숨결이 꿈이라는 출구를 찾는다. 묵은 하수관처럼 침침한 꿈 입구에는 걱정이라는 거름망이 버티고 있다. 걱정들이 머리카락처럼 거름망에 얼기설기 얽혀 있다. 어머니를 어디에 뿌려야 할까? 언제까지 일을 쉬어야 할까? 오늘 야구를 할 수 있을까? 아이의 담임선생은 왜 보자는 걸까?

흔들린다. 잠이 흔들리고 꿈이 흔들리고 걱정이 흔들린다. 걱정이 달아나고 꿈이 잦아들고 잠이 부서진다. 사내는 진저리치며 눈을 뜬다.

사내는 죽었던 눈알에 시동을 걸고 시간을 확인한다. 손목시계는 시침과 분침이 열두시를 합장하고 있다. 사내는 벌떡 일어나 꿈에 젖은 무거운 몸뚱이를 끌고 화장실로 간다. 몸뚱이를 씻기고 머리털을 빨고 수염을 민다. 또 그만큼의 시간을 양치질에 할애한다. 칫솔을 쥔 손이, 손에 매달린 어깨가 치아만큼 딱딱해진다.

장롱에서 꺼낸 양복도 딱딱하다. 세탁소 비닐에 담긴 회색 양복은 여름에 입기에는 무겁고 딱딱하다. 비닐을 벗기자 나프탈렌 냄새가 코를 찌른다. 나프탈렌이라는 실로 짠 양복 같다. 나프탈렌 양복은 어깨가 높다. 구식이다. 넥타이도 맨다. 빨간 넥타이는 넓디넓다. 역시 구식이다. 집을 나서는 사내는 늙고 지치고 배 나온 구식 신사다. 늙고 지치고 배 나온 구식 신사의 손에는 어머니의 박카스 상자가 들려 있다. 어머니는 학교에 찾아올 때면 박카스 한 상자를 들고 오곤 했다. 박카스는 선생님들의 음료수다.

사내는 학교에 간다. 학교 가는 길 위의 발은 불안과 무기력의 무게로 터벅거린다. 학교라는 덫으로 어쩔 수 없이 끌려들어간다. 모든 덫이 그렇듯 학교라는 덫도 가장 안전한 시야의 복판에 도사리고 있다. 작고 복잡하고 위험한 골목에서 비켜나 크고 단순하고 안전한 길에 코를 박고 있다. 형형색색의 장난감과 불량식품으로 치장한 문방구들이 어린양들을 덫으로 유혹하고 있다. 문방구가 끝나는 곳에서 학교가 나타난다. 창백한 운동장을 품고 있는 학교는 무지개다. 빨강, 주황, 노랑, 초록, 파랑, 남색, 보라가 시멘트 외벽의 피로를 감추고 있다. 아름답고 완벽한 덫이다.

운동장에 발을 들인 사내는 학교가 작다는 사실에 놀란다. 초등학교 안으로 들어온 것은 초등학교를 졸업한 이후 처음이다. 난쟁이 왕국에 난파한 걸리버가 된 기분이다. 저기 난쟁이 운동장 한쪽 구석에는 난쟁이 미끄럼틀, 난쟁이 시소, 난쟁이 철봉, 난쟁이 정글짐이 올망졸망 모여 있다. 난쟁이 왕국의 걸리버라는 상상이 사내에게 숨쉴 여지를 준다. 뜻밖의 자신감에 사내는 광고용 바람인형처럼 부풀고 팽창하고 쑥쑥 자란다.

걸리버가 난쟁이 복도에서 난쟁이 유리창 너머로 난쟁이 교실을 들여다본다. 난쟁이들이 산만한 표정으로 앞쪽을 바라보고 있다. 아이는 없다. 사내는 앞문 이마에 내걸린 표찰을 확인한다. 분명 아이의 반이다. 사내는 손차양을 유리창에 들이밀어 시야의 밀도를 높인다. 역시 아이는 보이지 않는다.

손차양을 교실 끝까지 밀어붙이자 아이가 튀어나온다. 아이의 책상은 난쟁이 무리에서 한참 떨어져나와 맨 뒤 구석에 처박혀 있다. 아이는 구석과 책상이 확보한 작은 삼각형 안에 거미처럼 도사리고 있다. 납작 엎드린 채 책상에 뭔가를 끼적이고 있다.

외톨이 난쟁이.

외톨이 거미 난쟁이.

구석에 몰린 외톨이 거미 난쟁이.

걸리버의 심장이 쪼그라든다.

난쟁이 심장이 된다.

사내는 이제 거인 왕국에 난파한 걸리버다. 구석에 몰린 느낌 때문에 숨을 쉴 수 없다. 저 높이 치솟은 천장의 고압적인 눈길이 이마를 짓누른다. 창이 까마득히 높다. 거인 교실을 들여다보려면 벌레처럼 벽을 기어올라야 한다. 난쟁이 걸리버의 얼굴이 수치심으로 빨개진다.

저 외톨이 난쟁이는 내 아이가 아니다.

저 외톨이 거미 난쟁이는 내 아이가 아니다.

저 구석에 몰린 외톨이 거미 난쟁이는 내 아이가 아니다.

사내는 아이를 단숨에 세 번 부정한다. 폭발하는 수치심의 힘으로 휙 돌아서지만 복도는 너무 높고 너무 넓고 너무 길다. 무한 복도다. 난쟁이 걸리버는 거인 덫에 빠졌다.

사내가 몇 걸음 떼었을 때 등뒤에서 문이 열리고 발목을 낚아채는 소리가 들린다.

아버님.

사내는 앞으로 넘어지지 않기 위해 그 자리에 얼어붙는다.

진구 아버님?

아이의 이름이, 진구라는 올가미가 사내의 뒤통수를 후려친다.

사내는 더 버티지 못하고 돌아본다. 교실 앞문에 통통하고 앳된 여자가 버티고 서 있다. 동글동글한 여자다. 얼굴도 동글동글, 눈도 동글동글, 콧방울도 동글동글, 입도 동글동글, 턱도 동글동글, 몸통도 동글동글, 다리도 동글동글하다.

진구 아버님 맞으시죠?

오장육부까지 동글동글할 것 같은 사람이지만 입을 열면 날카롭다. 진구 애비라는 사실은 어떻게 알았을까? 진구 냄새라도 맡은 것일까? 나프탈렌 냄새?

진구는 나프탈렌이다.

컴컴한 구석에 웅크린 채 점점 작아지는 진구는 나프탈렌이다.

사내는 앳된 여자에게 꾸벅 인사한다. 허리를 굽히자 나프탈렌 냄새가 코를 움켜쥔다. 사내는 찡그리지 않기 위해 안간힘을 쓴다. 창 너머에서 바람이 불어온다. 바람이 사내를 훑고 간다. 지나간 바람의 부피만큼 나프탈렌 걸리버는 졸아든다.

거의 다 끝나갑니다. 잠깐만 기다려주세요.

담임선생이 교실로 돌아간다.

사내에게는 돌아갈 교실이 없다. 이 거인의 왕국에는 난쟁이 걸리버를 위한 교실이 없다.

네, 하는 천둥소리가 복도를 흔드는가 싶더니 거인 아이들이 교실에서 쏟아져나온다. 이렇게 조그마한 어른이 다 있어, 하는 얼굴로 흘깃거리며 복도를 쿵쾅쿵쾅 빠져나간다. 담임선생이 다시 나타난다. 부쩍 거대해진 담임선생이 조용한 데로 가자며 앞장선다.

앞문을 지날 때 사내는 교실 구석을 재빨리 살핀다. 아이는 여전히 엎드린 채 낙서중이다. 사내는 서둘러 고개를 돌린다.

상담실은 대낮이지만 어둑어둑해서 형광등을 켜야 한다. 담임선생이 형광등을 켜자 더 어두워진 것 같다. 마치 내면의 조도를 높인 것처럼 바깥은 더 침침해진다. 상담실이 아니라 취조실이다. 입을 열기 위해서는 진실만을 이야기해야 할 것 같다.

사내는 가죽 소파 끄트머리에 엉덩이를 걸친 채 거인 담임선생의 섬세한 염려와 마주한다.

담임선생이 어머니의 명복을 빈다.

사내는 감사의 인사를 전한다.

담임선생은 한동안 말이 없다. 침묵이 어머니의 명복을 빈다. 사내는 침묵에게도 감사의 인사를 전한다. 담임선생은 머뭇거린다. 사내는 담임선생의 짐을 덜어주기로 한다.

진구한테 무슨 문제라도 있습니까?

담임선생은 마침내 입을 연다.

진구는 정상적인 아이들과 다른…… 뭐랄까, 특이한 구석이 있습니다.

맞다. 제대로 짚었다. 아이는 지금 구석에 있다. 아니, 아이에게는 구석이 있다. 하지만 그래서 어쨌다는 것인가. 누구에게나 구석은 있는 법. 아이의 구석이 진짜 구석이라는 점이 뭐가 문제인가. 사내는 앳된 수사관의 얼굴을 살핀다.

진구가 비정상이라는 말씀입니까?

사내는 제 목소리가 지나치게 또렷하게 들려 놀란다.

그런 게 아니라……

앳된 수사관이 뜻밖의 반격에 당황한 듯 얼굴을 붉힌다. 너무 세게 밀어붙였나, 하는 후회가 스친다. 비정상이라니. 무시무시한 진실을 지껄인 것 같다. 무시무시한 진실의 차갑고 씁쓸한 뒷맛이 혓바닥에 들러붙는다.

제 말씀은…… 진구가 남들과는 다른 구석이 있다는 겁니다.

담임선생은 단어를 신중하게 고른다. 수사관이 아니라 변호사의 언어를 구사한다. 신중하게 선택한 단어마저도 입안에서 우물거려 동글게 만들어 내보낸다. 하지만 '구석'이라는 말의 모서리가 사내의 심장을 벤다. 심장이 피를 흘린다.

사내는 묵비권을 행사한다.

담임선생은 소지품을 보여주는 소녀처럼 수줍어하며 아이에 대한 근심을 조금씩 신중하게 꺼내놓는다.

눈을 마주치지 않는다.

구석 자리만 고집한다.

아이들과 어울리지 않는다.

탁자 위에 아이의 '구석'이 차곡차곡 쌓인다. 익히 알고 있는 증거들이지만 낯선 사람의 주머니에서 나오니 당황스럽다. 사내는 구석에 몰린다. 담임선생은 보기와 달리 노련한 수사관이다. 차곡차곡 단단하게 쌓아올린 증거의 무게로 사내를 압박한다. 사내는 턱을 바짝 끌어당기고 입을 굳게 다문 채 수사관의 눈길을 피한다.

담임선생은 아이의 그림을 보여준다.

노란 땅, 노란 하늘, 노란 강, 노란 나무, 노란 구름, 노란 새, 노란 태양, 노란 달, 노란 폭포, 노란 집, 노란 자동차, 노란 사람들.

아이의 그림은 노란색의 천국이다. 사내의 머릿속에 빨간 알전구가 켜진다. 아이가 계란찜에 수저를 들이댈 때 아이가 먹은 것은 계란이 아니라 노란색이었다. 마찬가지로 아이가 소고기를 입에 안 델 때 아이가 멀리한 것은 소고기가 아니라 회색이었다. 아이가 섬기는 노란 하느님은 아이에게 먹을 수 있는 음식과 가려야 할 음식이 아니라 먹을 수 있는 색깔과 가려야 할 색깔을 정해준 것이다.

미친 아이.

노랗게 미친 아이.

노랗게 미친 하느님의 아이.

결정적 증거 앞에서 사내는 무릎이 풀린다.

담임선생이 결정타를 날린다.

이 그림 때문에 아이들이 진구를 '노랭이'라고 놀렸나봐요. 특히 동민이가 심했나봐요. 진구가 동민이를 머리로 들이받아서 코가 깨졌어요. 동민이 어머님이 찾아와 노발대발하는 걸 제가 어떻게 진정시키기는 했는데……

죄송합니다. 정말 죄송합니다.

사내는 머리를 깊이 조아린다. 이마가 탁자에 닿을 것 같다. '죄송합니다'는 설탕이 아니라 소금이다. 목구멍이, 혀가, 입술이, 심장이 짜디짜다.

담임선생이 당황한다. 사랑 고백이라도 받은 것처럼 눈동자가 커지고 귓불이 달아오른다.

별말씀을요. 뼈에는 이상이 없다니까 걱정 안 하셔도 됩니다.

죄송합니다.

아버님께 사과받으려고 이런 말씀을 드리는 건 아니에요. 그러니까 제가 드리고 싶은 말씀은 진구가 다른 아이들과 다르다는 겁니다. 진구는 한번 듣거나 본 것은 잊는 법이 없어요. 기억력이 비상합니다.

어느 날 종례를 마치고 나오는데 진구가 할말이 있는 것처럼 따라오더라고요. 물어보니 예림이 생일이라는 거예요. 생일인 아이들에게 축하의 말을 한마디씩 쓰도록 카드를 돌리는데 그날은 제가 깜박한 거예요. 다이어리에 표시하려고 아이들에게 생일을 물었을 때 들은 걸 기억하고 있지 뭐예요. 그러니까 제 말씀은…… 진구가 특이하다고 할까요. 아니, 어떤 구석에서는 특별하다고 할 수 있습니다.

'구석'이라는 사금파리가 사내의 살갗에 붉은 자국을 남기며 박힌다.

고맙습니다.

'고맙습니다'도 설탕은 아니다. 이번에도 입안이 짜디짜다.

그래서 말씀인데요……

담임선생의 상체가 탁자를 향해 쏟아진다. 진짜 용건을 꺼내려는 것이다.

진구에게는 특수교육이 필요합니다.

특수교육이라고요?

사내의 입이 새장에 갇힌 앵무새처럼 파닥거린다.

그러니까 제 말씀은 특별한 교육을 받은 선생님과 특별한 교육 프로그램이 필요하다는 겁니다.

담임선생의 상체가 소파 깊숙이 물러난다. 뜨거워진 진실에서 멀어진다. 소파 가죽이 등에 부대끼면서 뽀드득, 눈 밟는 소리가 난다. 뜨거워진 진실에서 멀어진 담임선생의 등판이 차가운 진실에 가닿는다.

죄송합니다.

진구를 위해서 드리는 말씀입니다.

죄송합니다. 고맙습니다.

상심이 크실 텐데 이런 말씀 드려서 죄송합니다.

고맙습니다. 죄송합니다.

두개골 모양의 양념통에서 소금과 설탕이 번갈아 쏟아져나온다. 달고 짜고 달고 짜다가 결국 아무 맛도 느낄 수 없게 된다. 사내는 달랑 두 개의 말만 할 줄 아는 장난감 인형이다. 자신의 모든 언어를 미친 듯이 번갈아 토해내는 고장난 장난감 인형이다. 고장난 장난감 언어다. 고맙습니다. 죄송합니다. 고맙습니다. 죄송합니다. 고송합니다. 죄맙습니다.

사내는 탁자 위에 박카스 상자를 올려놓는다. 어머니의 박카스 상자가, 어머니의 죽음이 사내를 구원한다. 취조실에서 빼내준다. 숨통이 트인다.

여전히 교실 구석에 처박힌 아이를 보는 순간 숨통이 다시 졸아붙는다. 이 순간 아이는 세상에서 가장 무시무시한 심문관이다. 눈도 마주치는 법 없는 노란 심문관. 노란 심문관은 책상에 엎드려 뭔가를 끼적이고 있다. 그것이 무엇인지 궁금해진다.

숨소리와 발소리를 죽인 채 사내는 아이에게 다가간다. 책상 위에는 정교하고 촘촘한 거미줄이 건축되고 있다. 지나가던 날벌레들이 걸려들 것만 같다. 아이가 그린 게 아니라면 아름답다고 감탄했을지 모른다. 사내는 세상에서 가장 완벽한 거미줄에 붙들린 날벌레가 된 기분이다.

진구야.

사내의 꼬깃꼬깃한 목소리가 거미줄을 무기력하게 흔든다.

작고 노란 거미가 고개를 든다. 아이가 좋아하는 호랑거미. 아, 아이는 호랑토끼거미다. 호랑토끼거미가 거미줄에 걸려든 먹잇감을 확인한다.

아빠.

아이의 눈이 잠깐 커졌다 본래 크기로 돌아간다.

가자.

어디?

아이의 얼굴에는 물음표가 매달려 있다.

사내가 머뭇거린다. 어디로 가지? 사내는 어서 이 조그마한 거인 나라에서, 이 구석에서, 거미줄에서 벗어나고 싶은 생각뿐이다.

야구는 십팔시 삼십분에 시작하는데.

아이가 거미줄을 내려다보며 말한다.

오늘은 야구장 못 가.

왜?

비가 와서 야구를 할 수 없어. 다음에 가자.

다음에, 다음에, 다음에, 다음에, 다음에, 다음에.

거짓말이다. 사내는 야구장의 전화기로부터 어떤 답도 듣지 못했다. 발작처럼 튀어나온 거짓말이다.

야구장에 가고 싶지 않다.

아이와 야구장에 가고 싶지 않다.

저 노랗게 미친 아이와 야구장에 가고 싶지 않다.

아이에게 벌을 내리고 싶다는 어두운 욕망에 사내는 소스라치게 놀란다. 무엇에 대한 벌인지는 모호하다. 죄가 너무 많다. 눈을 마주치지 않는 죄, 구석에 처박힌 죄, 다른 애들과 어울리지 않은 죄, 반 아이를 들이받은 죄. 노란 하늘의 죄, 노란 태양의 죄, 노란 구름의 죄, 노란 나무의 죄, 노란 하느님의 죄, 비정상이라는 노란 죄.

김진구.

사내의 목소리가 짜증으로 검게 쿨럭인다. 위액이 목구멍으로 역류하는 것 같다.

아이가 노리끼리하게 움츠러든다. 사내가 성까지 부르는 것은 이례적인 일이다.

친구 얼굴은 왜 들이받았어?

조그마한 거인 나라를 빠져나오자마 사내가 묻는다.

동민이는 내 친구 아냐.

동민이한테 왜 그랬어?

자지도 노랗냐고 놀렸어.

사내가 움찔한다. 노리끼리한 얼굴로 주위를 둘러본다. 아이의 목소리가 전깃줄 위를 걷는 것처럼 높고 아슬아슬하다.

노란 토끼의 얼굴이 분노로 팽팽해진다.

그래도 그러면 안 돼.

사내는 목소리를 한껏 낮춘다. 속삭이는 것 같다. 애원하는 것 같다.

아빠 자지도 노랗냐고 놀렸단 말이야.

노란 토끼는 검은 전깃줄에서 내려올 줄 모른다. 성난 전깃줄이 고압으로 울부짖는다.

아무리 화가 나도 때리면 안 돼.

화낸 게 아니야. 복수한 거야.

복수?

화내지 말고 복수하라고 했어.

사내는 핏줄에 전기가 흘러들어온 것처럼 찌르르 떤다. 고압전기로 송신된 계시 같다. 광야의 선지자가 황야에서 우뚝 선 채 고압송전탑처럼 소리없이 외친다. 화내지 말고 복수해라. 복수해라.

그런 얘기는 어디서 들었어?

사내의 목소리가 아이의 어깨를 으스러뜨릴 것처럼 움켜쥔다.

노란 토끼는 입을 다문다.

그런 말 못써. 다시는 입에 올리지 마. 꿈도 꾸지 마.

사내는 정전기처럼 곤두서 부르짖는다.

아이의 치뜬 눈은 전봇대를 노려보고 있다. 전깃줄 위에 회색 비둘기들이 사신처럼 세상을 굽어보고 있다. 사신이라기에는 너무 뚱뚱하다. 모두가 죽어버린 세상을 내려다보는 사신이다.

아이는 비둘기를 끌어내리려는 듯 노려본다. 비둘기들은 충전중인 면도기처럼 요지부동이다. 아이도 꿈쩍 않는다. 숨도 쉬지 않는다. 작은 전봇대가 된다.

진구야.

작은 전봇대는 입이 없다. 입을 땅에 묻었다. 지나가는 사람들이 아이를 힐끔거린다. 아이의 팽팽한 시선이 겨눈 대상을 확인한 뒤에는 사내를 힐끔거린다. 사내의 목울대가 새파란 전기로 들끓는 변압기처럼 파랗게 진저리친다. 비둘기에 대한 분노로 혀가 탄다. 살의에 가까운 분노다. 비둘기의 목을 비틀어버릴 수도 있을 것 같다.

진구야.

작은 전봇대는 여전히 대답이 없다.

사내는 신발을 한 짝 벗어 전봇대 꼭대기를 향해 힘껏 던진다. 허공의 척추를 밟으며 달려간 신발이 전깃줄을 쿵, 걷어차고 전깃줄이 철썩, 출렁이자 비둘기들이 회색 날개를 펴고 회색 하늘의 품으로 쏴아, 뛰어든다. 회색 비둘기들을 품은 회색 하늘이 거대한 회색 비둘기처럼 파닥거린다. 회색 하늘에서 희끄무레한 운동화가 비둘기 똥처럼 떨어진다. 그제야 아이는 비둘기 똥이 집중 투하된 전봇대 주변을 조심조심 에둘러 걸어간다.

밤늦도록 사내는 잠을 이루지 못한다. 전깃줄로 짠 해먹에 드러누운 것처럼 신경이 빠직빠직 곤두선다. 밤은 안전그물도 장대도 없이 전깃줄 위를 걷고 있다. 사내는 눈을 감았다 뜨기만 반복한다. 비틀거리는 밤이 전깃줄 위에서 떨어지기라도 할까봐 가슴 졸인 채.

얼핏 의식의 정전 구역을 더듬거리던 사내는 화들짝 눈을 뜨고 전봇대를, 아니 천장을 노려본다. 천장 너머에서 들려오는 소리 때문이다. 쿵쿵쿵. 천장을 때리는 발소리. 잠잠하다 싶더니 또 시작이다.

쾅쾅쾅. 소음은 더 또렷하고 거대해진다. 하늘에서 신발들이 떨어진다. 5월의 고요한 하늘에서 얼룩무늬 강철 군화가 쏟아진다. 강철 군홧발이 부드러운 5월의 땅을 얼룩덜룩 폭격한다. 일분일초라도 빨리 내려오기 위해 강철로 군화를 빚었을까? 땅속에 묻어놓은 거대한 자석 위에 철컥 내려앉도록 강철 군화를 신은 걸까? 비둘기라면 얼룩무늬 강철 군화가 따라올 수 없는 세상으로 날아가버릴 텐데. 사내에게는 날개가 없어서 강철 군홧발의 얼룩덜룩 쇳소리 위에서 부들부들 흔들린다. 저 소리 좀 멈춰줘요. 누가 제발 저 얼룩무늬 미친 소리 좀 멈춰줘요.

저 소리가 들리지 않아? 사내가 물으면 애어미는 눈살을 찌푸렸다. 무슨 소리? 저 소리 말이야. 천장을 부수는 저 소리. 사내는 머리 위를 노려보며 말했다. 그만해. 윗집 사람들 휴가 갔단 말이야. 제발 그만 좀 해. 산 사람은 살아야 할 것 아냐. 절규와 탄식과 애원과 협박의 밤은 언제나 그렇게 끝났다. 애어미의 표정은 머릿속 소음을 호소하는 사내보다 더 절박했다. 매번 그랬다. 특히 마지막 말을 할 때.

산 사람은 살아야 할 것 아냐.

그 말을 들을 때마다 사내는 부끄러웠다. 동료 죄수의 시신을 매장하는 일로 연명하는 죄수라도 된 기분이었다. 묻을 시신이 있어야 목숨을 부지할 수 있는 죄수 말이다.

처음에는 자신의 고통이 외톨이라는 사실이 견디기 힘들었는데 나중에는 자신의 고통이 무시당한다는 생각에 참을 수 없었다. 사내는 무신경한 여자가 섭섭했다. 자신의 귀를 어지럽히는 소음을 듣지 못하는 여자가, 소음을 들으려 하지 않는 여자가, 자신의 말을 들으려 하지 않는 여자가, 자신의 말을 소음 취급하는 여자가. 아니, 여자의 말이 섭섭했다. 불결했다. 천박했다. 뻔뻔했다. 가증스러웠다. 산 사람은 살아야 한다면 죽은 사람은 죽어야 한단 말인가?

소음은 점점 커진다. 검게 기름을 먹인 쇳소리가 사내의 머릿속 전깃줄을 움켜쥐고 흔든다. 매끈한 절연체 속에 가닥가닥 꼬인 고통이라는 구리선이 날카롭게 삐져나온다. 보아라. 매끈한 절연체를 흔드는 저것은 별도 바람도 비둘기도 아닌 죽음의 군홧발. 사내는 자리를 박차고 일어나 방을 나선다. 신발장에서 야구방망이를 꺼내들고 밖으로 뛰쳐나간다.

공기가 묵은 빵처럼 텁텁하다. 어디선가 옥수수가 쉬어터지는 밤이다. 사내는 홈런 타자처럼 야구방망이 손잡이 끝을 꽉 움켜쥔다. 계단을 한달음에 올라간다. 살벌한 기세로 철문을 밀치고 나가지만 위층에는 아무도, 아무것도 없다. 쥐새끼 한 마리 얼씬거리지 않는다. 야구방망이를 쥔 팔이 축 늘어진다. 삼진 먹은 홈런 타자의 팔이다. 사내가 딛고 선 곳은 옥상이다. 일부러 맨 꼭대기 층을 골라 왔다. 윗집이 없는 곳, 휴가를 떠나는 윗집이 없는 곳으로 이사 온 것이다.

사내는 위를 올려다본다. 쾅쾅쾅. 발을 구르는 소리는 여전하다. 저 먹먹한 하늘 위에서 누군가 발을 동동 구르고 있다. 강철보다 파란 피울음이 양철구름을 두드리고 있다. 억울하다고, 억울해서 억장이 무너진다고. 운동화를 던져 쫓아낸 회색 비둘기떼는, 회색의 전기 비둘기떼는 사내의 심장으로 날아들었다. 사내의 붉은 심장이 회색 전기로 벌렁거린다. 콧구멍도 벌렁거린다. 나란한 두 개의 검은 구멍이 콘센트 같다. 사내는 지금 세상의 모든 기계를 만땅으로 충전시킬 수 있을 만큼의 전하로 서슬 퍼런 축전지다. 분노의 축전지다. 아파트를 포위한 네온 십자가들이 사내에게 어떤 진실에 관한 노래를 들려준다.

너, 마음 가난한 자여
복수는 너의 것이니

죄악의 땅을 갈아엎어라

정의를 비처럼 내려주리라.

　야구방망이를 피뢰침처럼 거느린 축전지가 아래층으로 내려간다. 사내는 야구방망이를 집어던지고 곧장 안방으로 달려간다. 장롱을 열고 서랍을 꺼내 뒤집는다. 납작한 종이상자가 서랍 바닥에 붙어 있다. 청테이프를 떼어내자 먼지가 뿌옇게 날아오른다. 사내는 상자에 담긴 것을 꺼낸다.

　주사위.

　청산가리.

　칼.

　그리고 작게 접힌 주소.

4

　다음날 아침을 먹고 난 뒤, 사내의 분주한 마음은 짐을 꾸렸다 풀기
를 반복한다. 선뜻 마음을 정하지 못한다. 아이를 데리고 갈 수도 두
고 갈 수도 없다. 맡길 곳도 없다. 사내는 결정을 유보하기로 결정한
다. 일단 아이를 데리고 간다. 데리고 갈 수 있을 때까지는 데리고 다
닌다. 그다음은? 그때 가서 고민하면 된다.
　거미집 속의 아이는 도화지에 뭔가를 끼적이고 있다.
　뭐 해?
　아이는 대답이 없다.
　진구야, 뭐 해?
　아이는 여전히 대꾸가 없다. 귀가 없는 사람처럼 군다.
　아이는 도화지를 가득 채운 커다란 동그라미를 신중한 얼굴로 쪼개
고 있다. 잠과 식사와 독서와 휴식과 놀이와 공부가 아이의 하루를 나
누어 가진다. 아이는 노란 색연필로 놀이와 휴식을 칠한다. 노란 색연

필로 식사와 공부를 칠한다. 잠과 독서도 노랗게 칠한다. 아이의 하루가 노래진다. 아이의 여름방학이 노래진다. 사내는 궁금하다. 아이의 머릿속도 노랄까? 뇌와 뇌수도 노랄까?

진구야, 아빠랑 어디 갈 거니까 꼭 필요한 것만 가방에 담아.

어디?

여행.

여행?

그래, 여행.

어디로?

아이가 자신의 동그랗고 노란 방학을 들여다보며 묻는다. 사내는 당황한다. 여행이라는 거짓말이 너무 쉽게 들통난 것 같다. 어쩌면 머릿속이 노란 이 아이는 모든 걸 훤히 꿰고 있는지도 모른다. 사내의 머릿속이 노랗게 질린다.

여기저기.

여기는 어디고 저기는 어디야?

아이는 여전히 자신의 동그랗고 노란 방학을 들여다보고 있다. 이런 때는 아이가 눈을 맞추지 않는 게 다행이다. 거짓말을 다듬을 시간을 벌 수 있다.

아빠가 꼭 만나야 할 사람이 있어.

친구?

아이의 머릿속이 털어놓는 단순함에 사내는 안도한다. 머릿속이 노란 것으로 가득 찬 이 아이는 쥐뿔도 모른다.

그래. 아주 오래전부터 아는 친구.

언제부터?

진구가 태어나기 전부터.

몇년도부터?

천구백팔십년부터.

왜 만나러 가?

빚이 있어.

아빠가 빚졌어?

아니.

친구가 빚졌어?

그래.

얼마나?

많이.

얼마나 많이?

엄청 많이.

십만원?

그것보다 많아.

백만원?

돈으로는 갚을 수 없을 만큼 큰 빚이야.

그게 얼만데?

하늘만큼 땅만큼.

하늘은 얼마고 땅은 얼마야?

몰라.

왜 몰라?

진구야!

친구 어디 살아?

서울.

싫어.

서울이 왜 싫어?

싫어.

서울랜드도 가고 63빌딩도 가고 잠실야구장도 갈 거야.

잠실야구장?

그래. 그러니까 꼭 필요한 것만 가방에 담아.

꼭 필요한 것만.

사내도 떠날 차비를 한다. 아주 먼 길이 될 것이지만 준비할 게 많지는 않다. 하나뿐인 양복을 장롱에서 꺼내 입고 상의 안주머니에 칼과 주사위와 청산가리를 챙겨넣는다. 칼은 염소를, 주사위는 동생을, 청산가리는 자신을 위한 것이다.

팀장에게 전화를 걸어 당분간 쉬겠다고 말한다. 어차피 아이를 데리고 일을 할 수는 없다. 팀장은 흔쾌히 허락한다. 몇 가지 핑계를 준비했던 게 머쓱할 정도다. 왠지 섭섭하다.

아이는 입을 벌린 가방 앞에서 고민중이다. 방바닥에는 손때 묻은 장난감들이 저요, 저요 소리치며 주먹을 치켜들고 있다. 노아의 방주에 타려는 동물들 같다. 아이가 아끼는 토마스 기차와 티라노사우루스도 주먹을 흔들고 있지만 스파이더맨이 그려진 가방은 이미 배가 불룩하다.

사내는 거미인간의 뱃속에 든 것을 꺼내 확인한다. 곤충 부대, 『파

브르 곤충기』, 일기장, 땅콩 캐러멜, 야구 글러브. 대홍수 이후 지구는
곤충이 야구를 하는 행성이 될 것이다.

가방이 가득 찼어. 하나만 더 골라.

아이는 장고 끝에 나침반을 집어든다.

나침반은 왜?

집에 데려다줄 거야.

아이는 가방 주둥이를 닫는다.

아이의 눈이 스파이더맨 텐트로 향한다. 간절한 갈망을 담은 눈이
다.

그건 안 돼.

사내는 미리 못을 박으려 하지만 헛손질만 하는 기분이다.

아빠.

아이의 뒤통수가 못처럼 뾰족해진다.

집을 짊어지고 다닐 수는 없어.

달팽이는 집을 짊어지고 다녀.

너는 달팽이가 아니잖아.

달팽이.

김진구!

달팽이.

사내의 경고에도 아이의 뒤통수는 더 뾰족해진다. 어떤 망치로도
다스릴 수 없는 못이 된다. 세상에서 가장 단단한 벽 깊이 다리를 묻
고 있다. 박을 수도 뺄 수도 없는 못이다. 끝까지 박을 수도 완전히 빼
낼 수도 없다면 뭔가를 걸어두는 수밖에. 대체 뭘 걸어두지?

사내는 벽에 걸린 아이의 옷을 모조리 여행가방에 꾸린다. 아이의 속옷과 칫솔도 챙긴다. 진짜 여행을 떠나는 것 같다. 여행을 떠난다는 거짓말이 기분을 슬쩍 들어올리지만 속이 거북해진다. 아이를 속였다는 거북한 사실이 뱃속에서 더러운 거품을 물고 있다. 어릴 적 탱자나무 가시로 고름을 짠 것처럼 배를 찔러 더러운 거품을 터뜨리고 싶지만 사내에게는 탱자나무 가시가 없다. 탱자나무가 없다.

아이는 문단속한다며 부산을 떤다. 창문을 몽땅 걸어 잠그더니 수도꼭지와 가스밸브도 확인하고 전기 플러그마저 빠짐없이 뽑아낸다. 선풍기가 텔레비전이 라디오가 전기주전자가 전기밥솥이 전기의 젖꼭지에서 떨어져나와 죽는다. 그간 집 안을 채운 게 바람과 수돗물과 가스와 전기였던 것처럼 집이 텅 빈 느낌이다.

영영 못 돌아올 것처럼 유난을 떠는 게 사내는 못마땅하다. 진실 위에 덮은 거짓의 장막을 들추는 것 같아 불편하다.

그만하면 됐어.

전기가 새어들어오면 돈이 새어나가.

사내는 정전기에 찔린 것처럼 움찔한다. 어머니가 입에 달고 다니던 말이다. 아이의 입에서 어머니의 말이 튀어나오고 있다. 집이 텅 빈 것은 느낌이 아니라 사실이다. 그동안 집을 가득 채웠던 바람과 수돗물과 가스와 전기의 어머니가 사라진 것이다. 사내는 바람과 수돗물과 가스와 전기의 어머니가 담긴 오동나무 상자를 보자기로 싸고 단단히 매듭을 묶는다. 오동나무 상자에 담긴 바람과 수돗물과 가스와 전기가 한 방울도 새어나가지 않도록.

바깥에는 물오른 여름이 작열하고 있다. 봉고 문을 열자 탱탱한 열기가 훅 튀어나온다. 사내는 짐칸에 널린 공구를 한쪽으로 치우고 아이의 짐과 옷가지와 어머니를 싣는다. 근처 슈퍼에 걸어가 소주 한 병과 껌 한 통을 산다.

마침내 길을 나선다. 복수의 길을 나선다. 이번만큼은 끝장을 볼 것이다. 하늘이 두 쪽 나도 끝장을 볼 것이다. 사내는 안전벨트를 매며 이를 악문다.

봉고는 걸음을 옮길 때마다 뜨거운 김을 토해낸다. 불의 전차가 따로 없다. 에어컨을 켜보지만 바람은 미지근하다. 사내는 에어컨을 끄고 차창을 내린다. 아이도 조수석의 창을 내린다. 덥다. 바퀴 밑으로 말려들어가는 아스팔트가 쩍쩍 들러붙는 것 같다. 발바닥이 끈적거린다. 여름이 끈적거린다.

회색 콘크리트 숲이 듬성듬성해지고 진짜 숲의 초록 우듬지가 파란 하늘의 가장자리에서 빛나기 시작한다. 초록이 무성해진다. 초록이 점점 무성해진다. 초록이 점점 더 무성해진다. 고요하게 폭발하는 태양이 초록을 속성으로 키우고 있다. 저멀리 시립공원묘지가 초록의 경사를 만들어내며 붉은 땅 위로 솟아오른다. 무덤들이 솟아오른다. 저기 죽은 아버지가 서 있다.

아버지의 무덤은 다른 무덤들과 다르지 않다. 겉보기에는 그렇다. 동그랗고 파랗다. 파란 돔이다. 파란 돔 아래 아버지가 시퍼렇게 서 있다. 아버지의 분노가 서 있다. 동생의 원한을 풀어주기 전에는 편히 누울 수 없다는 아버지의 유언이 고개를 빳빳이 들고 서 있다.

아버지를 눕히지 않기 위해 어머니는 묘혈 파는 일꾼들에게 웃돈을 찔러줘야 했다. 아버지의 관이 수직의 구덩이에 들어갈 때 사내는 관이 뒤집히지 않았는지 걱정스러웠다. 물구나무선 아버지가 꿈에 나오기도 했다. 머리가 아프다고, 머리가 터질 것 같다고 호소했다. 꿈에서 깨면 사내는 머리가 아팠다. 머리가 터질 듯 아팠다. 꿈속에서 물구나무를 서기라도 한 것처럼.

사내는 아버지에게 소주를 올린다. 동생을 잃은 뒤로 아버지한테서는 술냄새가 가실 날이 없었다. 혈관을 술로 채우려는 것 같았다. 수가 틀리면 집 안 마른자리에 뿌리던 기름을 몸속에 들이붓는 듯했다. 아버지는 화병으로 죽었다.

야구 중계를 보다 뒷목을 잡고 쓰러져 병원에 실려간 아버지는 반짝 정신이 들자마자 대뜸 물었다. 해태는? 사내는 무심코 사실대로 말했다. 7대 4로 깨져부렀어요. 아버지의 얼굴이 검붉게 일그러졌다. 검붉게 일그러진 눈이 사내를 물끄러미 들여다보았다. 사내를 낙담과 절망의 구덩이로 떠밀던 눈빛이었다. 죽은 게 동생이 아니라 너였다면, 이라고 말하는 듯한 눈빛.

낙담과 절망을 오려붙인 눈동자가 흐릿해지더니 눈자위에서 눈물이 흘러내렸다. 아버지는 자신의 인생이 패배했다는 판결이라도 받은 듯 눈물을 흘렸다. 사내는 사실대로 말한 것을 두고두고 후회했다. 해태가 이겼다고 거짓말할 수도 있었을 텐데. 선의의 거짓말을, 하얀 거짓말을 할 수도 있었을 텐데. 하지만 사내의 입에서 튀어나온 것은 새까만 참말이었다. 아버지는 눈물이 마르기도 전에 영원히 눈을 감았다.

야구도 잠든 새까만 밤이면, 새까만 밤에 짓눌린 더 새까만 꿈속에서 사내는 창백하게 중얼거리곤 했다. 해태의 패배가, 해태가 패배했다는 새까만 참말이 아버지를 죽인 것이라고.

무덤 주변의 풀은 유난히 파랗다. 파란 하늘보다 더 파랗다. 이쪽이 하늘이고 저쪽은 하늘의 반영 같다. 그러니까 아버지는 땅속에 물구나무서 있는 것이 아니라 하늘나라에 똑바로 서 있는 것이다. 이런 하얀 망상에 고무되어 사내는 목구멍의 용기를 긁어모아 하얀 거짓말을 하기로 한다.

아부지, 어제는 해태가 이겨부렀어라. 10대 2로 허벌나게 이겨부렀당께라.

사내의 하얀 거짓말이 파란 무덤 위를 나풀나풀 날아간다.

어제는 비가 와서 경기를 못 했잖아. 그리고 이젠 해태 아니야.

무덤 자락의 개미굴에 코를 박고 있던 아이가 개미굴에 대고 소리친다. 모든 무덤들이 깨어날 만큼 큰 소리로 새까만 참말을 외친다. 저 캄캄한 옛날 어두운 병실에서 사내가 아버지에게 그랬던 것처럼. 모든 아들이 아비를 죽이는 단호하고 순수한 방식으로.

나풀나풀 날아가던 하얀 나비가 은빛 거미줄에 걸려 옴짝달싹 못한다. 이곳 파란 묘지가 파란 하늘이고 저 위쪽은 이곳의 반영이어서 아버지가 땅속에 물구나무서 있는 게 아니라 하늘나라에 똑바로 서 있다는 하얀 망상의 날개가 바스라진다. 아버지가 다시 검은 땅속에 거꾸로 처박힌다. 아버지는 물구나무다. 물구나무가 혀를 차며 중얼거린다. 썩을 놈들, 밥 묵고 거시기만 하믄서 거시기를 거시기밖에 못허냐.

사내는 눈자위가 쓰리다. 눈물은 아니다. 아직은 아니다. 사내는 이를 악문다. 이를 악문 소주 뚜껑을 딴다. 파란 소주병에서 맑은 소주가 흘러나와 무덤을 파랗게 적신다. 소주를 남김없이 뿌린다. 웃자란 풀도 솎아낸다. 절은 생략한다. 조만간 아버지를 만나게 될 테니까. 그러면 아이는? 절을 시켜야 할까?

사내는 아이를 돌아본다. 아이는 개미굴 입구에 소주병 주둥이를 묻는다. 소주병이 물구나무선 채 땅에 박힌다. 파란 소주꽃이 피어난다. 눈먼 개미 한 마리가 파란 유리줄기를 더듬더듬 기어오른다. 다른 개미들이 일렬로 뒤를 따른다. 파란 유리줄기로 검은 수액이 타오른다. 파란 공허를 수직의 질서로 검게 채운다. 아빠 앞에는 아빠의 아빠, 아빠의 아빠 앞에는 아빠의 아빠의 아빠, 아빠의 아빠의 아빠 앞에는 아빠의 아빠의 아빠의 아빠. 아이도 결국 아빠의 뒤를, 아빠의 아빠의 뒤를 따른 아빠의 뒤를 따를 것이다. 사내는 아이에게도 절은 시키지 않는다. 언젠가 아빠의 아빠를 만나게 될 테니까.

사내는 아버지의 무덤을 뒤로하고 동생의 무덤으로 향한다. 시립묘지를 뒤로하고 국립묘지로 향한다. 회색 도심 언거리로 불자동차처럼 최단거리로 재빨리, 법정 최고속도로 접근한다. 외곽 순환도로에 올라탄다. 순환도로는 도심의 테두리를 완만한 곡선으로 달린다. 차는 많지 않다. 라디오를 켠다. 여행 기분을 내본다. 청취자가 전화로 노래 실력을 뽐내는 프로다. 잘 부르면 상품도 받는다.

사내의 귀에는 모두 가수다. 노래 부르는 것은 질색이지만 듣는 것은 좋아한다. 대개는 감탄하면서 듣는다. 입은 없지만 귀는 있다.

우등상을 놓치는 법이 없던 동생은 노래도 잘했다. 심지어 공부할 때도 노래를 흥얼거렸다. 암기할 내용에 곡조를 입혀 외우는 것이었다. 운동도 잘했다. 특히 야구를 잘했다. 초등학교 때 야구부에 들겠다고 했다가 아버지한테 뺨을 맞았다. 아버지가 동생을 때린 것은 그때가 처음이자 마지막이었다. 공부를 못했다면 동생은 가수나 야구선수가 되었을 것이다. 노래 잘하는 야구선수나 야구 잘하는 가수가 되었을 것이다.

일인 일 특기. 사내가 다녔던 초등학교의 교훈이었다. 교장은 훈화 때마다 강조했다. 하느님은 누구에게나 하나씩 재주를 주셨다. 여러분도 하느님이 주신 재주를 갈고닦아 나라와 민족에 꼭 필요한 인재가 되어야 한다. 사내는 교장의 말이 수상쩍었다. 동생에게는 하나가 아니라 여러 개를 주신 하느님이 자신은 깜박한 것 같았다.

초등학교 시절 사내의 통지표에는 늘 이렇게 적혀 있었다. 소극적이지만 정직하다. 공을 잘 차면 축구선수가 되고 발이 빠르면 달리기선수가 되고 그림을 잘 그리면 화가가 되고 거짓말을 잘 지어내면 작가가 되지만 정직한 사람은? 정직이 밥 먹여준다는 말은 들어보지 못했다. 그러니 정직은 재주가 아니다. 하느님이 깜박한 게 아니라면 선물보따리에 담아둔 재주가 사람 머릿수만큼인 게 분명하다. 그래서 두 개의 재주를 받은 사람이 있으면 한 명은 빈손이 되고 세 개의 재주를 받은 사람이 있으면 두 명이 빈손이 되어야 하는 것이다. 그렇다고 동생을 미워하거나 시기한 적은 없다. 사내에게 동생은 늘 웃는 미친 동생이고, 늘 웃으면서 졸졸 따라다니는 미친 동생이어서 미워할 수 없었다. 하느님이 사내의 주머니에 슬쩍 찔러준 재주가 있다면 미친 듯 웃고 미치도록 졸졸 따라다니는 재주 많은 동생을 자랑스러워하는 것이었다. 넥타이를 매고 출근하는 아버지를 원했던 동생은 스스로가 넥타이를 매고 출근하는 아버지가 될 것이었다. 그 일만 없었다면.

사내는 넥타이 매듭을 매만진다. 어머니 장례 때 맸던 까만 넥타이다. 넥타이가 영 어색하다. 목이 아니라 심장이 답답하다. 넥타이가, 광택도 무늬도 없는 소극적이고 정직한 까만 넥타이가 목이 아니라 심장을 꽉 조이고 있다. 넥타이 매듭을 느슨하게 풀자 도로의 곡선도 느슨해지고 햇볕도 느슨해지고 라디오의 노래자랑도 느슨해진다. 하지만 아이의 얼굴은 과속 탐지 카메라처럼 삼엄하다. 맞은편에서 달려온 차가 씽 지나칠 때마다 눈을 깜박인다. 맞은편 차량의 속도를 감시하는 카메라다. 주변을 경계하는 토끼다.

하느님이 아이에게 준 재주는 뭘까? 제자리에서 빙빙 돌기? 소리 지르기? 대꾸 안 하기? 말하면서 딴 데 쳐다보기? 구석에 처박혀 있기? 노란 음식만 고집하기? 초등학교 교장의 말대로 하느님이 절대로 깜박하는 분이 아니어서 누구에게나 재주를 하나씩 나눠줬다면…… 그분이 아이에게 준 재주는…… 정직함이겠지.

사내는 넥타이의 매듭을 아래로 잡아당겨 더 늘어뜨린다. 심장이 헐거워진다. 회색 스카이라인도 헐거워진다. 차창 너머로 풀냄새가 빽빽해진다. 빽빽해진 풀냄새 위로 국립묘지를 안내하는 표지판이 솟아오른다. 망월동. 동생이 누워 있는 곳. 머리가 깨지고 어깨가 부서지고 폐가 찢어진 동생이 누워 있는 곳이다.

차를 주차장에 세우고 사내는 동생에게 간다. 아이가 졸졸 따라온다. 어릴 적 동생 같다. 아이의 눈썹이 부드러워졌다. 붉은 흙과 파란 잔디가 아이의 긴장을 누그러뜨리는 것 같다. 하지만 무덤을 지키는 회색 비석들 때문에 아이의 미간이 딱딱해진다.

동생의 묘에 아이를 데려오기는 처음이다. 동생에 대해 얘기한 적도 없다. 동생의 그림자에 대해서도 얘기한 적 없다. 그토록 자랑스러워하던 동생이었지만 동생이 죽은 뒤로는 동생의 이름을 입에 올릴 수 없었다. 입에 올리면 혀가 타버릴 것 같았다. 활짝 피지도 못한 동생의 재주들이 혀를 태워버릴 것 같았다.

동생 앞에서 사내는 넥타이 매듭을 다시 조이고 주머니에서 껌을 꺼낸다. 슈퍼의 껌 진열대를 샅샅이 뒤져 구한 인삼껌이다. 기대는 안 했는데 아직도 그 껌이 살아 있어서 좀 놀랐다. 사내가 처음이자 마지막으로 훔쳤던 물건이다. 초등학교 삼학년 때였다. 정직한 외톨이였던 사내를 끼워준 후줄근하고 껄렁한 패거리를 따라 옆 동네 구멍가게의 사각지대를 슬쩍했다.

구멍가게를 슬쩍하러 패거리에게 가는 길에도 동생은 웃으면서 졸졸 따라왔다. 성, 어디가. 동생은 웃으면서 물었다. 물으면서도 웃었다. 따라오지 마. 매정하게 쏘아붙여도 동생은 여전히 실실 웃었다. 따라오지 마. 집에 가. 사내가 동생에게 소리쳤다. 동생은 계속 들러붙었다. 사내는 동생이 난생처음 귀찮아졌다. 나에게는 재주꾼 동생이 아니라 못난 친구들이 필요해. 재주꾼 동생을 혹처럼 달고 나타나면 못난 친구들한테 웃음거리가 될 거야.

사내는 동생이 땅속으로 꺼졌으면 했다. 저만치서 따라오는 동생을 향해 돌을 던졌다. 따라오지 마. 돌이 사내의 고함과 함께 동생의 발치에 떨어졌다. 동생은 그래도 웃으며 따라왔다. 사내는 화가 치밀었다. 이번에는 동생이 아니라 동생의 웃음을 향해 돌을 던졌다. 동생의 웃음이 얼어붙었다.

사내는 걸음을 재촉했다. 뒤를 돌아보고 싶은 마음을 꾹꾹 밟으며 걸었다. 뒤를 돌아보면 소금기둥이 되리라. 그 이야기를 생각할 때마다 사내는 오싹했다. 소금기둥이 되는 건 무섭지 않았다. 결국 뒤를 돌아보게 될 것이라는 불길한 예감이 더 무서웠다.

골목을 돌기 전 사내는 뒤를 돌아보고 말았다. 불길한 예감이 빗나가는 게, 무서운 경고가 헛소리가 되는 게 무서운 사람처럼. 소금기둥이 된 것은 사내가 아니라 동생이었다. 저멀리 공터 끝에서 동생은 손톱만한 소금기둥이 되어 서 있었다. 손톱만한 소금기둥이 손톱처럼 씩 웃고 있을 것만 같았다.

눈먼 구멍가게에서 슬쩍한 인삼껌 한 통을 사내는 통째 입에 넣고 씹었다. 처음 훔친 것은 그렇게 하는 법이라고 패거리의 우두머리가 거만하게 말했다. 사내는 죄책감 한 통을 볼이 미어터지도록 질겅질겅 씹었다.

시간이 지나면 죄책감도 죄와 함께 늙게 마련이지만 어떤 죄책감은 오히려 젊어지기도 한다. 도둑질에 대한 죄책감이 희미해질수록 동생에 대한 죄책감은 또렷해졌다. 동생 몫을 빼두지 않은 게 미안했고, 동생에게 돌을 던진 게 미안했고, 동생을 귀찮아한 게 미안했다. 동생이 죽어 누워 있는 땅 앞에 선 지금은 동생이 땅속으로 꺼져버렸으면 했던 게 죽도록 후회스러웠다. 사내가 곱씹는 죄책감에서는 어김없이 인삼맛이 났다.

사내는 껌을 몽땅 꺼내 껍질을 벗긴 뒤 동생의 발치에 내려놓았다. 동생은 껌 한쪽도 오래오래 씹고 책상 밑에 붙여두었다가 다시 오래오래 씹곤 했다. 동생의 입은 한동안 심심하지 않을 것이다.

진구야, 절해.

싫어.

아빠 동생이야.

싫어.

인사하면 통닭 사줄게.

켄터키 프라이드치킨.

알았어.

아이가 관절인형처럼 어색한 동작으로 절한다.

아빠는?

아이가 무릎을 털며 묻는다.

나중에. 아빠는 나중에.

조만간 만나러 갈 거야. 인사는 그때. 사내가 마음속으로 중얼거리며 흙에 섞인 작은 돌조각을 집어 멀리 던진다. 손톱만한 돌조각이 손톱처럼 찡그린 채 멀리멀리 날아간다.

봉고도 멀리멀리 날아간다. 가야 할 길은 멀고멀다. 이 고물차로 어디까지 갈 수 있을까. 먼 길 떠나는 운전자의 상식적인 노파심이 자꾸만 자동차 정비소를 돌아보지만 사내는 외면하고 무시한다. 자동차 정비소는 치과와 같으니까. 작은 걱정을 들고 가면 언제나 의외의 큰 골칫거리를 안겨준다. 왜 이제야 왔냐고 나무라면서.

도시의 북쪽 톨게이트로 가는 길에는 자동차 정비소가 자주 눈에 띈다. 사내는 앞만 노려보지만 관자놀이에 사이드미러가 달린 것처럼 주변의 가게들이 휙휙 다가온다. 특별한 풍경이랄 것은 없다. 뱃속에 회충이 들어앉은 것처럼 매운 시멘트 냄새를 쫓아 흘러다녔던 숱한 도시의 여느 길거리와 다르지 않다. 주유소와 교회 사이에 이런저런 음식점들이 옥수수 알갱이처럼 들어차 있다. 그런 풍경이다. 성경 말씀처럼 짐승의 영혼은 땅 밑에 묻혀서 검은 기름이 되고 인간의 영혼은 하늘로 올라가 흰 구름이 된다. 검은 기름과 흰 구름 사이에는 노란 옥수수들이 서 있다.

　출출하지만 음식점도 그냥 지나친다. 주유소와 교회 사이에 가지런히 늘어선 옥수수 알갱이들이 우수수 밀려난다. 반쯤 뜬눈으로 아침을 맞은 조바심이 액셀에서 발을 떼지 않는다. 일단 고속도로에 올라타고 허기는 휴게소에서 달래자고 속삭인다. 조바심 앞에서 사내의 귀는 종이처럼 얇아진다.

　톨게이트를 지나 고속도로에 오르자 귀가 다시 두툼해진다. 뭐든 두툼한 게 좋다. 삼겹살도, 지갑도, 가슴도. 팻발 선 조바심이 두툼해진 가슴에 이마를 기댄 채 존다. 오직 달리는 것에만 골몰하는 고속도로의 단순성이 사내의 복잡한 신경 나사를 풀어준다. 다른 길은 없다는 사실이 오히려 안식을 준다.

　고속도로의 단순성 위에서도 아이는 졸지 않는다. 번을 서는 초병처럼 정면을 두 눈 부릅뜨고 주시한다. 빳빳한 종이를 오려서 조수석에 붙여놓은 미어캣이다.

　정말로 아이는 초병 노릇을 한다. 서울 삼백이십 킬로미터. 표지판의 속삭임을 크게 복창한다.

장성과 백양사가 지나간다.

배고파.

아이가 소리친다. 배고프다는 말을 백번은 한 사람처럼 날카롭게 소리친다.

휴게소가 곧 나타날 거야.

사내가 대답한다.

앞차의 그림자가 차 밑에서 기어나와 오른쪽으로 자라고 있다. 시계 대신 그림자를 살펴보는 것은 공사판에서 생긴 버릇. 시계는 넥타이 매고 일하는 사람들이나 들여다보는 것이다. 땀 흘리지 않고도 뭔가를 해내는 사람들 말이다. 땀이 눈으로 흘러드는 사람들은 시계를 볼 수도 없다. 그림자가 오른쪽으로 자라고 있다면 뱃가죽이 등뼈에 달라붙을 때다.

사내는 휴게소 화장실에서 방광을 비운 뒤 식당으로 향한다. 식당 입구에서 닭튀김 냄새가 지글거린다. 지글거리는 기름 거품 속에서 닭조각이 노랗게 튀겨지고 있다. 아이를 위해 닭튀김을 산다. 우묵한 종이사발에 닭 반쪽이 조각조각 담긴다. 본래의 형체와 색깔을 칼과 기름에게 내준 반쪽 닭이 사내의 가슴속에서 아버지라는 깃발로 나부낀다. 새끼의 입에 먹이를 집어넣는 어미 새처럼 가슴을 한껏 부풀린다.

사내는 식당에 들어가 칡냉면을 주문한다.

아이도 가벼워진 방광을 덜컹거리며 맞은편 의자에 앉는다.

자, 후라이드치킨.

사내가 닭 반쪽을 아이 앞으로 민다.

아이가 종이사발을 살피더니 인상을 구긴다.

프라이드치킨 아니야.

사내의 얼굴도 구겨진다.

후라이드치킨이잖아.

프라이드치킨.

후라이드치킨 맞잖아.

켄터키 프라이드치킨.

아이가 소리지른다.

여기에는 이것뿐이야.

켄터키 프라이드치킨! 켄터키 프라이드치킨! 켄터키 프라이드치킨!

아이의 얼굴이 파래진다. 파란 토끼가 된다. 파란 토끼는 켄터키 프라이드치킨을 노래한다. 고개를 앞뒤로 흔들며 노래한다. 켄터키 프라이드치킨, 켄터키 파란 프라이드치킨, 파란 켄터키 프라이드치킨, 파란 켄터키 파란 프라이드치킨.

주변의 눈들이 아이를 돌아본다. 파란 토끼의 파란 노래를 뒤적이고 찔러본다. 희한한 재주를 부리는 새끼 원숭이 보듯 한다. 주변의 눈들은 엷은 기름막이 낀 것처럼 느끼하고 불쾌하다. 느끼하고 불쾌한 시선이 이제 이쪽을 향하는 것 같다. 손때 묻은 동전 같은 시선이 새끼 원숭이를 학대하고 착취하는 불한당에게 쏟아진다. 무대 앞으로 끌려나온 관객처럼 사내는 안절부절못한다. 사내의 얼굴도 파랗게 질린다. 겨드랑이는 빨갛게 뜨거워진다. 심장이 작고 단단한 공이 되어 이리저리 뛰어다닌다. 숨을 쉴 수 없다. 심장이 목에 걸려 있는 것 같다.

알았어. 진짜 켄터키 프라이드치킨 사줄게.

사내는 백기를 든다.

파란 켄터키 노래가 뚝 그친다. 때에 전 동전들은 각자의 주머니로 돌아간다.

사내는 억울하다. 학대하고 착취하는 불한당은 자신이 아니라 아이다. 파란 토끼다. 화가 치민다. 파란 토끼에게 굴복했다는 사실이 목구멍을 꽉 막고 있다.

사내는 칡냉면을 버린다. 후라이드치킨도 버린다. 사내는 물통에서 찬물을 한 컵 받아 마신다. 입안 가득한 물이 심장으로 쫄쫄쫄 내려간다. 목에 걸려 있는 것은 심장도, 파란 토끼에게 굴복했다는 자괴감도 아니다. 목구멍에 걸린 것은 아이다. 아이는 버리지 못한다. 아이는 칡냉면도 후라이드치킨도 아니어서 고속도로 휴게소에서 버릴 수 없다.

아이를 목구멍에 담은 채 사내는 차에 시동을 건다. 차가 고속도로 위로 올라선다. 노란 차선을 물고 달리는 기분이다. 담장 위를 달리는 기분이다. 유리 조각이 박힌 담장을 달리는 기분이다. 염병할 켄터키 프라이드치킨 때문이다. 염병할 진짜 켄터키 프라이드치킨 때문에 고속도로에서 내려와야 한다.

전주 표지판을 따라간다. 염병할 진짜 켄터키 프라이드치킨을 찾아간다. 염병할 진짜 켄터키 프라이드치킨은 지도에도 없다. 지도에도 없는 켄터키를 찾아 지도책 속의 전주를 펼친다.

이 가까운 도시는 처음이다. 시멘트 냄새를 따라다닌 사내의 인생이 비켜간 도시다. 도청과 시청이 지도 아래쪽에 붙어 있다. 가장 번화한 쪽에 운을 걸어보기로 한다. 사내는 넓은 길로, 복잡한 도로로 갈아탄다. 넓고 복잡한 길을 따라가면서도 주변을 샅샅이 살핀다. 켄터키 프라이드치킨은 보이지 않는다. 켄터키는 보이지 않는다. 켄터키는 대체 어디에 처박혀 있는 걸까? 여기에 켄터키가 붙어 있기는 한 걸까? 도청과 시청의 갈림길에서 머뭇거리다 도청(시청보다 클 테니까)을 택한다.

은행과 은행 사이에 식당과 카페와 술집이 즐비하다. 도시의 심장부에 들어선 것이다. 사내는 속도를 늦추고 도시의 심장 주위를 빙빙 돈다. 켄터키는 없다. 켄터키라는 염병할 보물은 없다.

사내는 길가에 차를 대고 행인에게 묻는다. 켄터키라는 염병할 보물이 어디에 숨어 있는지. 젊은 남자애는 모르겠다며 고개를 젓는다. 몇 사람 더 붙들고 물어보지만 소득은 없다. '켄터키'라는 말이 갑자기 우스꽝스럽게 들린다. 우스꽝스러운 질문을 던진 학생처럼 창피하다.

114에 물어봐.

아이가 대시보드에 놓인 사내의 휴대폰을 집어들며 말한다.

사내의 콧잔등에 수치심이 확 타오른다. 왜 그 생각을 못했을까. 이게 다 염병할 켄터키 때문이다. 짜증과 피로가 몰려온다.

그럴 참이었어.

사내는 퉁명스럽게 쏘아붙이고 휴대폰을 낚아챈다. 세상의 모든 멍청이들이 켄터키를 찾고 있는지 114는 통화중이다. 신호 대기음이 한참 울린 뒤에야 목소리가 들린다. 켄터키 프라이드치킨 전화번호를 묻자, 어느 켄터키 프라이드치킨인지 되묻는다. 켄터키가 여러 개인 모양이다. 아무 데나 불러달라고 하자 목소리는 사라지고 기계음이 등장한다. 기계음이 불러주는 숫자를 사내는 머릿속에 담기 위해 복창한다. 하지만 휴대폰 버튼을 누르다 멈칫한다. 전화번호의 허리가 잘려나갔다. 잘려나간 번호를 아이가 큰 소리로 외친다. 사내의 손가락이 아이의 목소리에 맞춰 마지못해 움직인다.

114가 일러준 번호로 전화를 건다. 가늘고 높은 목소리가 달리는 전파에서 뛰어내린다. 가늘고 높은 목소리가 날아온 곳은 전북대 앞이다. 지도를 보니 도시의 북쪽 끝이다. 도청에서 가까운 켄터키가 있는지 묻자 가늘고 높은 목소리가 전화번호를 알려준다. 사내는 휴대폰을 귀와 어깨 사이에 끼우고 번호를 손바닥에 볼펜으로 적는다.

사내는 손바닥을 보며 전화를 건다. 이번 켄터키는 허스키 보이스고 시청 근처다. 사내는 위치를 묻는다. 허스키 보이스가 노래하듯 위치를 알려준다. 사내는 지도에 받아적으려다 만다.

책은 깨끗이. 어떤 책이든 마찬가지. 그래야 동생에게도 새 책. 책을 더럽히지 않는 것은 사내의 또다른 재주. 물려줄 동생이 없으니 이제는 죽은 재주. 인삼껌을 훔쳤을 때 정직이라는 재주도 죽었으니 사내의 수중에 재주라고는 꽝. 꽃이 피지 않는 나무가 있고 향기 없는 꽃이 있고 날지 못하는 새가 있고 비를 내리지 못하는 구름이 있듯 무엇에게나 누구에게나 하나씩 재주를 주는 하느님도 가끔은 깜박. 하느님은 저 아이를 빚을 때도 깜박? 그렇다면 저 토끼는 내 자식이 틀림없지. 눈에서는 눈, 이에서는 이.

웃긴 소리지만 어머니는 저 아이가 용왕의 아들이라고 했지. 어느 점집을 다녀온 뒤였어. 너무 귀한 분이라 팔아야 한다나. 아이의 배냇저고리를 인적 없는 들판에서 태웠지. 태워서 팔았지. 노래 못하는 바람에게, 눈물 없는 구름에게, 울지 못하는 폭포에게, 꽃이 없는 나무에게. 하느님이 깜박한 것들에게 귀하고 귀하신 분을 팔아넘겼지. 그래야 내가 무사할 거라고, 명대로 살 거라고.

시청을 가리키는 표지판을 따라가다보니 저기 켄터키 할아버지가 웃고 있다. 은퇴한 하느님처럼 인자하게 웃고 있다. 마침내 염병할 켄터키에 도착했다.

사내는 프라이드치킨을 주문한다. 켄터키는 아이의 천국, 에어컨은 빵빵하고 프라이드치킨은 노랗다. 켄터키 프라이드치킨은 정말 샛노랗다. 노란 닭을 노란 기름에 튀겨낸 것 같다. 아이는 염병할 진짜 켄터키 프라이드치킨을 진짜 맛나게 뜯어 먹는다. 큼지막한 닭튀김 조각을 순식간에 해치운다. 이럴 때는 겁에 질린 초식동물이 아니라 위풍당당한 육식동물이다. 토끼가 아니라 호랑이다.

천천히 먹어.

사내의 목소리가 딱딱하면서 부드럽다. 염병할 켄터키 할아버지의 인자한 목소리다. 호랑이는 아랑곳하지 않고 닭조각을 새로 물어뜯는다.

콜라 마실래?

환타.

사내는 환타를 주문하고 닭조각을 집어든다. 맛이나 볼 셈이었는데 턱이 분주해진다. 호랑이 턱이 된다. 닭조각이 눈 깜짝할 새 입안으로 사라진다.

마지막 닭조각 앞에서 아이의 턱이 느리고 신중해진다. 호랑이가 아니라 고양이가 된다.

더 시킬까?

아이가 고개를 끄덕인다.

사내는 닭튀김 조각을 세 개 더 주문한다. 아이의 턱이 다시 빠르고 대담해진다. 고양이가 아니라 호랑이다. 호랑이가 돌아왔다. 돌아온 호랑이를 사내는 흐뭇한 눈길로 바라본다. 아무렴. 물어뜯을 때는 호랑이처럼 달려들어야지. 사내도 한 조각 더 먹는다.

사내는 켄터키라는 천국을 느긋하게 둘러본다. 종업원도 탁자도 의자도 바닥도 벽도 깔끔하고 시원시원하다. 벽에 걸린 텔레비전도 최신형이다. 텔레비전은 어제 야구의 하이라이트를 보여주고 있다. 곰과 독수리의 경기. 사내는 느슨한 시선으로 바라본다. 자막이 오른쪽 테두리 밖에서 뛰어나와 왼쪽 테두리 밖으로 종종거리며 달려간다. 오늘 중계방송 안내다. 호랑이가 군산에서 사자와 맞붙는다. 군산. 사내의 눈꺼풀이 빠르게 찰칵거린다.

봉고는 켄터키를 떠나 다시 고속도로에 올라탄다. 사내는 땀범벅이다. 태양이 봉고 안에 들어찬 것 같다. 엔진 속에도 기름통에도 태양이 들어차 있다. 태양이 북쪽으로 달린다. 북쪽 지평선을 향해 달린다. 천국을 맛본 아이는 켄터키의 달처럼 조용하다.

얼마 후 군산행 이정표가 나타난다. 핸들에 눌어붙은 사내의 손이 까닥거린다. 저만치 고속도로에서 내려가는 커브길이 나타난다. 커브길이 가까워진다.

사내는 충동적으로 핸들을 꺾는다. 차가 고속도로에서 떨어져나가 커다란 원을 그린 뒤 서쪽으로 머리를 튼다.

아니야.

아이가 소리친다.

빨간 목소리. 경로 이탈을 경고하는 적색경보.

알아. 군산에 가는 거야.

친구 서울에 살잖아.

야구 보고 가자.

야구?

군산에서 경기를 한대.

군산에서 야구해?

그래, 오늘은 군산에서 야구를 해.

오늘은 군산에서 야구를 해.

아이의 콧구멍이 넓어진다. 켄터키라는 천국이 떠난 자리에 야구라는 천국이 들어앉는다. 귀하신 분이 흡족해한다. 사내는 오른쪽 갈빗대 아래가 뻐근해진다. 간이 있는 자리다. 토끼를 꼬드겨 용궁으로 데려가는 거북이가 된 기분이다. 군산이라니. 이게 다 염병할 켄터키 때문이다. 염병할 켄터키 덕분에 염병할 죄책감이 누그러진다. 토끼를 꼬드겨 용궁으로 데려간 거북이가 죄책감 때문에 괴로워했다는 얘기는 들어본 적 없다.

차가 서쪽으로 달린다. 태양도 계속 따라온다. 태양은 이제 서쪽 하늘로 내려온다. 서쪽 하늘 아래에는 태양을 숨길 낮은 구름도 높은 산도 없다. 파란 융단처럼 펼쳐진 논이 태양을 조금씩 끌어내리고 있다. 벼가 태양이라는 어미 새를 향해 입을 한껏 벌리고 있다. 띄엄띄엄 뿌려진 늙은 마을마다 늙은 나무 그늘이 꾸벅거린다. 왼쪽 지평선 끝으로 바닷물이 밀려든다. 들판 깊이 파고드는 바닷물은 논처럼 파래서 들판의 일부처럼 보인다. 왼쪽의 바닷물이 점점 멀어지는가 싶더니 지평선이 되어 사라진다.

한참 뒤, 반대쪽 지평선 너머에서 바닷물이 다시 나타난다. 작은 도시가 거대한 바다를 거느린 채 나타난다. 군산이다.

사내는 곧장 야구장으로 차를 몬다. 이 도시를 찾은 이유를 향해 달린다. 야구장을 찾는 것은 어렵지 않다. 야구장은 동쪽으로 펼쳐진 들판 끝에 기념비처럼 서 있다.

사내는 조수석의 아이를 힐끔 쳐다본다. 아이는 탐험가의 얼굴로 낯선 도시를 뜯어보고 있다. 야구라는 만능열쇠가 아이의 경계심을 해치웠다. 아이의 입이 오물거린다.

뭘 먹어?

껌.

무슨 껌?

인삼맛 껌.

아이가 껌을 내밀며 대답한다.

어디서 난 거냐고?

무덤.

그 껌은 아빠가 아빠 동생한테 준 거야.

죽은 사람도 껌 씹어?

사내는 말문이 막힌다.

아이의 말은 사내의 말문을 막는 재주를 가졌다. 아이의 손은 여전히 물러서지 않는다. 껌을 받지 않으려면 그럴싸한 이유를 찾아내야 한다. 사내는 고개를 절레절레 흔들며 껌을 받아든다. 아이가 사내의 손을 주시한다. 받은 껌을 입에 넣지 않으려면 역시 그럴싸한 이유를 찾아내야 한다. 사내는 마지못해 껌을 입안에 넣는다. 아이는 사내의 입을 주시한다. 입안에 넣은 껌을 씹지 않으려면 또 역시 그럴싸한 이유를 찾아야 한다. 사내는 어쩔 수 없이 껌을 씹는다. 입안 가득 인삼맛이 퍼진다. 갑자기 속이 거북해진다. 메스껍다.

사내는 몰아치는 바람 쪽으로 고개를 돌린다. 길바닥에 침 한번 뱉지 않은 사내지만 참을 수 없는 메스꺼움에 껌을 훅 뱉는다. 껌이 휙 날아간다. 그래도 메스꺼움은 가라앉지 않는다. 사내의 몸이 부르르 떤다. 충동적으로 차를 돌린 진짜 이유를, 심장박동이 빨라진 진짜 이유를, 메스꺼움의 진짜 이유를 알 것 같다.

지금 뱃속에 똬리를 튼 메스꺼움은 저 옛날 찰거머리처럼 들러붙던 사랑스런 미친 동생을 떼어내려 했을 때의 메스꺼움이다. 귀찮다고, 따라오지 말라고, 땅속으로 꺼져버리라고 저주하며 돌을 던졌을 때의 무섭도록 더러운 느낌이다.

아빠, 왜 껌 벌써 뱉어?

아이의 목소리가 추궁한다.

사내는 입을 꾹 다문다. 침을 꿀꺽 삼킨다.

인삼맛이다.

무섭고 더러운 인삼맛이다.

사내의 심장박동이 빨라진다. 동생 때문이 아니다. 토끼 때문도 아니다. 토끼의 어미 때문이다. 이 오래된 항구도시에는 토끼의 어미가 있다. 집 나간 토끼 어미가 있다. 토끼가 토끼의 꼴을 채 갖추기도 전에 집을 나간 염병할 토끼 어미가 있다.

5

사내는 입안에 남은 인삼맛을 몰아내기 위해 침을 삼킨다. 침을 뱉을 수는 없다. 침을 뱉는 것은 나쁜 행동이다. 사내는 침이 바닥날 때까지 삼킨다. 침을 삼키면서 저멀리 파란 들판이 더 파란 산과 만나는 곳에 거대한 원반처럼 떠 있는 야구장에 집중한다. 외계인들의 우주선 같다. 조명탑은 날개다. 착륙을 위해 날개를 접고 있다. 언젠가는 날개를 펼치고 수백 개의 알전구를 팡팡 터뜨리며 순식간에 하늘 너머로 사라질지 모른다. 밑도 끝도 없는 우주적 공상이 인삼맛 독을 목구멍 너머로 밀어낸다.

야구에 관한 우주적 공상이라는 해독제에 더 매달린다. 인삼맛 독은 강렬해서 해독제가 많이 필요하다. 야구장이 우주선이라면 야구라는 기이한 경기는 외계인들의 스포츠가 아닐까? 외계인들이 지구에 전해준 스포츠가 아닐까? 그 반대일지도 모른다. 언젠가 그런 텔레비전영화를 봤다. 우연히 지구에 온 외계인이 야구 시합을 보고 반해서 지구인 행세를 하며 야구선수로 뛴다. 그러다가 최초의 흑인 메이저리거가 된다. 그런데 왜 흑인이었지? 외계인은 까만가? 최초의 인류가 아프리카에서 생겨났다던데 인간은 외계인의 후손인가? 그렇다면 하느님은? 하느님은 검은 하느님인가? 두서없는 공상이 진화론과 창조론의 교차로에서 두리번거리는 사이 야구장이 어느새 눈앞에 서 있다.

주차장은 빈자리가 드물다. 사내는 주차장을 빙빙 돌다 겨우 차를 세운다. 매표소 앞에 사람들이 길게 줄을 서 있다. 시합은 한 시간도 더 남았는데 줄이 엄청나다. 불길한 예감이 콧잔등에 쭈글쭈글 주름을 만든다. 야구의 도시를 너무 만만하게 본 것인가.

표 사올 테니까 차에서 꼼짝 말고 기다려.

아이는 줄의 꼬리를 굳은 얼굴로 바라보고 있다.

괜찮아. 아직은 표가 있을 거야.

사내는 힘없이 중얼거린다.

끝없는 줄의 끄트머리에서 사내는 쫓기는 기분에 사로잡힌다. 공상에 빠진 동안 겨우 잊고 있던 불안에 다시 사로잡힌다. 한 걸음 한 걸음 전진하는데도 쫓기는 기분이다. 표가 동났을지 모른다. 동났을 것이다. 동난 게 분명하다. 사내는 두려움에 휩싸인다. 표가 동났을까봐 무섭다. 표가 동나 아이와 야구를 볼 수 없을까봐 무섭다. 야구를 볼 수 없게 되어 아이가 파란 토끼로 변할까봐 무섭다. 야구장이 무섭다.

야구장을 무서워하자 야구장이 멀어진다. 무서운 야구장이 점점 멀어진다. 사람들이 술렁인다. 매진이라는 무서운 소문이 들려온다. 줄이 무너지고 사람들이 매표소에 달라붙는다. 난파하는 줄을 버리고 매표소라는 구멍정에 뛰어든다. 사내도 매표소 앞으로 달려간다. 구명정은 만원이다. 매표소는 매진이다. 야구는 매진이다. 사내의 표정도 매진이다. 표정이 동났다. 어떤 표정도 남아 있지 않다.

사내는 표정 없는 얼굴로 돌아선다. 야구장에서, 야구에서 멀어진다. 주차장으로, 봉고로, 아이에게 돌아간다. 아이는 납처럼 고요하고 무겁게 졸고 있다. 의자와 차 문이 만나는 작고 오목하고 딱딱한 구석에 웅크린 채 졸고 있다. 매진이라는 비보를 당장 전하지 않아도 돼서 다행이다. 파란 토끼를 깨우지 않아서 다행이다.

사내는 조심조심 차에 올라탄다. 차 도둑처럼 살금살금 시동을 건다. 엔진이 기지개를 켜는 소리에 가슴이 철렁 내려앉는다. 아이가 번쩍 눈을 뜬다. 저 조악한 구멍에 꽂힌 투박한 열쇠가 아이의 엔진을 건드리기라도 한 것처럼. 사내는 급히 속도를 올리며 출발한다. 아이는 눈꺼풀 안쪽까지 딸려온 잠의 어둡고 무거운 핵에 눌려 있다. 아이의 볼에 잠의 낙인이 손잡이 모양으로 찍혀 있어 음각된 손잡이를 잡아당기면 아이의 백일몽이 쏟아져나올 것 같다.

야구는?

아이의 목소리에서 부석부석 쇳조각이 떨어진다. 아이의 잠은 쇠의 꿈을 꿨나보다.

표가 다 팔렸어. 켄터키에서 더 빨리 나왔어야 했는데.

사내의 목소리는 빠져나갈 구멍을 찾는다. 켄터키라는 지푸라기에 매달린다. 사내의 자신 없는 목소리는 모든 책임을 켄터키에게 돌린다.

사내는 파란 토끼가 깨어날까봐 조마조마하지만 아이는 의외로 잠잠하다. 반응이 없다. 아이의 눈빛은 노리끼리하다. 파란 토끼는 얼씬도 않는다. 사내는 불안하다. 함정과 계략이 숨어 있는 것 같다. 아이는 계속 잠잠하다. 함정과 계략의 기미는 없다. 함정과 계략은 사내가 꾸미고 있다. 아이는 용궁에 끌려가는 토끼다. 아무것도 모르는 토끼다.

야구는 테레비로 보자. 에어컨 빵빵 틀어놓고 짜장면 먹으면서 벽걸이 테레비로 보는 거야.

아이는 여전히 대꾸가 없다. 표정도 없다. 감정도 매진된 것 같다. 파란 토끼보다 더 무섭다. 사실 파란 토끼는 귀찮고 짜증스럽지만 무섭지는 않다. 진짜 무서운 것은 파란 토끼를 구경하는 사람들이다. 하지만 이럴 때면 아이가 진짜 무섭다. 아이가 죽은 것 같아 무섭다. 저 아이는 어미 뱃속에서 나왔을 때도 저 표정이었지. 울지도 않았어. 엉덩이를 찰싹 때려도 울지 않았어. 벙어리인 줄 알았지. 숨도 안 쉬는 것 같았어. 무섭도록 조용했지. 무시무시하게 조용했어. 번지수가 틀린 짬뽕처럼 빨갛게 불어터진 채.

사내는 묵묵히 차를 몬다. 어디로 가야 할지는 이미 아이에게 말했다. 즉흥적인 말이었지만 오래전부터 만지작거린 계획처럼 느껴진다.

사내는 빵빵한 에어컨과 벽걸이 텔레비전을 찾아 달린다. 26번 도로에 올라타 도시를 대각선으로 꿰뚫는다. 시청을 지나 시외버스 터미널까지 내달린다. 빵빵한 에어컨과 벽걸이 텔레비전을 찾아 시외버스 터미널로 향한다.

과연 시외버스 터미널 근처에는 번듯한 숙박 시설이 즐비하다. 현수막을 내건 곳도 있다. 전 객실 사십이 인치 벽걸이 텔레비전 설치.

남아공월드컵은 연인과 함께 시원하고 쾌적한 용궁장에서.

사내는 만국기로 치장된 용궁장에 차를 댄다. 차에서 내려 뒷문을 열고 옷가지와 세면도구가 담긴 배낭을 집어든다. 아이가 놀이용 텐트를 뚫어져라 쳐다본다.

안 돼.

사내가 단호하게 말한다.

아이는 놀이용 텐트에서 눈을 떼지 않는다.

안 된다고 했지. 넌 달팽이가 아니야.

그래도 아이는 놀이용 텐트를 뚫어져라 쳐다본다.

사내는 한숨을 쉬며 아이의 집을 꺼낸다.

거미인간 가방을 멘 아이와 거미인간이 그려진 아이의 집을 데리고 사내는 카운터로 간다. 카운터를 지키는 노파의 눈이 커다랗고 두툼한 뿔테안경 너머에서 휘둥그레진다.

전쟁이라도 터졌소?

노파가 안경을 밀어올리며 소리친다.

사내는 농담을 할 기분이 아니다. 지난 삼십 년 내내 농담을 할 기분이 아니었다.

방 하나 주세요. 맨 꼭대기 층으로.

몇층?

노파가 소리친다.

꼭대기 층이요.

사내도 소리친다.

방은 용궁장이라는 이름에 걸맞게 꾸며졌다. 새로 바른 파란 벽지에는 노란 물고기들이 헤엄치고 있고 새하얀 침대는 조가비 모양이다. 에어컨과 텔레비전과 냉장고도 새것 특유의 새침한 냄새를 풍기고 있다. 팀원들과 묵던 누리끼리하고 퀴퀴하고 삐걱거리던 방에 비할 바가 아니다. 천국이 따로 없다. 바닷속 천국, 용궁이다.

사내는 에어컨과 텔레비전을 켠다. 에어컨은 조용하면서 차갑고 텔레비전은 크고 선명하다. 아이에게 큰소리친 대로다. 사내는 의기양양하게 아이를 돌아본다. 아이는 표정이 없고 생기가 없고 의욕이 없고 감정이 없다. 길을 잃은 것처럼 주위를 두리번거릴 뿐 방과 어울리지 않는다. 낯을 가린다. 방과 내외한다. 구석을 찾는다. 죽은 목숨이다. 용궁에 끌려온 토끼다.

사내는 텐트를 침대 옆에 세운다. 달팽이처럼 집을 짊어지고 다니겠다고? 미친 소리. 아이에게는 미친 소리를 지껄이는 재주가 있다. 똥오줌을 가릴 때까지도 말을 못해 진짜 벙어리인줄 알았는데, 죽은 입인 줄 알았는데 미친 소리를 나불대는 미친 입이었다. 꾸바. 입이 트인 아이가 처음 내뱉은 말이다. 당최 무슨 말인지 알 수 없었다. 안담, 까부, 뚜므, 우파. 아이는 미친 소리를 지껄이는 미친 토끼달팽이다. 토끼달팽이 행성에서 온 외계인이다. 사내가 알아들었던 최초의 토끼달팽이 행성 말은 할맘마였다. 아이는 어머니의 죽은 젖을 파랗게 빨다가 빨간 얼굴로 울며 소리쳤다. 할맘마, 할맘마, 할맘마.

아이는 기다렸다는 듯 달팽이집 속으로 쏙 들어간다. 달팽이집에서 매미, 메뚜기, 사마귀, 잠자리, 거미, 장수하늘소, 개똥벌레, 무당벌레, 딱정벌레가 차례로 튀어나와 입구를 막아선다.

사내는 욕실로 들어간다. 입이 많은 샤워기 밑에서 생각이 많아진다. 전쟁이라도 터졌소? 카운터 노파의 재미없는 농담이 정수리를 때린다. 사내는 전쟁을 피해 온 게 아니라 전쟁을 하러 가는 길이다. 전쟁을 끝장내러 가는 길이다. 삼십 년 전에 시작된 전쟁에 종지부를 찍으러 가는 길이다. 이번에는 전쟁을 끝낼 수 있을까? 미지근한 물이 착잡한 두피를 씻는다. 몇 줌의 체온이 씻겨내린다. 체온을 덜어낸 덕에 사내는 차갑고 단단해진 채 욕실에서 나온다.

아이는 달팽이집에 들어앉아 배를 깔고 엎드린 채 텔레비전을 보고 있다. 눈을 빛내며 동물 다큐멘터리를 보고 있다. 아이가 살아났다. 최신형 텔레비전이 아이를 살려냈다. 사내는 침대에 모로 누워 텔레비전을 본다. 사자가 톰슨가젤을 쫓고 있다. 톰슨가젤은 지그재그로 달아난다. 쫓는 쪽도 쫓기는 쪽도 필사적이다. 톰슨가젤은 간발의 차로 사자의 이빨을 피한다. 사내는 안도한다. 하지만 아이의 표정은 어떤 감정도 담겨 있지 않아 서늘하다. 냉정한 관찰자의 얼굴이다. 사내는 놀란다. 당연히 같은 편일 거라 생각했는데 어쩌면 아닐지도 모른다는 의심 때문에. 아이가 건널 수 없는 금 너머에 있는 것 같다.

야구가 시작되고 호랑이가 사자에 맞서자 그런 기분은 희미해진다. 아이도 호랑이를 응원한다. 아빠와 아빠의 아빠가 응원한 호랑이를 응원한다. 응원은 유전이다. 아이는 여전히 달팽이집에 웅크리고 있지만 금 이쪽, 사내의 편에 있다. 배달된 자장면과 탕수육의 달콤한 냄새도 아이와 한편이라는 믿음에 한몫한다.

야구는 난타전이다. 호랑이의 타자도 사자의 타자도 용맹하다. 점수를 주고받는다. 주고받는 점수가 쌓여간다. 호랑이와 사자는 칠 점을 주고받은 뒤 마지막 이닝을 맞는다. 사내는 슬그머니 침대에서 내려온다. 사내의 야구에 9회는 없다. 9회는 차마 볼 수 없다.

바람 좀 쐬고 올게.

사내는 양복 상의를 챙겨들며 달팽이집을 향해 말한다. 아이는 여전히 야구 안에 있다. 달팽이집 속의 야구 안에 있다. 사내의 목소리는 달팽이집 속의 야구 안에 있는 아이의 귓속 달팽이관에 닿지 못한다. 아이의 눈과 귀는 토끼달팽이 행성의 메시지를 수신하느라 여념이 없다.

사내는 카운터로 내려가며 양복 상의 안주머니에서 쪽지를 꺼낸다. 명함 크기로 접힌 쪽지를 펼친다. 쪽지에는 주소가 적혀 있다. 서울 동대문구로 시작하는 주소다. 사내는 쪽지를 뒤집는다. 군산시 중앙동으로 시작하는 주소가 얼굴을 내민다. 사 년 동안 장롱 바닥에 처박혀 있던 장롱 주소다. 한 달 품삯의 반을 지불하고 손에 넣은 비싼 주소다.

카운터는 이제 큼지막한 뿔테안경을 쓴 뽀글뽀글 파마머리의 중년 여성이 지키고 있다. 휴대폰으로 통화중이다. 통화는 좀체 끝나지 않는다. 미용사의 가위질 솜씨부터 개업 기념으로 내놓은 시루떡의 맛까지, 새로 문을 연 미용실에 대한 품평의 수다를 늘어놓는다. 사내와 눈이 마주치자 말을 끊고 용건을 묻는다.

뭔 일이다요?

사내는 쪽지에 적힌 주소를 대고 어디쯤인지 묻는다.

부두 근처 거시긴디.

파마머리는 대꾸하기 무섭게 미용실 얘기로 돌아간다.

사내는 26번 도로에 다시 올라탄다. 야구장과 마찬가지로 부두를 찾아가는 길도 어렵지 않다. 표지판도 표지판이지만 분주하게 달려가는 트레일러와 활어차를 따라가면 된다. 짐칸을 매단 차들은 모두 그쪽에서 흘러나오고 그쪽으로 몰려가는 것 같다. 어쨌거나 여기는 항구도시다. 여자는 왜 항구도시만 전전할까? 여수, 목포, 이번에는 군산이다.

그러고 보니 여자와 엮인 곳도 인천이다. 차이나타운 귀퉁이의 허름한 술집이었다. 색색의 알전구로 테를 두른 간판에 적힌 글자는 '백합'이었다. 소주부터 양주까지 없는 술이 없었지만 안주라고는 마른 오징어가 전부였다. 손톱마다 다른 색깔의 매니큐어를 바른 마담은 차이나타운의 가장 오래된 중국집 메뉴판을 버젓이 테이블에 올려놓았다.

잠깐 언니 일 좀 거들고 있어요. 여자는 자신을 그런 식으로 소개했다. 여자가 하는 일이라고는 중국집에 요리를 주문하고, 손님한테서 요릿값을 받아 배달원에게 지불하는 게 다였다. 간혹 술자리에도 꼈지만 있는 듯 없는 듯했다. 정말로 먼 친척 언니의 일을 잠깐 거드는 것처럼 굴었다. 몸집이 크고 살집이 실했지만 입이 짧아서 깐풍기만 먹었다. 아니야, 노랗고 바삭바삭한 닭튀김을 뭐라더라, 유린기, 맞아 그거만 먹었어. 아이가, 파란 토끼가 미친 켄터키 프라이드에 목매는 것도 놀랄 일은 아니지. 여자는 늘 입이 슬쩍 벌어져 있어서(아이도 그렇지!) 둔하고 게으른 인상(밥상 앞에서 아이도 그렇듯이!)이었다. 투실투실한 몸뚱이 안쪽에 텅 빈 공간이 있어 뭔가를 채워야 할 것처럼 입은 닫힐 줄 몰랐다(잠잘 때면 아이도 그러잖아!). 여자는 꽃이 없는 꽃병, 빈 항아리였다(아이는 빈 항아리 속의 토끼!). 빈 항아리에 꽃이 아니라 다 자란 씨앗을 품고 집 앞에 나타났을 때조차 여자의 입은 조용히 벌어져 있었다. 더 채워야 할 뭔가를 찾는 것처럼, 뱃속의 씨앗은 꽃의 운명이 아니라고 항변하는 것처럼. 그랬다. 아이는 처음부터 꽃이 아니었다. 꽃의 운명이 아니었다.

항구의 짠바람과 짠 불빛과 짠 어둠이 가까워질수록 사내는 초조해진다. 무엇 때문인지 알 수 없다. 알 수 없는 초조함 때문에 더 초조해진다. 사내는 부두의 배후를 달리는 도로변에 차를 세운다.

사내는 부두를 미적미적 둘러본다. 뭔가를 미루는 걸음이다. 여름의 항구는 여름의 가볍고 먼 어둠 안에서 높고 환하다. 집어등을 내건 여름밤의 어선들이 더 가볍고 더 먼 어둠 속으로 미끄러진다. 항구에는 수많은 밤들이 기항하고 있어 배들은 눈 맞은 어둠의 손을 잡고 바다로 떠난다. 여자의 고랑에 씨앗을 흘린 그 밤처럼.

공사가 끝나고 밀린 품삯을 받은 날이었다. 주머니가 두둑해진 사내들은 간도 두둑해지고 사타구니도 두둑해졌다. 동원훈련에서 풀려난 예비역들처럼 껄렁껄렁 백합으로 몰려가 진탕 마시고 노래도 불렀다. 당시의 팀장은 노래라면 환장했다. 마담도 노래를 잘했다. 처음 듣는 팝송을 불렀는데 많이 불러본 솜씨였다. 돌아가면서 한 곡씩 뽑았다. 끝까지 버틴 사람은 사내와 여자 둘뿐이었다. 사내는 맨정신에는 못 한다고 했고 여자는 마이크 없이는 못 한다고 했다. 사내는 여자에게 유대감을 느꼈다. 부당함에 나란히 맞서는 동지 같았다. 하지만 그날 밤에는 그냥 넘어갈 수 없다는 사실을 사내도 모르지 않았다. 사내들의 탄창에는 실탄이 가득 차 있었고 누군가를 쏠 수 없다면 제 머리통이라도 날려버릴 기세였으니까.

결국 노래방에서 사내는 소주와 맥주를 섞은 폭탄주를 두 잔이나 거푸 비워야 했고 여자는 마이크를 쥐어야 했다. 언제나 찾아오는 부두의 이별이 아쉬워 두 손을 꼭 잡았나. 여자의 노래 실력은 그저 그랬다. 사내도 어쩔 수 없이 마이크를 잡았다. 당신은 사랑받기 위해 태어난 사람. 여자가 웃음을 터뜨렸다. 웃는 건 처음이었다. 꽃이 없는 꽃병, 빈 항아리에서 웃음꽃이 피었다. 끽끽끽, 꺅꺅꺅. 여자는 원숭이처럼 웃어댔다. 누가 나무에서 떨어지기라도 한 것처럼 웃어댔어. 사내는 창피하고 불쾌했다. 배신감에 작고 쭈글쭈글해졌다. 새끼 원숭이가 되었다.

술잔이 돌고 돌았다. 사람도, 자리도 돌고 돌았다. 어느새 곁에 여자가 앉아 있었다. 여자는 다정하게 술을 권했다. 어미 원숭이처럼 나긋나긋한 손길로 안주를 입에 넣어주기까지 했다. 술을 들이붓고 안주를 밀어넣을수록 사내는 텅 비어갔다. 여자가 품고 있던 공허가, 빈 항아리가 품고 있던 어둠이 사내의 뱃속을 채웠다. 이번에는 사내가 항아리가 되었다. 빈 항아리였던 여자는 꽃이 되어 소주와 맥주로 출렁이는 항아리 깊이 들어왔다. 오징어꽃, 땅콩꽃, 수박꽃, 참외꽃이 되어 깊숙이 들어왔다. 오징어땅콩수박참외꽃이 항아리를, 단단해진 항아리의 어둠을 채웠다.

사내는 횟집 골목 끝 포장마차 구석에 걸터앉아 소주를 홀짝인다.

맨정신으로는 여자를 찾아갈 수 없다. 입대 전날 밤에도 사내는 혼자 소주잔을 기울였다. 사창가 언저리의 포장마차였다. 총각 딱지를 떼주겠다고 설레발치는 친구들은 없었다. 사내에게는 친구가 없었다. 그때 사내에게 유일한 친구는 포장마차 기둥에 고무줄로 묶인 라디오였다. 한국시리즈였고 타이거즈는 청룡을 일방적으로 밀어붙여 첫 우승까지 한 번의 수비만 남겨두고 있었다. 칠 점 차로 앞서고 있어 승리는 결정적이었지만 사내는 불안을 떨쳐버릴 수 없었다. 간절히 바라던 일이 곧 이루어질 순간인데 두려웠다. 그토록 소망하던 우승이 었는데 대체 무엇이 두려웠던 걸까?

포장마차에서 나온 사내는 알록달록한 취기로 깜박거리며 빨간 알전구의 집으로 갔다. 그 짓이 간절한 건 아니었다. 궁금했지만 무섭기도 했다. 도색잡지에서 본 그것은 꿰매야 할 상처처럼 징그럽고 무서웠다. 동생의 배에도 그런 상처가 났었다. 내장이 쏟아져나올 것 같았다. 진짜 무서운 건 군대였다. 군대에 가면 무사하지 못할 것 같았다. 동생을 빨갱이로 몰아서 죽인 게 군인들이었으니까. 가만두지 않을 것 같았다. 살아남기 위해서는 눈에 띄지 않아야 했고 눈에 띄지 않으려면 뭐든 남들처럼 해야 했다. 남들처럼 머리 깎고 남들처럼 코가 삐뚤어지게 술을 마시고 남들처럼 총각 딱지를 떼고 남들처럼……

얼마다요? 사내는 빨간 알전구 집 문턱에서 물었다. 알사탕 껍질 같은 드레스를 걸친 여자들이 알사탕 같은 웃음을 터뜨렸다. 얼굴을 붉히며 달아나려던 사내의 팔을 붙든 건 작고 까무잡잡하고 통통한 여자애였다. 땅콩사탕 같은 여자애가 웃으며 말했다. 처음이지?

사내는 전기가 새는 알전구처럼 흐릿해진 채 포장마차에서 나온다. 부두의 배후를 달리는 도로를 건너 구부정한 여관과 술집이 늘어선 뒷골목으로 간다. 회색 여관들 사이로 빨간 발을 내린 술집들이 늘어서 있다. 왕자, 백조, 은하수, 나비.

사내의 발길을 세운 것은 '물망초'다. 물망초의 문도 작은 구슬이 촘촘히 꿰인 발을 내리고 있다. 사내는 쪽지와 벽에 적힌 번지수를 번갈아 본다. 벽에는 여종업원을 구하는 전단이 붙어 있다. 사내의 이마가 흐려진다.

몇 번 헛기침을 한 뒤 사내는 구슬발을 헤치고 술집으로 들어간다. 술집은 침침하고 눅눅하고 썰렁하다. 네 개의 테이블은 모두 비었다. 주방에 면한 맨 안쪽 테이블에서 늙은 말 같은 여주인이 멸치를 다듬고 있다. 여주인은 인기척에 반색하며 고개를 들기도 전에 어서 오씨오, 라고 인사한다.

사람을 찾는데요.

사내의 목소리가 딱딱하다.

늙은 말의 얼굴은 더 딱딱해진다. 딱딱한 눈길로 사내를 훑어본다.

어디서 왔당가?

전주서 왔습니다.

수작을 거는 수컷 앞처럼 늙은 말이 히히힝, 웃는다.

누구를 찾소잉?

진구 엄마를 찾습니다.

누구 엄마?

사내의 입이 딱딱해진다. 아이 엄마의 이름을 떠올리려 애쓰지만 쉽지 않다. 취기 때문일까? 가물가물하다. 여자에게도 이름이 있었나 싶다. 진구가 태어나기 전에는 '저기'였고 진구가 태어난 뒤로는 '어이'였다. 결혼식도 혼인신고도 없는 동거에 이름은 없었다. 유령과 산 기분이다. 빈 항아리의 유령.

사내는 지갑에서 사진 조각을 꺼내 늙은 말에게 건넨다. 아이 첫돌 때 찍은 사진에서 여자만 오려냈다. 여자와 찍은 유일한 사진이다. 늙은 말의 입술 주위로 멸치떼 같은 주름이 모여든다.

미란이?

멸치떼가 사내의 미간으로 건너간다. 여자가 그런 이름이었던가? 낯선 이름 때문에 여자의 실체가 더 흐릿해진다.

지금 어디 있습니까?

폴세 관뒀어.

언제요?

작년 세밑에 관둬부렀어.

어디로 갔습니까?

몰라. 친동상처럼 살갑게 거시기했는디 온다간다 한마디 없이 사라 져부렀당께.

늙은 말은 혀를 찬다. 정이 어쩌고 도리가 저쩌고 푸념하더니 급기 야 분통을 터뜨린다. 사내는 놀란다. 여자가 집을 나갔을 때 어머니가 했던 말과 판박이다. 여자가 종적을 감췄을 때 사내는 별로 놀라지 않 았다. 놀라기는 했다. 여자가 빈 항아리였다는 자신의 막연한 짐작이 옳았다는 사실이 놀라웠다. 어머니는 천륜 운운하며 개탄했지만 사내 의 관점은 좀 달랐다. 여자는 집을 나가지 않았다. 애당초 집에 들어온 적이 없기 때문이다. 만삭으로 집 앞에 나타났을 때도 항아리는 비어 있었다. 항아리에는 무엇도 담긴 적이 없다.

죄송합니다.

사내의 입에서 사죄의 말이 반사적으로 튀어나온다. 반사적으로 죄송한 입이다. 선선한 사죄에 늙은 말이 주춤한다. 늙은 말은 이제 여자에게 얼마나 잘해줬는지 떠들어댄다. 영양크림도 사주고 감기약도 지어다주고 등도 밀어줬단다.

고맙습니다.

사내의 입에서 이번에는 감사의 말이 반사적으로 튀어나온다. 반사적으로 감사한 입이다.

근디…… 뭣 땜시 찾는당가?

늙은 말이 가늘게 뜬 눈을 빛내며 묻는다. 짚이는 데가 있는 질문을 던질 때 여자들이 짓는 표정이다. 사내는 당황한다. 깊이 감춘 어두운 진실을 쑤석거리는 눈빛 앞에서 식은땀을 흘린다.

혹시 신랑?

늙은 말이 자신의 말꼬리를 붙들고 히히힝, 웃는다.

멸치떼 같은 주름이 늙은 말의 눈가와 사내의 입가로 흩어진다. 늙은 말의 눈빛에 담긴 호기심과 목소리에 담긴 뜻밖의 교태에 사내는 움츠러든다. 달아난다. '신랑'이라는 외설스러운 말로부터 달아난다. 첫날밤이 무서운 순진한 신부처럼 달아난다.

낙담과 절망이 달아나는 사내의 발뒤꿈치를 깨문다. 아이를 맡기려던 계획은 벽에 부딪혔다. 고작 벽에 이마를 찧으려고 포장마차에서 소주를 들이부은 건가. 스스로가 우스꽝스럽고 창피하다. 그 옛날 빨간 알전구의 집에 찾아갔을 때만큼이나 우스꽝스럽다. 문간에서 얼마나고 물었을 때처럼 창피하다. 세상 모든 여자들이 나무 위에서 알사탕 같은 웃음을 터뜨리고 있는 것 같다. 세상의 모든 나무에서 비웃음의 알사탕이 쏟아져내린다. 사내는 어쩔 바를 모른다. 이쪽도 저쪽도 피할 데가 없다. 믿을 것은 늙은 봉고 지붕뿐이다.

사내는 봉고 지붕 아래로 숨어든다. 알사탕이 봉고 천장을 두드려댄다. 알사탕이 봉고 천장을 두드리는 소리가 사내의 두개골을 두드려댄다. 알사탕 폭풍이 봉고의 두개골을 난타한다. 두개골 아래에서는 안전하지만 갑갑하다. 옴짝달싹할 수 없다. 차 열쇠를 집어넣고 돌리는데 열 수 없는 문을 긁어대는 절망적인 기분이다. 발작적으로 차를 출발시킨다. 술집을, 부두를 밀어내며 동쪽으로 달린다. 바다에서 멀어진다. 물망초를 잊는다.

머지않아 갈림길이 나온다. 곧장 달리면 버스 터미널이 나오고 버스 터미널 너머에는 용궁장이 버티고 있다. 여자를 닮은 아이가 덫을 놓고 기다리고 있다. 아니, 아이가 덫이다.

사내는 핸들을 거칠게 꺾어 21번 도로를 잡아탄다. 직선도로다. 덫을 피했을 뿐인데 탄탄대로가 깜짝선물처럼 짠, 하고 나타난다. 쭉 달린다. 오른쪽 어둠의 덤불에서 경찰서의 불빛이 불쑥 튀어나온다. 심장이 멎는 것 같다. 경찰서의 불빛은 모든 것을 알고 있다는 표정이다. 아이는 저쪽에 있다고, 차를 돌리라고 경고한다. 애써 무시하고 달린다. 핸들과 액셀에 연결된 팔과 다리가 멋대로 움직인다. 멋대로 움직이는 팔과 다리에 의지한다. 차가 달리고 있지만 직접 달리는 기분이다. 달리는 차 안에서 달리는 것 같다. 달리는 차 안에서 달리는 기분 속을 달리는 느낌이다.

불빛이, 두개골 안쪽을 염탐하는 도시의 불빛이 뜸해진다. 젖은 흙 냄새가 날아오는가 싶더니 개구리 소리가 폴짝 튀어오른다. 젖은 흙 냄새가, 개구리 소리가 숨통을 튼다. 숨통이 몸집을 한껏 부풀린다. 두려울 게 없다. 세상의 왕이다. 한 줌의 불빛이 반짝 나타났다 사라지고 다시 어둠이 감겨온다. 팔과 다리가 심장에게 묻는다.

어디로 가지?

그 옛날 빨간 알전구 집에서 얼굴을 붉히며 달아나려던 사내를 붙든, 땅콩사탕 같은 여자애는 이렇게 말했다. 올라갈까? 땅콩사탕의 스스럼없는 반말이 은밀한 부위의 달콤한 피부처럼 사내의 몸을 부드럽게 문질렀다. 올라갈까? 사내는 그 말이 마음에 들었다. 멋진 말이고말고. 한껏 꾸민 여자들이 나무에서 떨어진 사내들을 나무 위로 데려가지. 젖과 꿀이 흐르는 나무 위로 데려가지. 올라갈까? 문득 심장이 속삭인다. 멋진 계획을 속삭인다.

21번 도로를 타고 천국으로 올라간다.

천국으로 앞장서 올라가는 불빛의 꽁무니는 보이지 않는다. 사내는 텅 빈 사다리를 마음껏 올라간다. 검은 산 밑의 파란 어둠에 모여든 집들이 깜박이는 불빛으로 배웅한다. 산과 산 사이를 통과할 때 나무 냄새가 서늘하다. 나무를, 산을 쪼개며 달리는 것 같다. 왼쪽 산이 거꾸러지고 오른쪽 산이 튕겨오른다. 저만치 거꾸러진 산의 껍데기를 들추고 열차의 불빛이 덜컹덜컹 달려나온다. 열차의 불빛과 경주한다. 열차의 불빛이 속도를 늦추더니 멈춘다. 역이다. 사내는 쉬지 않고 달린다. 육지가 끊어진다. 바다를 건넌다. 바다가 아니라 강이다. 금강이다. 금강을 건너 천국으로 올라간다.

미란이라고? 본명은 아닐 것이다. 여자는 텅 빈 항아리니까. 진짜 이름은 등짝에 쓰는 거니까. 빨간 방에서 이름을 묻자 땅콩사탕은 깔깔거리더니 처음이니까 가르쳐준다며 첫날밤의 신부처럼 수줍은 손짓으로 등에 이름을 새겼지. 수지. 왜 그 이름이 떠오르지? 성경이 틀린 걸까? 하느님은 아담의 갈비뼈가 아니라 척추를 꺼내 이브를 만든 걸까? 그래서 이브의 이름은 등이 기억하는 걸까? 이브는 애당초 아담의 등뼈에 붙여진 이름일까? 그러나 지금 사내의 등짝에 여자의 이름은 없다.

왼쪽은 여전히 검은 산의 파란 어둠. 검은 산이 꾸는 파란 잠. 그 밑에 산이 꾸는 꿈처럼 공중관람차가 돌아가고 회전목마가 달린다. 여기는 천국인가? 21번 천국인가?

유원지다. 자동차극장도 있다. 산자락을 등진 거대한 스크린 위에서 거미인간이 추락한다. 치명적인 타격을 입고 곤두박질친다. 땅바닥에 떨어져 정신을 잃는다. 치명적인 타격을 입힌 손이 거미인간의 복면을 벗긴다. 거미인간의 얼굴이 드러난다. 저것은 아이의 얼굴이다. 거미인간이라면 사족을 못 쓰는 토끼의 얼굴이다. 사내의 얼굴이 굳어진다. 사내만 빼고 모두모두 행복하다. 산도 공중관람차도 회전목마도 자동차극장도 행복하다.

강 건너 여기가 천국이라는 믿음이 무너진다. 젖과 꿀은 없다. 두개골 안쪽에 뭔가가 들러붙어 있다. 씹다 버린, 휴지에 싸지도 않고 버린 껌 같은 것이, 인삼맛을 풍기며 들러붙어 있다. 땜질된 납처럼 숨구멍을 꽉 물고 있다. 밀봉된 두개골 아래서 심장이 땀 흘린다. 축축해진다. 무거워진다. 여자들의 구름처럼 가벼운 배 위에서 식은땀을 흘릴 때처럼 축축하고 무거워진다. 땅콩사탕의 손을 잡고 올라간 나무 위에서 사내는 과분한 전기를 들이킨 알전구처럼 파삭 터져버렸다. 창피해서 죽고 싶었다.

사다리가 휜다. 곧장 올라가지 못하고 미끄러진다. 21번 도로에서 미끄러져내린다. 떨어진다. 천국에서 떨어진 뱀처럼 꾸불꾸불한 길이 사내의 심장을 옥죈다. 4번 도로, 4번 뱀과 함께 떨어진다. 산을, 산 밑의 어둠을, 산 밑에 모여든 집들을, 산 밑에 모여든 집들의 불빛을, 장항의 밤을 지나쳐 떨어진다.

빨간 침대 위에서 엉거주춤 알전구가 터질 때도 이런 기분이었다. 떨어지고 떨어지는 기분. 빨간 침대 끝에서 땅콩사탕은 등을 돌린 채 브래지어를 잠그며 말했다. 괜찮아. 사내의 눈에서 축축한 게 흘렀다. 태어나서 처음 들어보는 말이었다. 괜찮아. 동생이 빨갱이로 죽었지만 괜찮아. 아버지가 맛이 갔지만 괜찮아. 내일이면 입영열차에 타야 하지만 괜찮아. 타이거즈의 첫 우승 순간을 놓쳤지만 괜찮아. 괜찮아. 아버지는 한 번도 해주지 않은 말. 세상 그 누구도. 하느님조차도.

추락은 강 앞에서야 멈춘다. 사내는 강을 노려본다. 괜찮아. 그럴 리는 없겠지만 여자의 진짜 이름이 미란이라 해도 괜찮아. 천국에서 떨어졌지만 괜찮아. 오른쪽 갈빗대 밑이 허전하지만 괜찮아. 괜찮다는 말을 해줄 사람이 없지만 괜찮아. 하지만 강 건너에는 아이가 있다. 강 건너에 간을 두고 왔다.

강 건너에는 아이가 없다. 용궁에 토끼가 없다. 용궁장 502호에 아이가 없다. 카운터에는 사람이 없다. 여관 뒷골목에도 아이는 없다. 편의점에도 없다. 만화방에도 없다. 전자오락실에도 없다. 버스 터미널에도 없다. 전자오락실에도 또 없다. 만화방에도 또 없다. 편의점에도 또 없다. 여관 뒷골목에도 또 없다. 카운터에는 여태 사람이 없다. 용궁에도 아이는 또 없다. 달팽이집에도 또 없다. 화장실에도 또 없다. 아이는 어디에도 없고 사내는 정신이 없다. 없다. 아무것도 없다.

사내는 501호의 초인종을 누른다. 대답이 없다. 다시 초인종을 눌러봐도 마찬가지. 탕탕탕. 문을 두드리지만 역시 대답이 없다. 이번에는 503호의 초인종을 누른다. 묵묵부답. 문을 두드리자 문이 빠끔 열린다. 핏발 선 눈동자가 술냄새를 앞세우고 문틈으로 나타난다.

옆방 사람입니다. 혹시 제 아이를 못 보셨습니까?

몰라요.

키가 이쯤인 아홉 살짜리 남자앤데 못 보셨습니까?

모른다니까.

토끼처럼 앞니가 튀어나왔는데 못 보셨습니까?

몰라.

겁먹은 토끼처럼……

문이 쾅 소리를 내며 사내의 말허리를 자른다.

사내는 504호의 초인종을 누른다. 대답이 없자 초인종을 다시 누른다. 이번에도 대답이 없자 문을 두드린다. 역시 대답이 없다. 문을 세게 두드린다. 열어달라고, 목을 조여오는 어둠 밖으로 나가게 해달라고, 막다른 구석에서 끌어내달라고 필사적으로 두드린다. 사내는 두

렵고 불안하고 초초하다. 여자의 이름을 떠올리지 못해서 몹쓸 일이 생길 것 같다.

휴대폰!

사내는 바지 주머니를 뒤진다. 휴대폰이 없다. 휴대폰을 찾기 위해 502호로 돌아간다. 휴대폰은 양복 상의 주머니에 있다. 휴대폰은 죽어 있다. 배터리가 나갔다. 사내의 배터리도 나간다. 사내는 동력이 끊긴 자동인형처럼 방바닥에 맥없이 주저앉는다. 넋이 나간다.

탕탕탕. 사내의 심장을 안쪽에서 강타하는 간절한 두드림이 있어, 눈동자가 미친 감시 카메라처럼 덜컥덜컥 이곳저곳을 들쑤신다. 달팽이집 앞에서 감시 카메라가 멈춘다. 이상하다. 입구를 철통같이 지키던 곤충 부대가 보이지 않는다. 사내는 달팽이집까지 엉금엉금 기어간다. 달팽이처럼 기어간다. 사내가 지나간 자리가 의혹의 점액질로 축축해진다.

사내는 달팽이집을 뒤진다. 마음과 달리 몸이 굼떠 물에 빠진 사람처럼 허우적댄다. 실제로 방에는 물이 가득 찬 것 같다. 안간힘을 다해 꼼지락거리며 사내는 수몰된 유물을 탐사한다. 스파이더맨 가방도 그대로고 집에서 챙겨 온 물건들도 고스란히 담겨 있다. 곤충 부대만 없다. 곤충 부대는 어디로 갔을까? 달팽이집 안쪽에는 일기장이 펼쳐져 있다. 오늘이 펼쳐져 있다.

날씨, 최고기온 33도. 상대 팀, 라이온즈. 장소, 군산 월명야구장.

사내가 이해할 수 있는 것은 거기까지다. 아이는 일기장에 미심쩍은 숫자를 잔뜩 적어놨다.

1101. 1001. 1011. 1010. 10111. 10011. 101. 111. 10101. 1011. 1110. 10100. 11011. 101010. 110. 1000. 1101. 111.

불가해한 숫자들이 차곡차곡 쌓여 일기장은 금세 난수표가 되고 야구는 토끼달팽이 행성의 지령을 전하는 모스부호가 된다. 깨알같이 적힌 숫자의 의미를 도무지 알 수 없다. 알 수 없어서 불길한 숫자다. 저 수상쩍은 이진법의 문고리를 잡아당기면 무시무시한 진실이 튀어나올 것 같다. 야구를 숫자로 번역하는 아이가, 머릿속의 모든 숫자를 바로바로 이진법으로 번역하는 아이가 괴물이라는 무시무시한 진실 말이다.

무시무시한 진실이 어느새 사내의 머릿속으로 옮겨온다. 사내는 머릿속에 들어앉은 무시무시한 진실을 몰아내기 위해 토끼달팽이 행성에서 보낸 메시지라는 만화적 상상의 연기를 거듭 피워올린다. 이진법을 쓰는 걸 보니 토끼달팽이 행성인은 손가락이 두 개일 것이다. 두 개의 손마다 손가락 하나. 어쩌면 하나의 손에 두 개의 손가락. 아이의 손에 달린 열 개의 손가락은 속임수겠지. 토끼달팽이 행성의 스파이라면 그런 속임수를 쓰고도 남을 테니까.

아이를 처음 대면했을 때 사내는 시멘트와 타르 냄새를 씻지도 않은 채 아이의 손가락과 발가락부터 확인했다. 손가락도 열 개, 발가락도 열 개. 자신의 씨가 맞았다. 여자의 수상쩍게 부푼 수상쩍은 뱃속에 들어 있던 수상쩍은 생명의 수상쩍은 신진대사는 기억할 수 없는 수상쩍은 사출에서 비롯된 게 틀림없었다. 아랫목의 여자는 빚을 낸 찌무룩한 얼굴로 누워 있고 윗목의 어머니는 빚을 갚은 홀가분한 얼굴로 핏덩이를 안고 있었다. 이상한 풍경이었다. 아기가 동생을 닮았다고, 죽은 동생을 쏙 빼닮았다고 중얼거리는 어머니의 상기된 얼굴은 신부처럼 빛났다. 여자가 아니라 어머니가 아기를 낳은 것 같았다. 어머니의 아기, 어머니의 고추, 어머니의 아들.

어머니가 아기를 어르며 죽은 동생의 이름을 부를 때마다 여자는 진저리치며 소리쳤다. 자기는 어머니의 죽은 아들을 낳은 게 아니라고. 못된 년. 못된 년은 동생이 어떻게 숨을 거뒀는지 모른다. 못된 년은 동생이 너덜너덜해진 폐를 끌어안고서 얼마나 무서워하다 죽었는지 모른다.

초인종이 운다. 초인종이 울부짖는다.

진구니?

사내의 떨리는 목소리가 문을 벌컥 열어젖힌다. 문밖에는 큼지막한 뿔테안경을 쓴 여드름쟁이 청년이 서 있다.

손님, 다른 손님들이 시끄럽다고 난리당께요.

진구가 없어졌어요.

네?

바람 쐬러, 부둣가에 잠깐 바람 쐬러, 볼일이 있어서 진짜 잠깐 부둣가에 다녀왔는데 아이가 없어졌어요.

손님, 진정하시고 천천히 얘기해보세요.

사내는 다시 말을 쏟아낸다. 잠깐…… 잠깐…… 잠깐. 술과 물망초와 여자와 천국 얘기는 빼고 잠깐. 토끼와 거북이 얘기도 빼고 진짜 잠깐.

여드름쟁이가 휴대폰으로 어디론가 전화를 건다. 할머니 어쩌고저 쩌고하면서 사내의 말을 고래고래 전한다. 아이가 없어졌다고. 겁먹은 토끼처럼 생긴 아홉 살짜리 남자애가 없어졌다고. 토끼가 아니라 토끼처럼 생긴 애가 없어졌다고 소리친다. 겁먹은 새끼 토끼가 아니라 겁먹은 토끼처럼 생긴 애가 없어졌다고 외친다.

노파의 대꾸가 고스란히 들려온다.

나가 다니던 소핵교서 토깽이를 길렀는디 고놈들이 나가 준 풀만 먹어갖고 공일 때도 방학 때도 노상 학교에 가야 안 했냐.

거시기 내가 잠깐 나갈 때는 파마머리 아줌마였는데.

사내가 끼어든다.

파마머리요?

여드름쟁이가 묻자 사내는 고개를 끄덕인다.

여드름쟁이는 전화를 끊는다.

진작 거시기하시지.

여드름쟁이가 푸념하며 다시 전화를 건다. 눈살을 찌푸리며 중얼거린다.

아따 고모는 또! 손님, 시방 고모가 통화중인 관계로 확인이 안 됭께 쬠만 기다리씨오. 뭔 일 있을라고요. 확인하는 대로 알려드릴 텡께 너무 걱정 마시고 쬠만 기다리씨오. 다른 손님들이 거시기 클레임 안 걸게 거시기해주시고.

여드름쟁이가 안경을 밀어올리며 말한다.

부탁드립니다.

사내는 머리를 숙이며 말한다. 사내의 목소리는 꽉 막혀 있다. 슬픔과 불안으로 꽉 막힌 파이프 저쪽 끝에서 누군가 가망 없이 외치는 것 같다.

여드름쟁이가 아랍풍의 양탄자가 깔린 복도를 지나 엘리베이터로 향한다. 사내는 여드름쟁이를 따라간다. 여드름쟁이의 손가락은 계속 통화를 시도하지만 전파의 거미줄에서 번번이 미끄러진다. 여드름쟁이의 미간이 좁아질 때마다 사내의 심장도 찌무룩해진다. 여드름쟁이가 절레절레 고개를 흔들며 엘리베이터 버튼을 누른다. 일층에서 졸던 엘리베이터가 꾸벅꾸벅 올라온다. 여드름쟁이가 바닥에 버려진 냅킨을 줍고 엘리베이터에 오른다.

저기 바닥에 뭔가가 떨어져 있다. 무당벌레 모형이다. 아이의 무당벌레다. 엘리베이터 버튼은 저쪽 벽에 붙어 있다. 아이는 왼손잡이라서 엘리베이터를 기다렸다면 무당벌레는 반대쪽 바닥에 떨어져 있어야 한다. 아이는 엘리베이터를 타지 않았다. 무당벌레가 떨어진 쪽으로 가면 비상계단이다.

사내는 무당벌레를 손에 쥐고 비상계단 쪽으로 간다. 무당벌레가 길을 밝힌다. 계단참에서 무심코 아래쪽으로 내려가려던 무당벌레는 문득 발길을 멈춘다. 아이는 왜 엘리베이터를 타지 않았을까? 사내는 주변을 찬찬히 둘러본다. 탐정의 눈으로 계단을 꼼꼼히 살핀다. 위로 올라가는 계단에서 사마귀를 찾아낸다. 아이는 위로 올라갔다.

이번에는 사마귀가 앞장선다. 사내는 바닥을 훑으며 계단을 올라간다. 옥상으로 나가는 철문 앞에 개똥벌레가 떨어져 있다. 사내는 개똥벌레를 앞세워 옥상으로 나간다. 옥상에는 아무도 아무것도 없다. 어둠뿐이다.

어둠의 바닥을 들추려다보니 사내는 쭈그려앉게 된다. 어쩔 수 없다. 옹색한 오리걸음으로 뒤뚱뒤뚱 주변을 살핀다. 역시 어쩔 수 없다. 땅만 바라보는 아이처럼, 땅 위의 곤충만 들여다보는 아이처럼 납작한 눈으로 세상을 본다. 여름밤의 어둠은 높아서 아찔하다. 어둠은 무시무시하게 높고 아찔한데 달은 엄청나게 크고 밝다. 가득 찬 달이다. 달 속에 토끼가 가득하다. 거북이도 있다. 토끼가 거북이를 타고 있다. 육지에 두고 온 간을 가지러 가고 있다. 사내도 간을, 두고 온 간을 찾으러 간다. 저기 메뚜기가 보인다. 사내는 뒤뚱뒤뚱 걸어간다. 저기 매미도 보인다. 다시 뒤뚱뒤뚱. 저기 잠자리. 다시 뒤뚱뒤뚱. 저기 장수하늘소. 다시 뒤뚱뒤뚱. 저기 딱정벌레. 다시 뒤뚱뒤뚱.

저기 노란 물탱크 밑에 토끼.

아이는 쭈그린 채 얼굴을 무릎에 묻고 있다. 사내는 벌떡 일어난다. 아이 쪽으로 어른답게 성큼성큼 걸어간다. 아이 앞에는 거미가 버티고 있다.

진구야.

아이는 꿈쩍 않는다.

진구야.

사내는 아이의 어깨를 흔든다. 아이가 고개를 든다. 눈을 껌벅거린다.

여기서 뭔 지랄이여? 얼마나 거시기했는지 알아?

사내의 목소리가 높고 빨라진다. 병목에 빨갛게 몰린 물처럼 파랗게 쿨럭인다.

고도가 높을수록 공기 밀도가 낮아서 바람이 세게 불어.

아이가 거미를 내려다보며 대꾸한다. 실험 결과를 설명하는 과학자의 무미건조한 말투다. 아이의 무심한 말투가 병목을 더 옥죈다.

대체 뭔 소리야? 왜 여기 와 있는 거냐고?

바람 쐬러 간다고 했잖아.

아이가 손등으로 눈을 비비며 엄정한 과학자의 말투로 대답한다.

사내의 심장이 비과학적으로 후끈 달아오른다. 달아오른 심장이 목구멍으로 치밀어오른다.

바람 쐰다는 건 그런 뜻이 아니라……

사내는 말문이 막힌다. 비과학적으로 막힌다. 달아오른 심장이 목구멍에 꽉 걸렸다. 심장 모양의 목구멍에 꽉 걸렸다. 아프다. 심장 모양의 목구멍이 아픈 것인지, 목구멍 모양의 심장이 아픈 것인지 과학적으로 분간할 수 없다. 어쨌거나 아프고 화가 난다.

6

　사내는 주사위를 던진다. 선행을 하면 고속도로를 타고 위로 올라가고 악행을 저지르면 뱀을 타고 미끄러지는 놀이판 위로. 일에서 출발해 백까지 먼저 올라가면 이기는 게임인데 사내의 말은 백에서 시작해 아래로 내려간다. 주사위를 던진다. 일의 눈이다. 한 칸 내려간다. 주사위를 던진다. 또 일의 눈이다. 나무를 타는 바람에 몇 칸 미끄러진다(야호!). 주사위를 던진다. 일의 눈이 거푸 나온다. 일의 눈만 나오는 주사위, 외눈박이 주사위다. 실험에 매진해 몇 칸 올라간다. 과학자가 된다(젠장!). 주사위는 어김없이 한 개의 눈만 보여준다. 한 칸씩 내려가다 집에 불을 질러 곤두박질친다(앗싸!). 다시 한 칸씩 내려가다 공부를 열심히 해 고속도로를 타고 쭉 올라간다(이런!). 다시 한 칸씩 내려가다 집에 불을 질러 곤두박질친다(그렇지!). 다시 한 칸씩 내려가다 공부를 열심히 해 고속도로를 타고 쭉 올라간다(뭐야!). 집에 불을 지르고(아버지는 그럴 뻔했지!), 공부를 열심히 하고(동생은 그랬지!), 불을 지르고, 공부를 하고, 불을, 공부를, 불, 공부……
불을 지르다 잠에서 깬다. 이불에서 휘적휘적 빠져나가는 꿈의 뒤꿈
치에 식은땀이 흘러내린다.

사내는 식은땀을 훔치며 주위를 둘러본다. 벽걸이 텔레비전, 냉장
고…… 용궁장이다. 사내의 의식은 꼬리를 감춘 무의식의 흔적을 더
듬는다. 주사위, 뱀, 고속도로…… 뱀주사위놀이! 그런 이름이었을
것이다. 동생은 틈만 나면, 사소한 것을 결정할 때도 놀이판을 들고
왔다. 오리를 가둘 사람을 정할 때도, 두부 사러 갈 사람을 정할 때도,
텔레비전 안테나를 잡고 있을 사람을 정할 때도 들고 왔다.

수십 년 전의 놀이판이 그토록 또렷이 떠오르다니. 열두 마리 뱀은
살아서 꿈틀거리는 듯했다. 뱀 꼬리에 매달린 악행의 목록은 또 얼마
나 눈에 선하던가. 살얼음판에서 스케이트 타기, 책 펼쳐놓고 졸기,
담벼락에 낙서하기, 폭행, 강아지 걷어차기, 과식, 도둑질, 불발탄 갖
고 놀기, 철길에서 놀기, 불장난, 벌목, 나무 타기. 이제껏 사내는 한
번도 저지른 적 없는 짓들. 길바닥에 침 한번 뱉은 적 없는 인생이었
다. 뱀이 아니라 이무기라도 미끄러뜨릴 수 없는 인생이었다. 뱀 없이
도, 아니 법 없이도 살 사람. 사람들은 그리 말했다. 초과 입금된 품삯
을 스스로 토해냈을 때도, 씹던 껌을 휴지에 싸서 주머니에 넣어뒀다
쓰레기통에 버릴 때도 삐뚜름하게 웃으며 말했다. 법 없이도 살 사람
이야.

이상한 꿈이었다. 악행을 저질러 미끄러지면 후련하고 선행을 해서
올라가면 속상했어. 게다가 일에서부터 올라가는 게 아니라 백에서부
터 내려왔잖아. 꿈은 현실과 반대라더니. 뭐든 거꾸로 된 거야.

사내는 물구나무선 꿈이라는 해몽에 도달한다. 물구나무선 꿈이라는 나름의 결론 때문에 같은 자리를 뱅뱅 돌던 꿈속에서의 답답하고 절망적인 기분이 더 강렬해진다. '제자리걸음'이라는 꿈의 어두운 진실이 사내의 등을 떠민다. 더이상 꾸물대지 말라는 경고가 볼기를 걷어찬다.

사내는 침대에서 벌떡 일어난다. 협탁에 풀어둔 손목시계를 확인한다. 태양이 성마른 계절임을 감안해도 아직 이른 시각이다. 시디신 새벽이다. 사내는 경중경중 욕실에 들어가 허둥지둥 씻는다. 머리가 차가워지자 기억은 따끈해진다.

아버지의 심부름 당번을 정할 때만은 동생도 주사위 놀이판을 들고 오지 못했다. 조금만 꾸물거려도 불호령이 떨어졌으니까. 술이나 담배를 사러 당장 튀어나가야 했다. 옷을 꿰어입고 있어도 벼락이 떨어졌다. 댕겨왔냐? 싸늘하고 메마른 목소리. 요란한 방귀보다 도둑 방귀 냄새가 더 지독한 것처럼 축축한 벼락보다 마른벼락이 더 무섭지. 신발끈이라도 묶고 있으면 또 벼락이 떨어졌다. 댕겨왔냐? 눈 깜빡. 댕겨왔냐? 휴 한숨. 댕겨왔냐? 침 꼴깍. 댕겨왔냐? 동생은 넥타이 매고 출근하는 아버지를 갖는 게 꿈이었지만 사내는 느긋한 아버지를 갖는 게 꿈이었다. 단 하루만이라도 느긋한 아버지를 갖는 게 꿈이었다.

욕실에서 나오자마자 사내는 아이를 깨운다. 아이의 달콤한 새벽을 흔들어 깨운다. 고속도로를 타야 한다. 차가 밀리기 전에 고속도로를 잡아타고 위로 올라가야 한다. 해야 할 일을 해야 한다. 물구나무선 세상을 바로잡아야 한다.

아이는 잠의 그림자에 갇혀 흐느적거린다. 생활계획표를 들먹이며 찡찡댄다. 짜증이 밀려오지만 볼기를 걷어차는 대신 모이를 주기로 한다. 볼기를 걷어차면 내려가고 모이를 주면 올라갈 테니까.

여관 앞 편의점에서 바나나우유를 사다준다. 아이는 잠에 대한 미련을 바나나우유와 맞바꾼다. 바나나우유를 마신 뒤 군말 않고 욕실에 들어가 씻는다. 아이가 용궁의 물을 연구하는 동안 사내는 달팽이 집을 철거하고 떠날 차비를 한다. 모이를 주고 스무 칸 전진. 오늘 첫번째 주사위의 성적이다. 굿 스타트. 꿈은 현실과 반대임이 분명하다.

토끼를 차에 태우고 용궁에서 빠져나간다. 26번 도로를 타고 부두 쪽으로 달리다 21번 도로의 꼬리를 붙든다. 간밤에 달렸던 길에 올라탄다. 간밤을 떠올리니 두개골 안쪽이 찌뿌드드하다. 간밤에 미친 듯 달렸던 길은 화장도 지워지고 매무새도 흐트러져 낯설고 남루하다. 다시 찾은 범죄 현장 같다.

어제의 달에 줄을 댄 길을 뒤로하고 오늘의 해에 줄을 댄 길로 달린다. 사내의 머릿속에는 오직 고속도로뿐이다. 놀이판에 고속도로는 열세 개였다. 열세 개의 고속도로, 열세 가지 선행. 노인 공경, 체력 단련, 나무 심기, 간첩 신고, 다친 애 돌보기, 공부, 삽질, 닭 모이 주기, 청소, 땅일구기, 실험, 달리기, 인민군 무찌르기. 놀이판에는 이렇게 적혀 있었다. 나쁜 일을 하면 벌을 받아 후퇴하며 착한 일을 하면 고속도로를 타고 드라이브를 하지요. 여러분은 언제나 착한 일만 하세요.

토끼를 용궁에서 빼냈으니 고속도로에 오를 자격이 있다. 21번 도로가 끝난다. 천국으로 올라가는 21번 도로를 버리고 고속도로 쪽으로 흘러가는 27번 도로를 붙든다. 산모퉁이에서 27번 도로를 버리고 706번 도로에 올라탄다. 아직 깨어나지 않은 파란 슬레이트 지붕들을 지나 북동쪽으로 달린다.

저만치 15번 고속도로가 나타난다. 마침내 고속도로에 올라탄다. 착한 표를 착하게 뽑아 착한 고속도로를 착하게 타고 착한 드라이브를 한다. 착한 고속도로 위에서 착한 여름의 착한 아침이 착한 바나나처럼 노랗게 밝아온다.

착한 고속도로는 위로만 달린다. 고속도로는 착해서 아래로 내려가는 고속도로는 없다. 나쁜 고속도로는 없다. 주사위 놀이판에서도 고속도로는 위로만 달린다. 아래로 내려가는 것은 고속도로가 아니라 뱀. 중앙분리대 너머에서 뱀이 아래로 미끄러진다. 염소의 볼에도 뱀이 있다. 화상 자국이 뱀처럼 똬리를 틀고 있다. 꼬리는 귀까지 뻗어 있고 대가리는 턱밑에 숨어 있다. 귀에서 빠져나온 뱀이 목젖을 노리고 있는 형상이다. 아담의 목에 걸린 선악과의 씨앗을 넘보고 있다.

염소? 염소는 사람이 아니다. 모름지기 이름은 사람에게나 붙이는 것. 놈에게 이름이 있다는 생각만으로도 발가락의 피가 머리꼭지로 솟구친다. 사람의 이름 대신 짐승의 이름으로 불러야 머리가 터지는 걸 겨우 막을 수 있다. 그러니까 '염소'라는 호칭은 안전핀 같은 것. 사이가 먼 두 눈은 하나같이 쭉 째지고, 콧대는 집게로 집은 듯 가늘게 불쑥 솟아 있고, 입술은 없는 듯 얇고, 하관은 급격히 빤데다 피부는 까무잡잡해서 성질머리 고약한 흑염소처럼 생겼다. 게다가 볼에 뱀까지 박혀 있으니 악마의 낯짝이 따로 없다. 일찍이 아버지는 말했다. 저것은 사람이 아니랑께. 아버지가 옳았다. 동생이 죽은 뒤 맛이 갔지만, 고장난 시계도 하루에 두 번은 맞는 법. 그때가 그때였던 것이다.

염소를 떠올리는 것만으로 사내는 심장이 벌렁거린다. 찢어 죽여도 시원찮을 놈. 사내는 핸들을 꽉 움켜쥔다. 해야 할 일을 하기 전에는 절대 아래로 내려가는 일이 없을 것이라고 착하게 다짐한다.

착한 고속도로에서는 아이도 착하게 군다. 단조로운 고속도로의 규칙적인 박자 위에서 착하게 존다. 착하게 조는 착한 아이를 데리고 착한 고속도로를 타고 착하게 위로 올라간다. 착한 서천, 착한 보령, 착한 대천을 지나 착하게 올라간다. 착한 칼과 착한 청산가리와 착한 주사위를 착한 가슴에 착하게 품고 착하게 올라간다. 착한 고속도로의 끝에는 나쁜 염소가 있다.

착한 서산쯤에서 아이가 깨어난다.

오줌 마려워.

아이가 화장실을 찾아 헤매는 답답하고 절망적인 꿈에서 깨어난 얼굴로 소리친다.

다행히 얼마 안 가 휴게소가 나타난다. 착한 휴게소가 나타난다. 사내는 착한 휴게소에 착한 차를 착하게 댄다. 착한 잠에서 깬 아이를 데리고 착한 화장실에 간다. 나란히 서서 착하게 오줌을 눈다. 오줌이 노랗다. 아이의 오줌도 노랗다. 착한 오줌이다. 아이와 한편이 된 기분이다. 기쁘지만 서럽다. 이길 수 없는 적에 함께 맞선 기분이다. 무시무시하고 냉담한 적을 향해 노란 오줌이라는 가망 없는 공격을 해대는 것 같다. 이런 기분은 처음이다. 어색하고 불편하다. 어색하고 불편해서 서둘러 바지 지퍼를 올린다.

　사내는 세면대로 간다. 두 개의 세면대는 모두 사용중이다. 어른과 꼬맹이. 둘 다 목이 짧고 장딴지는 통통하다. 티셔츠 뒷자락이 반바지 밖으로 삐져나온 것도 같다. 아푸, 아푸 소리를 내며 요란스레 세수하는 것도 똑같다. 사내는 피식 웃고 만다. 생김새도 옷매무새도 몸짓도 똑같다는 사실이 웃기다. 게다가 하나는 크고 하나는 작다. 그래서 더 웃기다. 무시무시하고 냉담한 자연이 슬쩍 흘린 농담 같다. 이롭지도 해롭지도 않은, 그저 우스꽝스러운 농담.

　세면대가 동시에 빈다. 어른이 쓰던 세면대를 아이가 차지한다. 아이는 조금씩 흐르는 물에 손을 꼼꼼하게 씻는다. 몸의 일부가 아니라 주머니에서 꺼낸 중요한 소지품을 씻는 것 같다. 물을 잠그고 손을 탈탈 턴 뒤 휴지로 남은 물기를 싹싹 닦아낸다. 사내와 똑같다. 거울을 보는 기분이다. 사내의 뼈에서 나온 뼈가 분명하다. 사내의 진흙에서 나온 진흙이 틀림없다. 이번에는 우습지 않고 쓸쓸하다. 똑같은데 하나는 크고 하나는 작아서 서글프다. 나란히 노란 오줌을 누는데 하나는 길고 하나는 짧아서 슬픈 것처럼 슬프다. 두 마리 슬픈 짐승이다. 둘이면서 하나다. 긴 노란 오줌이 죽으면 짧은 노란 오줌도 죽는다. 죽어야 한다. 이 무시무시하고 냉담한 세상에 짧은 노란 오줌 혼자 두고 갈 수 없다. 어디든 데려가야 한다. 뿌리가 죽으면 잎도 죽는 법, 뿌린 자가 거둬야 한다. 청산가리는 넉넉하다. 문득 찾아온 결심에 사내는 한데서 오줌이라도 눈 것처럼 부르르 몸을 떤다.

　두 마리 슬픈 짐승이 먹이를 찾아 식당에 간다. 어린 짐승은 튀김

우동을 먹겠다고 한다. 사내도 튀김우동이 당기지만 일부러 다른 메뉴를 고른다. 순두부찌개는 짜다. 밥에 조금씩 비벼먹는다. 계란은 맨 나중에 먹는다. 아이는 튀김부터 먹는다. 새우튀김부터 해치우고 우동을 한 가닥씩 건져먹는다. 아이가 고개를 들자 사내는 얼른 외면한다. 지도를 펼친다. 여기는 착한 서산. 착하게 서둘러 벌써 반쯤 왔다. 주사위 놀이판으로 치면 오십쯤. 착하게 달리면 오늘의 착한 하늘이 어두워지기 전 백에 도착할 것이다. 아이는 우동을 절반이나 남긴다. 사내는 아이가 남긴 우동을 국물까지 싹싹 먹어치운다.

사내는 다시 착한 고속도로의 품을 파고든다. 반대편 차선은 북적대지만 이쪽은 한가하다. 저쪽은 졸졸 내려오고 이쪽은 쭉쭉 올라간다. 반대편 사람들의 내려가는 힘이 사내를 밀어올린다. 지난밤 꿈의 주사위 놀이 같다. 내려오면 올라가고, 올라가면 내려오고.

터널이 불쑥불쑥 나타난다. 터널을 만나면 아이는 솟아오르는 해처럼 쨍쨍해진다. 쨍쨍한 목소리로 터널의 이름과 길이를 외친다. 터널에게 통행암호를 대는 것 같다. 어둑어둑한 터널 속에서 아이는 반짝반짝 빛난다. 팽팽해진다. 흥분한다. 짜릿한 놀이기구를 타는 얼굴이다. 터널이라는 깜깜한 놀이기구를 타고 까마득히 솟구친다. 반면 사내에게 터널은 졸음이다. 꾸역꾸역 나타나는 터널은 끄덕끄덕 눈꺼풀을 짓누른다. 위가 더부룩하다. 머리도 더부룩하다. 순두부찌개와 튀김우동의 기름막이 뇌를 덮고 있는 것 같다. 눈꺼풀이 계속 내려간다. 눈꺼풀의 무게 때문에 올라가고 있지만 내려가는 기분이다. 내려가면서 착하지만 졸린 당진 쪽으로 올라간다. 아무리 내려가도 바닥은 나타나지 않는다. 계속 몽롱하고 계속 졸린다.

사내는 마지못해 휴게소에 차를 댄다. 매점에서 냉커피를 마신다. 찬물로 세수도 하고 맨손으로 체조도 한다. 계획에 없던 휴식이다. 불의의 지체다. 과식으로 몇 칸 미끄러진다.

잃어버린 칸을 되찾기 위해 속도를 올린다. 트럭 다섯 대를 추월한다. 당진을 지나 바다 위를 달린다. 정말로 바다 위를 달리는 기분이다. 바다 위가 아니라 바닷속을 달리는 기분이다. 다리 위로 올라온 바닷바람이 사내의 눈꺼풀에 들러붙은 마지막 졸음을 씻어낸다. 정신이 쨍쨍해진다. 바다를 건너 경기도로 올라간다.

갑자기 차가 많아진다. 보이지 않는 잠수교에서 올라온 수많은 차들이 뭍으로 기어올라온 거북처럼 무리지어 간다. 엉금엉금 기어간다. 사내도 덩달아 엉금엉금 기어간다. 아예 멈추기도 한다. 가다 서다 가다 서다 간다. 바다거북은 알을 낳기 위해 뭍으로 올라온다지. 갈수록 거북이 불어난다. '가다'와 '서다'의 번식의 결과물인 새로운 거북들이 나타난다.

답답해.

아이가 소리친다.

아니라는 걸 알지만 무엇 때문인지 아이의 말은 비난조로 들린다.

참아.

답답해.

아이의 목소리가 올라간다. 비난의 수위가 올라간다.

참아.

사내의 목소리는 가라앉는다.

답답해.

아이의 목소리는 더 올라간다.

내 탓이 아냐.

사내의 목소리가 핏대를 세우며 펄쩍 뛰어오른다.

아이가 움찔한다.

사내는 더 움찔한다. 조금만 참아, 라는 말이 엉뚱한 소리를 입고 튀어나왔다. 얼굴이 홧홧거린다. 시야의 가장자리에 수치심의 차가운 불이 붙어 아이를 쳐다볼 수 없다. 쳐다보고 싶지 않다.

답답해.

이번에는 아이의 목소리가 푹 꺼진다. 변명을 일축하는 차가운 목소리다.

그럼, 차에서 내려.

사내가 소리친다.

사내의 목이 예기치 않은 미친 상승의 후폭풍으로 부들부들 떤다. 이게 아닌데. 뭔가 잘못되고 있다는 느낌이 목구멍을 꽉 틀어막는다. 올라가야 하는데 자꾸만 미끄러진다. 뱀이 너무 많다. 고속도로인 줄 알았는데 뱀 소굴이다.

맙소사! 아이가 진짜로 내려간다. 아이가 안전벨트를 풀더니 차에서 내린다. 기껏 용궁에서 데려왔더니 뭍에 오르자마자 달아난다. 놀라고 기막혀 쩍 벌어진 입에서는 아무 말도 새나오지 않는다. 아이는 보란 듯이 걸어간다. 거북들을 비웃으며 깡충깡충 위로 올라간다. 토끼가 점점 멀어진다.

사내는 입술을 깨문다. 뒤도 돌아보지 않는 고집스런 뒤통수가 불타는 심장에 기름을 끼얹는다. 토끼가 시야에서 사라지자 심장은 순식간에 얼어붙는다. 그래도 버틴다. 돌아오겠지. 돌아올 것이다. 돌아온다. 돌아올 수밖에 없다. 돌아오지 않을 수 없다.

……돌아올까?

의심. 불안. 두려움. 평생의 지병처럼 익숙한 어두운 감정들. 어둠의 바늘 끝으로 후빈 틈이 사악한 생명력을 얻어, 딱 맞물려 있던 세포와 세포를, 기관과 기관을 이간질한다. 세포들이, 기관들이 뱀의 혀 끝처럼 갈라진다. 가슴팍에 구멍이 뚫린다. 구멍이 점점 커진다. 악성 종양처럼 파괴의 노래를 부르며 제집을 집어삼킨다. 버림받은 기분이다. 버렸는데 버려진 것 같은 더럽고 오싹한 기분이다. 춥다. 뼈까지 시리다. 땅속에라도 들어가고 싶다. 동생이 누워 있고 아버지가 서 있는 땅속이 차라리 따뜻할 것 같다. 인생에는 예기치 않은 숙제들이 너무 많다. 숙제와 씨름하면서 다음 숙제를 시름해야 한다. 다음 숙제와 씨름하면서 다음다음 숙제를 시름해야 한다. 그래서 단 한 번도 숙제에 집중할 수가 없다.

사내는 거북들 사이에서 차를 휙 빼내 갓길을 달린다. 발이 묶여 발만 동동 구르는 거북들을 지나친다.

오, 하느님! 저기 아이가 보인다. 거북들 사이로 토끼가 보인다. 사내는 가슴을 쓸어내린다. 가슴을 쓸어내리며 토끼를 따라잡는다. 거북들이 빵빵거린다. 그리고 보니 교통법규를 어겼다. 난생처음 교통법규를 위반했다. 쓸어내린 가슴이 쓰리다.

차를 세우고 토끼를 태우려 하지만 여의치 않다. 고집 센 토끼가 파랗게 버틴다. 사내가 차에서 내려도 소용없다. 사내는 화가 치민다.

교통법규를 위반했다는 사실 때문에 속이 뒤틀린다. 그것도 수많은 눈 앞에서 말이다. 눈에서 불똥이 튄다. 사내의 손이 올라간다. 손이 분노의 임계점에서 부들부들 떤다. 거북들이 빵빵댄다. 걸핏하면 알몸으로 내쫓고 기름통을 들고 날뛰던 아버지도 손찌검은 안 했다. 사내의 손이 아버지의 가르침을 따른다. 아이의 팔을 끌고 차로 데려간다. 차 안으로 밀어올린다. 차를 다시 고속도로로 밀어올린다. 거북들이 빵빵거리며 텃세를 부리는 고속도로에 겨우 머리를 들이민다.

차 안 공기에 바늘이 돋는다. 공기에 혓바늘이 돋아서 말을 꺼내기가 어렵다. 아이와 말을 섞으면 심장에도 바늘이 돋는다. 차라리 외계인과 얘기하는 게 낫다. 아니, 아이가 외계인이다. 외계토끼다.

느닷없는 정체의 원인이 밝혀진다. 아스팔트 위에 흩뿌려진 유리 파편에 핏자국이 선명하다. 옆 차선의 바퀴들이 핏자국을 무심히 밟고 간다. 외계토끼의 눈이 커진다. 피로 얼룩진 유리 파편에서 눈을 떼지 못한다. 놀란 눈치다. 교통사고가 없는 행성에서 온 외계토끼다. 놀라기는 사내도 마찬가지다. 끔찍한 사고의 잔해를 깔아뭉개며 다시 꾸역꾸역 밀고 올라가는 게 마음에 걸린다. 고속도로는 잔혹하다. 고속도로의 잔혹함 앞에서 외계토끼에 대한 분노가 쪼그라든다.

그러다 죽어.

내리라고 했잖아.

고속도로를 걸어가다가는 죽는단 말이야.

내리라고 했잖아.

사내의 미간에 깊은 골이 파인다. 이렇게 멀리까지 왔는데, 산을 뚫고 바다를 건너 높이높이 올라왔는데 그대로다. 또 시작이다. 반복이다. 설명할 필요조차 없는 당연한 것을 설명해야 한다. 애당초 설명이 필요 없는 것이었으니 설명할 재간이 없다. 학교 선생조차 두 손 두 발 다 들었는데 어떻게? 특별한 교육을 받은 특별한 선생님이 필요하다지 않은가. 채 마르지 않은 양말을 신은 것처럼 마음이 우중충하다.

내리라는 뜻이 아니야.

내리라고 했잖아.

내리란다고 내리냐?

내리라고 했잖아.

내리면 위험하잖아.

내리라고 했잖아.

정해진 선을 지켜야 해. 선에서 벗어나면 죽어. 그러니까 거시기 염병할 스리피트라인을 벗어나면 죽는다고.

사내의 입이 제멋대로 지껄인다.

맞아. 스리피트라인을 벗어나면 아웃이야.

외계토끼의 눈구멍에 박힌 전구가 반짝인다. 침울하고 우중충하고 고집스러운 얼굴이 환해진다. 물러터진 크레용으로 뭉갠 것처럼 흐리멍덩하던 이목구비가 또렷해진다. 야구라는 전기가 죽은 전구에 생명의 빛을 피운다. 야구의 신이 진흙으로 빚은 토끼의 입에 생명의 숨결을 불어넣는다. 보기에 좋았다.

스리피트라인을 벗어나면 아웃이야.

사내의 입이 외계토끼의 말을 되풀이한다.

사내의 심장에 박힌 전구도 착하게 반짝인다.

때마침 거북들도 달린다. 차가 속도를 되찾는다. 비로소 고속도로를 탄 것 같다. 진짜 고속도로에 올라탄 것 같다.

진짜 고속도로를 타고 진짜로 올라간다. 파란 하늘에 부표처럼 떠 있는 하얀 뭉게구름을 딛고 올라간다. 평택, 화성, 광명이라는 발판을 딛고 맨 윗줄로 올라간다.

마침내 염소의 땅에 올라선다.

염소의 땅은 어수선하고 복잡하고 음흉하다. 길은 많고 건물은 비슷비슷하다. 비슷한 길을 닦고 비슷한 건물을 올리고 있다. 여기가 저기 같고 저기가 여기 같다. 미로다. 시시각각 몸을 바꾸는 함정이다. 차도 많다. 차들은 수시로 길을 바꾼다. 확 끼어들고 휙 빠져나간다. 끼어들고 빠져나갈 때마다 옆에서 뒤에서 빵빵댄다. 코를 베고 귀를 깨물고 멱살을 잡는다. 오토바이도 많다. 사각에서 찰칵찰칵 뛰쳐나온다. 오토바이가 닿을 듯 스쳐갈 때면 관자놀이를 겨눈 공이치기가 우연히 빈 약실을 때리는 기분이다.

사내의 본능은 발밑을, 등뒤를 조심하라고 속삭인다. 사냥꾼이 아니라 사냥감의 목소리를 들려준다. 바람을 안고서 뭔가가 쫓아오는 것 같다. 사악한 뭔가가 악의를 장전한 채 총구를 겨누고 있는 것 같다. 마지막으로 찾아왔을 때보다 더 어수선하고 더 복잡하고 더 음흉하다. 몇 년 전이었더라? 여자가 바람 좀 쐬겠다며 나간 뒤 종적을 감춘 직후였으니 칠 년 전이다. 그때 해치웠어야 했는데. 멍청하게도 청산가리를 깜박하는 바람에 염소의 집 앞에서 발길을 돌려야 했다.

사내는 허둥댄다. 포위망에 갇힌 사냥감처럼 당황한다. 시야는 좁아지고 판단력은 무뎌진다. 발치만 보며 달린다. 1번 도로를 타다 6번

도로에 끼어들고 다리를 건너 46번 도로를 잡아탄다. 내몰리듯 3번 도로로 뛰쳐나가 꼼짝없이 위쪽으로 떠밀린다. 염소를 지나친다. 염소가 가까이 있다는 사실이 자꾸만 사내를 염소로부터 밀어낸다. 3번 도로에서 빠져나갈 기회를 놓치고 만다. 일부러 그런 것처럼 어이없는 실수를 반복한다. 저만치 이 도시의 북쪽 하늘을 떠받치고 있는, 넓적한 바위를 품은 산봉우리들이 보인다. 너무 올라와버렸다. 3번 덫에서 도망치듯 빠져나온다. 무작정 아래로 내려간다. 표지판에 동대문이 나타날 때까지 내려간다.

공사장이 자주 눈에 띈다. 공사중, 공사중, 공사중. 공사중이라는 이름의 건물이 너무 많다. 지도를 뜯어고쳐야 할 만큼 많다. 사내는 이 도시에서는 한 번도 공사를 한 적이 없다. 팀장의 소문난 마당발도 이쪽에는 한 자락도 걸치지 못했다. 수많은 '공사중' 앞에서 지도도 맥을 못 춘다. 지도도 공사중이다.

사내는 삼십 분 넘게 같은 구역을 빙빙 돈 끝에 아파트 공사 현장 앞에 차를 댄다. 양복 상의에서 꺼낸 쪽지와 눈앞의 풍경을 번갈아 본다. 쪽지에 사진이라도 박혀 있는 것처럼 이쪽과 저쪽을 대조한다. 고개를 갸우뚱거린다. 칠 년 전과는 영 딴판이다. 거미줄 같은 계단과 골목, 거미줄에 걸려든 곤충의 껍데기처럼 납작하고 허름한 지붕들은 다 어디로 갔을까? 노리끼리한 목욕탕의 검은 굴뚝, 빨간 말보로 광고판을 매단 파란 담뱃가게, 까무잡잡한 연탄가게의 희멀건 양철 간판은 어디로 사라졌을까?

도망자들은 하늘이 아니라 땅에 흔적을 남기는 법. 사내는 차에서 내려 공사 현장으로 향한다.

서울은 공사장의 때깔도 다르다. 노랑, 주황, 빨강, 자주, 보라……
원색의 이국적인 꽃이 화려하게 수놓인 오 미터 높이의 가림 펜스가
공사 현장을 성벽처럼 둘러싸고 있다. 꽃들은 저마다 모양도 특이하
다. 넓적한 노란 꽃잎 안에 뾰족한 빨간 꽃이 머리를 내밀고 있는 것
도 있다. 처음 보는 꽃들은 모두 공격적인 아름다움을 품고 있어서 식
물이라기보다는 짝을 유혹하는 짐승 같다. 열대의 꽃밭이 따로 없다.
열대의 꽃밭 곳곳에 아파트 브랜드가 찍혀 있다. 로열 어쩌고저쩌고.

사내는 성의 입구로 걸어간다. 성 안쪽에서 물줄기가 날아와 마른
땅을 적신다. 작업복 차림의 땅딸한 남자가 워키토키를 한 손에 쥔 채
호스로 물을 뿌리고 있다. 땅딸보는 워키토키를 쥔 손에만 파란 야구
장갑을 끼고 있다. 야구장갑을 보니 말을 붙일 용기가 생긴다. 낯선
사람들 틈에서 아는 얼굴을 발견한 것 같다. 야구장갑에게 말을 건다.

더운데 수고가 많으십니다.

야구장갑은 대꾸가 없다. 땅딸보의 다른 한 손은 여전히 물을 뿌리
고 있다. 호스의 주둥이를 이리저리 조준하는 땅딸보의 얼굴이 심각
하고 진지하다. 이 세상을 어깨에 짊어진 표정이다. 물방울이 사내의
바짓단에 튄다. 사내는 물방울을 피하며 땅딸보에게 다가간다. 땅딸
보는 아무 반응이 없다. 반응이 없는 땅딸보 곁에 서서 사내는 레미콘
과 덤프트럭의 바큇자국이 물에 쓸려가는 것을 묵묵히 지켜본다. 물
줄기는 체계적이고 집요하게 바퀴의 흔적을 지운다. 임시로 닦아놓은
진입로가 검게 반짝이며 햇빛을 난반사한다.

물 잠가. 오바.

땅딸보가 워키토키에 대고 소리친다.

물줄기가 가늘어지면서 콜록거리다가 죽는다.

무슨 일이오?

땅딸보가 묻는다.

사내는 쪽지에 적힌 주소를 댄다.

땅딸보는 잠깐 기다리라고 한 뒤 워키토키에 주소를 불러준다.

워키토키는 여기가 거기라는 대답을 물어온다.

사내의 눈빛에 먼지가 낀다.

옛날 집들은 다 헐렸습니까?

몽땅 밀었어.

몽땅 말씀입니까?

사내의 목소리가 낙담으로 풀이 죽는다.

뒤쪽에 조금 남아 있긴 한데.

땅딸보가 한창 올라가고 있는 건물들 사이를 가리키며 말한다.

정말로 딱정벌레 같은 지붕 몇 개가 회색 탑 사이에 걸려 있다. 사내는 고맙다는 말을 하고 차로 돌아간다. 각고의 수색 끝에 사냥감의 흔적을 발견한 사냥꾼처럼 상기된 얼굴로 돌아간다.

사내는 공사장 펜스를 끼고 뒤쪽으로 차를 몬다. 아이는 철벽에 핀 열대의 꽃에 정신이 팔렸다. 이 도시에 발을 들인 이후 내내 긴장한 얼굴이었는데 꽃을 찾은 벌처럼 붕붕거리는 눈빛이다. 아닌 게 아니라 펜스에 그려진 그림에는 뭔가를 가리기 위한 것 이상의 뭔가가 있다. 자꾸 돌아보게 만든다. 그 너머에 뭐가 있는지, 무슨 일이 벌어지는지 궁금해하는 시선을 붙들어 맨다. 결국 뭔가를 가리기 위한 것에 불과하다. 아니, 공사가 아름답다고 주장하는 것 같다.

산세비에리아, 미모사, 플루메리아, 헨더슨알라만다.

아이가 소리친다.

모르긴 해도 꽃 이름처럼 들린다. 뜨거운 나라에서 피는 뜨거운 꽃의 뜨거운 이름처럼 들린다. 곤충만 연구하는 줄 알았더니 꽃도 척척박사다. 사내는 아이가 신기하다. 신기해서 더 낯설다.

아름다운 열대의 꽃밭은 끝없이 펼쳐진다. 열대의 꽃밭에서 뚝딱뚝딱 쇳소리가 들려온다. 강철 일벌들이 시멘트 꿀을 이겨 여왕벌의 궁전을 지어올리고 있다. 저 화려한 열대의 꽃밭 뒤에 염소가 숨어 있다. 뚝딱뚝딱. 사내의 심장이 방망이질한다. 목구멍 안쪽에서 비릿한 쇠맛이 올라온다.

아름다운 열대의 꽃밭이 툭 끊기자 낮고 허름한 집들이 못난 친척처럼 쭈뼛쭈뼛 얼굴을 내민다. 북쪽 하늘을 베고 누운 언덕배기에 벌집들이 보인다. 쪽지에 담긴 주소와 일치하는 풍경이 펼쳐져 있다. 연탄가게도 보인다. 하지만 연탄가게는 빈속이다. 연탄 한 장 없다. 빨갛게 녹슨 채 갸우뚱 기울어진 양철 간판이 아니라면 새까만 창고로 보인다.

염소의 은신처로 올라가는, 굶주린 짐승의 빗장뼈처럼 불거진 계단을 사내는 올려다본다. 인적 없는 계단 주변에는 잡초와 버려진 세간이 무성하다. 버려진 계단 같다. 유령 계단, 유령 마을이다. 저 위에 염소의 집이 남아 있더라도 염소가 있을지 장담할 수 없다. 염소가 아니라 염소의 유령이 있을 것만 같다. 가보기 전에는 알 수 없다. 직접 가서 직접 보기 전에는. 기껏 구십구까지 올라왔는데 마지막 칸에 염소가 없을까봐 두렵다.

사내는 차를 돌린다.

배 안 고파?

안 고파.

카라멜을 계속 먹으니까 배가 안 고프지.

캐러멜.

객지에서는 끼니를 잘 챙겨야 해.

집에 가.

나중에. 일단 짜장면 먹으러 가자.

자장면.

아름다운 열대 꽃밭을 지나 큰길로 나가 중국집을 찾는다. 교회, 주유소, 교회, 주유소. 교회. 이 도시도 복음과 기름의 도시다. 더 우렁찬 복음과 더 걸쭉한 기름의 도시다. 복음이 비처럼 내리고 기름이 강처럼 흐르는 약속의 땅이다. 길 잃은 양들이 홍해를 건너 몰려드는 곳이다. 열 개의 계명을 맹세하고 몰려드는 곳이다. 살인하지 마라. 아니, 가난하지 마라. 벽돌로 지은 교회와 시멘트로 지은 교회와 유리로 지은 교회를 지나자 마침내 중국집이 나타난다.

빨간 탁자와 빨간 의자, 노란 벽에 걸린 빨간 부채와 빨간 부적, 흰 도자기, 은색 철가방에 적힌 빨간 글자. 중국집은 어딜 가나 비슷비슷해서 약속의 땅도 예외는 아니다. 낯선 도시에서의 긴장이 조금 누그러진다. 사내는 춘권과 사천 자장면과 유린기를 주문한다. 아이를 위해 노란 음식만 주문한다. 자신을 위해 고량주도 한 병 시킨다.

음식이 한꺼번에 나온다. 빨간 탁자를 노란 음식이 가득 채운다. 아이의 나무젓가락이 깨작거리면서 노란색만 발라먹는다. 사내는 고량주를 한 잔 입안에 털어넣는다. 기침이 터져나온다. 목구멍에서 불에 달궈진 쇠맛이 올라온다. 기침이 계속 터져나온다. 기침 때문에, 염병할 기침 때문에 눈물이 핑 돈다. 눈동자가 고량주로 젖는다. 고량주로 축축해진 눈동자에 노란 닭조각을 우물거리는 토끼가 날아와 박힌다.

토끼를 놓친 거북은 어떻게 됐을까? 어렸을 때도 그게 궁금했다. 미친 듯 늘 웃는 동생은 웃으면서 미친 소리를 늘어놓았다. 지푸라기라도 잡고 싶던 거북이는 토끼에게 달리기경주를 하자고 해. 이기는 쪽의 소원을 들어주는 경주. 토끼는 마다할 이유가 없었어. 당연히 이기는 게임이었으니까. 그뒤로는 아는 대로야. 방심한 토끼가 낮잠을 자다 지는 거지. 거북이의 소원은 뭐였게? 용궁으로 돌아가자고 했겠지. 사내가 대답했다. 웃는 동생, 미친 웃는 동생은 히히히 웃으며 대꾸했다. 달나라에 가서 함께 살자고 했지. 그래서? 웃는 동생은 사람을 궁금하게 만드는 재주도 있었다. 하느님은 동생을 만들 때 너무 기분이 좋았던 게 분명하다. 아니면 술에 취해 있었거나. 달나라에 갔지. 약속은 약속이니까. 그런데 용왕이 가만있었겠어? 어쨌는데? 복수했지. 복수? 달나라의 바닷물을 모두 불러들였어. 그래서? 거북이가 쓸려오는 바람에 달나라에는 토끼 혼자 남았지. 말도 안 돼. 말은 그렇게 했지만 사내는 동생의 이야기가 마음에 들었다. 용왕의 복수라니. 멋진 얘기였다. 비명에 가지 않았다면 동생은 작가가 되었을지도 모른다.

그런데 혼자 지구로 돌아온 거북은 어떻게 되었을까? 오늘 사내가 준비한 결말은 이렇다. 고량주를 마시고 토끼의 복수를 위해 혼자 용궁으로 간다. 일단 용왕의 동태를 살피기 위해 용궁에 몰래 들어간다. 거북의 품에는 칼과 주사위와 청산가리가 있다.

한 시간 뒤, 사내의 차는 왕년의 연탄가게 앞에 다시 선다. 차는 더 들어갈 수 없다. 파란 하늘처럼 보이는 저곳은 사실 물구나무선 바다여서 가파르고 빼빼한 계단 위로는 토끼도 내려갈 수 없다.

사내는 아이를 돌아본다.

친구가 아직 여기 살고 있는지 보고 올 테니까 기다려.

얼마나 기다려?

아이가 연탄가게 쪽을 바라보며 묻는다.

금방 돌아올 거야.

싫어.

진구야.

싫어.

아이의 눈썹이 움츠러들면서 단단해진다.

아빠는 선발투수고 진구는 구원투수야. 불펜에서 대기하고 있다 아빠가 위기에 빠지면 진구가 아빠를 구원하는 거야. 어때?

아빠는 선발투수. 진구는 불펜에서 대기해.

아이의 눈썹이 야구라는 주파수를 향해 활짝 펼쳐진다.

아빠는 선발투수. 진구는 불펜에서 대기해.

아이가 콧노래를 부르며 스파이더맨 가방에서 『파브르 곤충기』를 꺼내 펼친다. 꽃나무 가지 사이의 알주머니에서 빠져나온 새끼 거미들이 하늘로 날아가는 그림이 나타난다.

아이는 큰 소리로 책을 읽는다.

유카꽃나무 위에서 거미 가족을 발견했습니다. 새끼 거미들은 노란색이었는데 허리에는 세모 모양의 까만 점이 있었습니다. 그 거미들이 왕관거미라는 사실은 나중에 알게 되었습니다. 햇살이 비치자 새끼 거미들이 웅성거리며 꽃줄기를 타고 꽃봉오리까지 올라갔습니다. 바람에 흔들리며 법석을 피우다 한 마리씩 허공을 향해 출발했습니다. 하늘을 날듯 바람을 타고 어디론가 훨훨 사라졌습니다. 눈 깜짝할 새 새끼 거미들은 하나도 보이지 않았습니다. 정말 멋진 풍경이었습니다.

만에 하나 아빠가 삼십 분이 지나도 안 오면⋯⋯

사내의 잠긴 목에서 쇳소리가 새나온다.

응?

낌새를 맡은 것일까. 아이가 평소와 달리 이쪽을 돌아본다. 하늘을 나는 새끼 왕관거미의 얼굴로 돌아본다. 사내는 황급히 고개를 돌린다.

아니야.

사내는 무심코 차 지붕을 올려다본다. 낡고 더럽고 갑갑한 지붕이다. 하늘이 없어서 날아가는 새끼 왕관거미를 볼 수 없는 지붕이다.

아이의 얼굴은 다시 책으로, 하늘을 나는 새끼 왕관거미에게 돌아간다. 책 읽는 소리가 차 지붕을 쩌렁쩌렁 두드린다. 하늘을 보여달라고. 새끼 왕관거미들이 날아가는 하늘을 보여달라고.

바깥은 어수선해서 어째서, 어떻게 그런 일이 일어나는지 살펴보기가 어려웠습니다. 조용한 실험실이라야 관찰이 가능할 것 같았습니다.

아이는 이제 실험실에서 새끼 왕관거미를 관찰하는 파브르 박사의 얼굴이 된다.

사내는 야구모자를 눌러쓰고 차에서 내린다. 빨갛게 기운 녹슨 연탄가게를 지나 계단을 올라간다. 계단 양쪽 배수로에는 시멘트를 뚫고 올라온 잡초들이 계단을 오르는 발목을 노리며 수초처럼 머리를 흔들고 있다. 사내는 조심조심 걸음을 옮긴다.

주위를 경계하던 사내의 심장이 덜컹 내려앉는다. 유령 골목에 유령 같은 아이들이 보인다. 컴컴한 골목 안쪽에서 창백한 코흘리개 둘이 장난감 덤프트럭과 포클레인을 갖고 놀고 있다. 흙을 잔뜩 실은 덤프트럭이 포클레인 쪽으로 후진한다. 오라이. 오라이. 포클레인이 소리친다. 덤프트럭이 흙을 쏟아내자 포클레인이 흙을 덤프트럭에 도로 담는다. 사내는 계단을 겅중 뛰어오른다. 꼬마 유령들의 시야에서 벗어난다.

조금 더 올라가자 버려진 세간들이 시멘트 배수로에 뿌리를 내리고 있다. 앞바퀴가 없는 빨간 세발자전거, 파란 선풍기 날개, 등이 부러진 까만 의자, 깨진 우윳빛 알전구가 시멘트 고랑에서 피어났다. 세간을 쏟아낸 대문에는 빨간 래커로 가위표가 크게 쳐졌다. 죽은 집이다. 낮은 담벼락에는 낙서가 어지럽다. 생존권, 반대, 죽음 같은 단어들이 자주 눈에 띈다. 저 위쪽 벽에는 이런 문구도 보인다. 거대한 사

극? 가까이에서 보니 거대한 사기극이다. '기'자가 겨우 목숨을 부지
하고 있다.

어머니는 사극을 즐겨 봤다. 아는 얘긴데도 보고 또 봤다. 매번 처
음 보는 사람처럼, 허준이 어의가 될 때는 눈물을 글썽였고 장희빈이
사약 앞에서 발버둥 칠 때는 혀를 찼다. 보면서 졸기도 많이 졸았다.
방에 들어가서 편히 자라고 하면 안 잤다고, 말짱하다고, 억울한 일을
당한 것처럼 화를 냈다. 꿈속에서도 사극을 보고 있었던 거야. 그렇
지 않고서야 그토록 펄쩍 뛸 수가 없지. 어머니의 사극에서 선한 자는
상을 받고 악한 자는 벌을 받았다. 그런데 하느님은 사극만 다스리나
봐. 현실에서는 악행을 저지른 자들이 떵떵거리며 살고 있잖아. 그래
서 사내는 사극이 싫었다. 사극만 다스리는 하느님이 원망스러웠다.

계단은 졸졸거리며 기름진 여름 하늘로 올라간다. 창백한 연탄 몇
장이 해바라기하는 노인들처럼 쭈그려앉은 담벼락 위로 휴대폰 번호
가 적힌 스티커가 딱지 삽니다, 라고 속삭인다. 골목을 지나 다시 계
단을 오른 뒤 사내는 하늘에서 가장 가까운 골목에 잠입한다. 프로판
가스통을 로열젤리처럼 매단 벌집들이 멀뚱멀뚱 사내를 쳐다본다. 골
목 여기저기 쓰레기가 굴러다닌다. 비닐봉지, 깨진 벽돌, 빈 페트병,
짝 잃은 슬리퍼. 대부분 세간이라고 할 수 없는 것들이다.

사내는 세 개의 프로판가스통을, 두 개의 빨간 가위표를 소리없이
지나 까만 새시 문 앞에 선다. 쩍쩍 금 간 불투명 유리를 광고 스티커
로 누덕누덕 꿰맨 새시 문. 삼십 년 전통의 자금성, 못 받은 돈 받아드
립니다, 콩팥 삽니다, 아침은 옛집에서 점심은 새집에서—번개이사.
염소의 집이다. 사내는 쪽지를 꺼내 돌다리를 두드린다. 군산시 중앙

동. 이런, 이 다리가 아니다. 쪽지를 뒤집는다. 서울시 동대문구. 쪽지
의 주소와 벽에 적힌 주소가 일치한다. 염소의 집이 틀림없다.

가위표를 치다 만 걸까. 염소의 문에는 빨간 사선만 그어져 있다.
사내는 희뿌연 유리 안쪽을 염탐하지만 아무것도 얻지 못한다. 주변
을 둘러본다. 다음 집 대문에는 빨간 가위표가 또렷하다.

사선은 대체 뭘까? 마지막 함정일까? 염소가 아직 살고 있는지 확
인하려는 것뿐인데 그것마저도 호락호락하지 않다. 사선 때문에, 저
염병할 사선의 애매함 때문에 속이 타들어간다. 답답하고 궁금해서
돌아설 수 없다. 저 문을, 사선이라는 속임수로 우롱하고 있는 저 염
병할 문을 두드려봐야 한다. 당장 저 문을 두드려보고 싶지만 핑계가
필요하다. 동사무소? 건설회사? 염소의 문을 두드린다는 생각만으로
도 다리가 후들거린다. 제발, 하느님! 사내의 입술이 결연함으로 단단
해진다. 하느님을 팔기로 한다. 하느님을 팔아서 염소의 문을 열기로
한다.

사내는 야구모자 챙을 꾹 누른 뒤 새시 문을 두드린다.

쾅쾅쾅.

염소의 문은 대답이 없다.

염병할 염소의 염병할 문은 열리지 않는다.

염병할 심장이 터져버릴 것처럼 쾅쾅거리지만 염소의 문은 쓰다 달
다 반응이 없다.

사내는 다시 새시 문을 두드린다. 더 세게 두드린다.

탕탕탕.

소리가 너무 커서 깜짝 놀란다. 그날도 이런 소리가 들렸다. 탕탕

탕. 펑. 볶고 튀기는 소리. 불 속에서 콩이 튀어오르는 소리. 쌀알이 튀밥이 되는 소리. 비명소리. 불 속의 콩이, 도가니 속의 쌀알이 내지르는 비명소리. 소, 돼지, 닭, 오리를 기르는 마을에서 들으리라고 상상도 못한 소리. 5월의 푸른 하늘을 흔든 벼락 소리. 전쟁이 난 걸까, 귀를 의심할 수밖에 없는 소리.

성, 들었어? 함께 꼴을 베던 동생이 물었다. 언제나 웃는 동생이 놀란 얼굴로 물었다. 가보자. 미친 동생의 미친 소리. 미쳤어? 언능 집에 가자. 사내는 도청에서 무시무시한 난리가 났다는 무시무시한 소문을 떠올렸다. 설마 죽기야 하겠어? 언제나 웃는 미친 동생은 벌써 벼락이 떨어진 곳을 향해 가고 있다. 겁 없는 새끼. 동생을 붙들었어야 했다. 겁대가리를 상실한 미친 동생을 때려눕혀서라도 막았어야 했다.

좌우를 돌아본다. 다행히 골목에는 귀가 없다. 눈도 없다. 인기척도 없다. 고개를 돌리던 사내는 얼어붙어 숨도 못 쉰다. 문이 슬쩍 열려 있다. 해가 언덕 뒤로 멀어지고 있어서 문틈은 어둡다. 사내는 새까만 문틈을 노려본다. 눈도 코도 입도 없는 누군가 거기 서 있기라도 한 것처럼 부들부들 떨며 노려본다. 아무리 노려보아도 문틈은 미동도 않는다. 어쩌면 문은 처음부터 빗장을 풀고 있었는지 모른다.

갑자기 심장이 미친 듯 방망이질한다. 9회 말 이사 만루에 마운드를 넘겨받은 투수의 심장이다. 한 명만 잡으면, 한 명만 죽이면 되지만 심장소리가 너무 크다. 너무 커서 잠시 꺼내놓고 싶다. 사내는 새삼 양복 상의 안주머니를 확인한다. 칼. 청산가리도 빠뜨리지 않았다. 퇴로는 없다. 문이 열려 있어서 퇴로는 없다. 염병할 청산가리도 깜박하지 않아서 이제는, 이번만큼은 빼도 박도 못한다.

사내는 심장 대신 칼을 꺼낸다. 돌돌 말아둔 붕대를 푼다. 칼의 미라가 햇빛 아래 번쩍인다. 고요한 칼날은 백미러처럼 미간을 모으고 등뒤를 노려본다. 거울아, 거울아 등뒤에는 누가 있니? 이 문을 열면 등뒤에 선 자가 눈앞에 나타날 것이다. 세상에서 가장 악한 자, 사극을 다스리는 심판의 하느님이 무서워 사극에는 얼씬도 않는 자가.

주사위는 던져졌다.

7

하나, 두울.

사내는 마른침을 삼키며 마음속으로 숫자를 센다. 둘을 딛고 셋이 뛰어올라 문을 걷어찬다. 사내의 칼날이 왈칵 드러난 역광의 어둠 속으로 뛰어든다. 어둠은 적막하고 뜨겁다. 숨소리조차 들리지 않아 차마 숨소리를 낼 수 없는 숨막히는 어둠이다. 낮 속의 밤이다.

움츠러든 시야의 가장자리에 방치의 흔적이 하나둘 걸려든다. 나뭇결을 흉내낸 비닐 장판에는 신발 자국이 어지럽게 찍혀 있고 문이 떨어져나간 싱크대 수납장은 텅 비었고 개수대 수챗구멍에는 말라비틀어진 걸레가 처박혀 있다. 요리의 기억이 까마득한, 버려진 부엌이다.

낮 속의 밤을 밀어붙이며 사내는 조금씩 앞으로 나아간다. 삐걱대는 미닫이문을 열어젖혀보지만 안방에도 염소는 없다. 안방은 의외의 빛으로 환하다. 서쪽으로 난 쪽창이 기울어가는 빛을 주워담고 있다. 환해도 버려지기는 부엌과 다를 바 없다. 버림받은 흔적이 적나라해 오히려 더 흉물스럽다. 역시 나뭇결을 흉내낸 비닐 장판에는 신발 자국이 어지럽고 컵라면 용기와 휴대용 부탄가스통이 뒹굴고 있다. 천장을 장악한 거미줄이 벽을 타고 내려오고 있다.

염소는 담배 사러 잠깐 나간 게 아니다. 진즉 냄새를 맡고 달아났다. 사내는 먼지투성이 바닥에 풀썩 주저앉는다. 이번에도 한발 늦었다. 어쩌면 백만 발쯤 늦었는지도 모르지만 한발 늦은 기분을 어쩔 수 없다. 허탈하고 분하다.

사내는 칼을 붕대로 돌돌 감은 뒤 양복 상의 안주머니에 도로 집어넣는다. 아직은 칼의 시간이 아니다. 지금은 매의 눈과 셰퍼드의 코가 필요하다. 진짜 사냥은 이제부터라고 생각하니 힘이 솟는다.

매의 눈이 활약한다. 염소의 은신처를 꼼꼼히 살피고 분석한다. 벽에는 못 자국이 많다. 못 구멍마다 해를 가린 자국이 누리끼리하게 걸려 있다. 저기는 벽시계, 저기는 액자, 저기는 옷 한 벌. 그리고 저기는 십자가. 벽시계도 액자도 옷도 십자가도 색이 바랬다. 염소가 뜬지 하루 이틀이 아니라는 이야기. 염소는 어디로 달아났을까? 벽시계와 액자와 옷 한 벌과 십자가와 벽시계의 못과 액자의 못과 옷 한 벌의 못과 십자가의 못을 짊어지고 어디로 숨었을까? 벽시계는 지금 몇 시일까? 액자는 어떤 사진을 품고 있을까? 저 구멍에 박혀 있던 대못은 어떤 옷을 걸치고 있을까? 염병할 염소의 십자가는 어떤 염병할 기도를 듣고 있을까?

사내는 구석에 쌓인 쓰레기 더미도 샅샅이 뒤진다. 목이 부러진 효자손, 부러진 효자손의 목, 상표가 닳아버린 건전지, 상표가 반쯤 남은 건전지, 상표가 온전히 남은 건전지, 옷처럼 보이는 누더기, 누더

162

기처럼 보이는 옷, 옷이었던 시절의 기억만 간직한 누더기, 옷이었던 시절의 기억마저 잃어버린 누더기, 신발 깔창 한 짝, 구멍 난 양말 한 짝, 구멍 안 난 양말 한 짝, 연료가 바닥난 라이터, 깨진 사발, 깨진 사발의 조각, 깨진 사발의 조각의 조각, 너구리라면 봉지, 너구리라면 스프 봉지, 너구리, 너구리, 너구리, 너구리, 너구리. 백세약국 봉지, 검정 비닐봉지, 노란 비닐봉지, 꽝인 즉석복권, 꽝, 꽝, 꽝, 꽝, 끝이 빨간 나무젓가락, 끝도 노란 나무젓가락, 처음처럼 병마개, 처음처럼, 처음처럼, 처음처럼, 처음처럼, 처음처럼, 처음처럼, 박카스 병마개, 체납 수도요금 독촉 고지서, 체납 전기요금 독촉 고지서, 똥 광 화투짝, 흑싸리 껍질 화투짝, 검정 바둑알, 흰 바둑알, 장기 알 졸, 잠실 야구장 입장권?

사내는 한쪽 귀퉁이가 찢어진 잠실야구장 입장권을 집어들어 검시관의 눈으로 살펴본다. 작년 8월, 곰과 호랑이의 대결. 내야석. 염소는 당연히 1루 쪽이었을 것이라고 사내는 짐작한다. 어떤 순간에도, 단 한 순간조차 염소가 같은 편일 리가 없고, 같은 편일 수도 없고, 같은 편이어서도 안 된다. 쓰레기 더미는 염소의 행방에 대해 쓰레기답지 않게 끝까지 입을 다문다.

추적은 벽에 부딪혔다. 소득 없이 손만 버렸다. 손을 비벼 먼지를 털어내지만 감식의 흔적이 얼룩덜룩 남아 있다. 사내는 방을 나가 개수대로 향한다. 먼지를 뒤집어쓴 수도꼭지를 돌린다. 수도꼭지도 입을 다문다. 염병할 염소의 행방은 물론 물 한 방울 실토하지 않는다. 잡아뗀다. 묵비권을 행사한다. 손바닥에 침을 뱉어 검댕 얼룩을 지우고 수챗구멍에 처박힌 말라비틀어진 걸레를 꺼내 닦는다. 걸레가 아니라 수건이다. 수건이었다.

사내는 왕년의 수건을 심문한다. 염소의 행방을 캔다. 왕년의 수건
은 오래 버티지 못한다. 귀를 잡아당기자 쓸 만한 정보를 술술 토해
낸다.

광영교회 창립 오십 주년 기념.

염소의 집에서 나오자마자 사내는 야구모자와 양복 상의를 벗어든
다. 온몸이 땀에 푹 젖었다. 사내는 손등으로 이마의 땀을 훔친다. 공
기가 후텁지근하다. 시멘트 길과 벽이 삼켰던 해를 토해내고 있다. 옥
상을 한참 남겨둔 아파트의 높이는 이미 위협적이다. 우뚝 솟은 타워
크레인의 가로축이 까마득한 하늘의 구름을 매달고 있다.

공사 현장 안쪽에서만 밖을 내다봤지 밖에서 안쪽을 들여다보기는
처음이다. 낯설다. 손에서 연장을 놓은 지 며칠 안 됐는데 저 안쪽에,
가림 펜스 안쪽에 있었던 적이 없는 것 같다. 그런데 이쪽에서 보이는
가림 펜스에는 그림이 없다. 아름다운 열대의 꽃밭이 없다. 이쪽 밭에
는 꽃이 피지 않는다. 이쪽에도 해가 있지만 꽃은 없다. 가짜 해다. 사
기꾼 해다. 여기도 사기극, 저기도 사기극. 실로 거대한 사기극. 정의
는 사극에만 있다.

사내는 올라왔던 길을 되짚어내려간다. 골목, 계단, 골목, 계단. 거
대한 사기극, 생존권 사수, 불도저를 멈춰라. 왔던 길이고 내려가는
길인데도 더 길게 느껴진다. 코홀리개들의 덤프트럭과 포클레인은 아
직도 흙을 쏟았다 담았다 하고 있다.

아이는 여전히 『파브르 곤충기』에 코를 박고 있다. 책의 활자를 맛볼 기세다. 개미굴을 노리는 개미핥기 같다. 고집스러워 보이는 아이의 얼굴 때문에 겨드랑이가 축축해진다. 염소를 놓친 게 아이 때문인 것만 같다. 군산에 들르지만 않았어도, 좀 전에 중국집만 가지 않았어도, 그러니까 아이라는 혹만 없었어도.

차 문을 열자 아이의 목소리가 귀를 때린다.

나는 독거미에게 두더지를 물게 했습니다. 독거미에게 물린 두더지는 코를 긁더니 아무렇지 않게 먹이를 먹고 잘 움직였습니다. 하지만 이튿날에는 잘 먹던 먹이인 매미를 거들떠보지도 않았습니다. 그러다가 독거미에게 물린 지 삼십구 시간쯤 되었을 때 죽었습니다.

조용히 읽어.

사내가 아이를 향해 차갑게 말한다.

왜?

다른 사람 생각도 해야지.

무슨 생각?

다른 사람은 듣기 싫을 수도 있잖아.

파브르 곤충기인데?

그래도.

파브르 곤충기인데?

그래도 싫다니까.

아이는 충격을 받은 표정이다. 철석같이 믿는 신을 부정당한 얼굴이다. 사내야말로 아이의 표정에 작은 충격을 받는다. 독거미가 두더지를 물어 죽이는 이야기 따위를 누구나 좋아할 거라는 믿음의 맹목에 울컥 짜증이 치민다. 독거미에게 물린 두더지가 서른아홉 시간을 버티든 마흔 시간을 버티든 무슨 상관인가? 염병할 독거미. 염병할 두더지. 한 발 늦은 것은, 염소에게 달아날 틈을 준 것은 아이 때문인 게 맞다. 혹 때문인 게 분명하다.

차가 열대의 꽃밭을 지나는 내내 아이는 침울하다. 신성모독의 충격에서 헤어나지 못한다. 차는 큰길 쪽으로 간다. 주유소를 지나자 버스 정류장 바로 옆에 구멍가게가 보인다. 버스 정류장 너머에 차를 세우고 사내는 구멍가게로 간다.

돋보기를 쓴 노인이 두툼한 국어사전을 끼고 신문에 실린 십자말풀이와 씨름하고 있다. 사내는 냉장고에서 바닐라맛과 바나나맛 부라보콘을 꺼내 신문 옆에 놓는다. 캐러멜도 한 갑 집어온다. 값을 치르면서 광영교회를 아는지 묻는다.

이 동네에서 거기 모르면 간첩이지.

노인이 잔돈을 내주면서 대답한다.

어디에 있는지도 아시겠네요?

사내가 반색하며 묻는다.

순간 사내의 얼굴이 굳어진다. 아차, 싶었다. 모르면 간첩이라지 않는가. 그렇다면 위치를 모를 리 없는데 어리석은 질문을 던지고 말았다. 노인이 어리석은 사람이라고 얕잡아볼까봐 더럭 겁난다.

알다마다. 이 동네에서 거기 못 찾으면 장님이지.

노인이 대답한다. 다행히 노인은 사내에게 관심이 없다. 십자말풀이의 빈칸만 들여다보고 있다.

사내는 차로 돌아간다. 아이에게 바나나맛 부라보콘만 내민다. 바닐라맛은 사내의 몫이고 캐러멜은 비장의 카드로 아껴둔다. 아이는 독거미에 물린 두더지처럼 코를 긁더니 아무렇지도 않게 좋아하는 먹이를 잘 먹는다. 아껴가며 핥아먹는다. 아이스크림핥기다. 신성모독의 독도 바나나맛 부라보콘 앞에서는 맥을 못 춘다. 파브르 박사의 연구에 따르면 적어도 서른아홉 시간은 멀쩡할 테지.

사내는 서른아홉 시간 안에 염소를 찾기로 결심한다. 왠지 그래야할 것 같다. 시한을 정하니 추적이 더 절박해진다. 나쁘지 않다. 마침내 이 추적의 십자말판에서 아이의 의미를 찾아낸다. 아이는 서른아홉 시간짜리 타이머다.

광영교회는 중국집을 찾을 때 봤던 유리로 지은 교회다. 벽돌로 지은 교회와 시멘트로 지은 교회를 지나 광영교회에 도착한다. 못 찾으면 장님이라는 구멍가게 노인의 말을 증명하듯 유리의 성이 눈부시게 번쩍거린다. 정방형의 유리창과 직사각형의 유리창이 줄을 바꿔가며 차곡차곡 쌓여 있다. 유리벽돌로 지어올린 탑이다. 온 세상이 같은 말을 쓰던 시절, 사람들이 온 세상으로 흩어지지 않도록 하늘 끝까지 지어올린 탑이다. 정방형 유리벽돌 줄에는 성경의 일화를 담은 스테인드글라스 벽돌이 한 칸 건너마다 끼워져 있다. 빨간 해, 노란 해, 파란 해가 아담과 노아와 아브라함의 머리 위에 떠 있다. 유리의 하느님을 모시는 빛의 신전 같다.

볼펜에서 꼼짝 말고 기다려.

사내가 시동을 끄고 아이에게 말한다.

아이는 스테인드글라스에 넋을 빼앗겼다. 영락없는 촌뜨기의 얼굴이다. 촌뜨기 토끼다.

교회는 예배중이다. 사내는 로비에서 기다린다. 대리석이 깔린 로
비에는 햇빛이 곧장 들이치지만 에어컨이 지상낙원의 공기를 쾌적한
온도에 붙잡아두고 있다. 사내는 로비를 둘러본다. 예배실 문 오른쪽
벽에 걸린 게시판은 이런저런 여름 봉사 선교활동 계획을 알리고 있
다. 인도네시아, 아프가니스탄, 이라크. 다른 말을 쓰는 땅들의 이름
이 적혀 있다. 하나의 말을 쓰던 탑에서 온 세상으로 흩어진 사람들의
땅이 적혀 있다. 반대쪽 벽에는 두 개의 초상화가 나란히 걸려 있다.
넓은 이마, 긴 눈썹, 동글동글한 콧방울, 역시 넓은 하관. 둘 다 켄터
키 프라이드치킨 할아버지를 닮았다. 사람 좋은 미소도 영락없다. 자
세히 보니 한쪽이 머리숱이 많아서 다른 쪽보다 십 년쯤 젊어 보인다.
닮은 두 사람을 그린 것 같기도 하고 한 사람의 두 시기를 그린 것 같
기도 하다.

마침내 예배실 문이 열리고 잘 차려입은 사람들이 삼삼오오 무리지
어 쏟아져나온다. 쏟아져나온 사람들, 쏟아져나오는 사람들, 쏟아져
나오려는 사람들을 사내는 하나하나 눈여겨보며 목사를 찾는다. 아무
나 붙들고 물어볼 수도 있지만 그러지 않는다. 묻지 않아도 알 수 있
다. 저 안쪽에서 잘 차려입은 사람들에게 둘러싸인 채 초상화의 주인
공이 걸어나온다. 나란히 걸린 초상화 주인공들의 젊은 시절 얼굴이
걸어나온다. 역시 잘 차려입었다. 파란 실크 양복에 빨간 넥타이 차림
이다. 양복은 맞춘 것처럼 몸에 딱 맞다. 파란 옷이 아니라 파란 피부
같다. 한눈에 고급이라는 것을 알 수 있다. 고급스러운 결혼식을 이제
막 마치고 나온 고급스러운 신랑 같다. 세상의 반을 들고 들어가 나머

168

지 반마저 손에 넣고 나오는 왕자 같다. 기껏해야 삼십대 초반? 신앙심이 나이에 비례한다는 법은 없지만 목사가 젊다는 사실에 사내는 놀라지 않을 수 없다. 초상화만 아니라면 목사일 거라고 짐작도 못했을 것이다.

목사님?

사내가 젊은 남자에게 다가가 조심스럽게 묻는다.

젊은 남자가 사내 쪽을 돌아본다. 두 개의 초상화에 박제된, 사람 좋은 미소가 사내의 얼굴을 보자마자 반사적으로 활짝 피어난다. 뭘 도와드릴까요? 이런 말을 건네는 미소다. 언젠가 저 두 개의 초상화와 귀를 나란히 할 얼굴이다. 제대로 짚었다. 목사가 분명하다. 할아버지 목사와 아버지 목사의 뒤를 잇는 손자 목사다.

무슨 일이십니까? 형제님?

무슨 일이든 도와주겠다는 얼굴로 목사가 묻는다.

사람을 찾습니다.

누구를 찾으십니까? 형제님?

사내는 잠시 주춤거리다 염소의 이름을 댄다. 하마터면 염소라고 대답할 뻔했다. 염소라는 별명 대신 입에 올리기 싫은 이름을 댄다. 혀가, 입이 더러워진다. 씻을 수 없는 죄악에 오염된다.

염소의 이름이 목사의 눈꺼풀을 쩔렁 흔든다. 염소를 아는 눈치다. 이름만 아는 정도가 아니다. 기다렸다는 듯 칭찬을 늘어놓는다.

믿음이 누구보다 크고 강한 분이시죠. 폐지를 주워 근근이 입에 풀칠하면서도 십일조를 한 번도 빠뜨린 적이 없었습니다. 봉사활동도 열심이셨죠. 하나님에 대한 믿음을 말이 아니라 행동으로 보여주신

성자 같은 분이죠. 우리를 구원하는 것은 말이 아니라 행동입니다. 예수님께서 십자가에 못박혀 돌아가신 것은 그것을 가르치시기 위함이었습니다. 형제님.

성자라니. 사내는 목사의 말이 수상쩍기만 하다. 염소일 리가 없다. 사내가 찾는 것은 성자가 아니라 악마다. 말이 아니라 행동이 우리를 구원한다고? 염소는 행동뿐만 아니라 말로도 선량한 세상을 파괴했다.

지금이 어떤 시국인데 신분증도 없이 돌아다녀? 신분증이 없으면 무조건 빨갱이야. 염소는 동생의 교련 바지 주머니에서 나온 담배와 주사위를 손에 쥐고 말했다. 염소도 주변의 군인들도 눈자위가 살의로 빨갛게 번뜩였다. 도청에 진을 쳤다던 얼룩무늬 군인들이 이 외진 마을까지 들이닥친 이유를 알 수 없었다. 소헌티 멕일 꼴을 베러 감서 신분증을 지참한다요? 저기 엎어지믄 코 닿을 데가 집인께 언능 학생증을 가져오면 되겠소? 군인들의 손에 들린, 착검한 무시무시한 M16이, 무지막한 몽둥이가 보이지도 않는지 동생은 또박또박 대꾸했다. 이 새끼 봐라. 저기가 네 집이면 여기는 내 똥간이다. 염소가 땅바닥에 찍, 침을 뱉으며 말했다. 곁에 있던 얼룩무늬들이 얼룩덜룩 웃었다.

우리는 빨갱이가 아니어라. 동생도 물러서지 않았다. 너희가 빨갱이가 아니라는 것을 증명해봐. 염소가 싸늘하게 말했다. 오매, 환장허겄네. 빨갱이가 아닌 사람이 빨갱이가 아니란 걸 우째 증명헌다요? 동생이 갑갑하다는 표정으로 말했다. 주사위를 던져서 홀수면 빨갱이고 짝수면 아니야. 누가 먼저 할래? 염소가 주사위를 내밀며 말했다. 미친 소리. 새빨갛게 미친 소리. 새빨갛게 미친 흰소리. 저 사악한 말

170

은 어느 지옥 구덩이에서 기어올라왔단 말인가. 무시무시하게 미친 무지막지한 억지가 무서워 사내는 서 있기조차 힘들었다. 다리가 부들거리고 등뼈가 무너져내릴 것만 같았다.

동생이 주사위를 받아들었을 때 사내는 제 눈을 의심하지 않을 수 없었다. 안 돼. 던지지 마. 사내는 미친 듯 소리쳤지만 입 밖으로는 아무 말도, 어떤 소리도 새나오지 않았다.

동생은 기어이 주사위를 던지고 말았다. 천진한 주사위가 빙글빙글 돌면서 5월의 파란 하늘로 솟구쳤다. 홀수면 빨갱이, 홀수면 빨갱이, 홀수면 빨갱이. 무서운 노래를 부르며 무심하게 솟구쳤다. 온 세상이 주사위를 주시했다. 주사위가 점박이별처럼 높이 날아올랐다 정점에서 잠시 멈춘 뒤 낙하를 시작했다. 빨갱이다, 아니다, 빨갱이다, 아니다. 주사위는 사악한 우연의 눈을 깜박이며 떨어졌다. 차마 볼 수 없었다. 사내는 질끈 눈을 감았다.

조용했다. 뼈가 저리도록 조용했다. 사내는 천천히 눈을 떴다. 주사위가 보이지 않았다. 얼룩무늬들은 똥 씹은 얼굴로 동생의 입만 쳐다봤다. 개새끼, 좆같은 새끼, 빨갱이 새끼, 삼켜? 그걸 삼켜? 염소가 시뻘게진 얼굴로 시퍼렇게 날뛰었다. 농담이라고 여긴 걸까? 겁대가리를 상실한 미친 웃는 동생은 새빨간 농담이라고 생각한 걸까? 염소가 불붙은 도화선처럼 씩씩거리며 동생의 배에 총검을 들이댔다. 동생의 배를 갈라 홀수인지 짝수인지 기어이 두 눈으로 확인해야겠다는 것처럼.

동생은 파랗게 질린 얼굴로 달아나기 시작했다. 사내는 몸을 날려 염소의 다리를 붙들었다. 성난 개머리판과 성난 몽둥이와 성난 군홧

발이 머리와 어깨와 팔뚝으로 달려들었다. 눈앞에 불똥이 튀는가 싶더니 눈앞이 캄캄해졌다. 사내는 땅바닥에 나뒹굴었다. 염소가 득달같이 동생을 쫓아갔다. 달려, 달려, 세상 끝까지 달려. 사내의 심장이 헐떡이며 소리쳤다.

동생이 풀썩 쓰러졌다. 안 돼. 넘어지면 안 돼. 달려. 어서 달려. 심장의 다급한 외침은 목구멍 안쪽에서만 웅성거렸다. 고통과 두려움의 고무마개가 목구멍을 꽉 틀어막아 숨을 쉴 수 없었다. 빨갱이, 개새끼 어쩌고저쩌고하는 악에 받친 욕설이, 악에 받친 악다구니가 귀를 때렸다.

부들부들 떨면서도 사내는 눈을 부릅뜨고 보았다. 저멀리 논둑길에서 염소의 몽둥이가 동생의 머리를 깨고 어깨를 부수고 허리를 박살냈다. 수십 번의 겨울이 담금질한 박달나무 몽둥이가 파괴의 춤을 췄다. 대검이 살의를 번뜩이며 살육의 춤을 췄다. 사내는 목구멍을 틀어막은 두려움의 고무마개에 대고 외쳤다. 누가 좀 말려줘요. 제발 누가 저 악마 좀 말려줘요.

어디 불편하세요? 형제님?

목사의 목소리가 사내를 현재로 불러온다. 욕지기가 치민다. 삼십 년 전의 기억 때문인지 염소에 대한 목사의 칭찬 때문인지 알 수 없지만 토할 것 같다.

괜찮습니다.

안색이 안 좋으신데 정말 괜찮으신가요?

목사가 친절한 의사처럼 묻는다.

괜찮다. 동생이 억울하게 죽었지만 괜찮다. 아버지가 화병으로 세상을 떴지만 괜찮다. 여자가 집을 나갔지만 괜찮다. 아이가 별나지만 괜찮다. 어머니가 돌아가셨지만 괜찮다. 아이를 맡길 곳이 없지만 괜찮다. 복수를 위해 일을 쉬고 있지만 괜찮다. 복수를 끝내면 아이와 함께 죽을 각오지만 괜찮다. 모든 게 괜찮지만 동생을 죽인 자가 달아나서 괜찮지 않다. 사내는 단 한 가지 이유 때문에 괜찮지 않지만 완벽하게 괜찮은 것처럼 보이려고 노력한다. 추적이라는 목표에 집중하려고 애쓴다.

요즘도 교회에 나옵니까?

애석하게도 작년에 이사하셨습니다.

어디로 갔는지 아십니까?

사내의 목소리가 다급해진다.

목사의 입에서 서울 근교의 도시와 마을 이름이 흘러나온다. 번지까지는 모른다면서 목사는 이런 말을 덧붙인다.

계속 뵐 수 있으면 좋겠지만 멀리 가셨으니 어쩔 수 없죠. 그곳에서도 빛처럼 말씀하시고 소금처럼 행하시고 있을 겁니다.

빛처럼 어쩌고 소금처럼 저쩌고? 들어서는 안 될 말, 말 같지 않은 말, 어둠처럼 눈멀고 설탕처럼 귀먹은 말에 사내는 속이 뒤집힌다.

그런데 무슨 일로 그분을 찾으세요, 형제님?

사내는 황급히 자리를 뜬다.

형제님, 형제님.

사내는 손으로 입을 틀어막은 채 화장실로 달려간다. 변기에 머리를 박고 토한다. 분노의 고무마개를 밀고 올라온 증오의 소용돌이를 변기에 고인 물이 꿀꺽꿀꺽 삼킨다. 파란 신물과 노란 위액까지 아낌

없이 삼킨다. 품속의 칼이 부들부들 떤다. 염소를 치켜세우는 눈멀고 귀먹은 목사에 대한 분노로 치를 떤다. 사내가 떤다. 사내가 칼이다.

사내는 빈 칼집처럼 축 늘어진 채 차로 돌아간다. 서른아홉 시간짜리 자명종에게 돌아간다. 자명종은 파브르 박사의 얼굴로 파브르 박사의 책을 파브르 박사의 목소리로 읽고 있다. 지겹지도 않은지 읽고 또 읽는다. 읽을 때마다 처음처럼 눈을 반짝인다.

손목시계를 확인하니 그새 한 시간이 지났다. 아이는 이제 서른여덟 시간짜리 자명종이다. 한번 깨어나면 혼을 쏙 빼놓는 미친 자명종이 울어대기 전에 염소를 찾아야 한다. 꼭 그래야 할 필요는 없지만 꼭 그래야 할 것 같다. 애당초 이 가난한 복수의 길에 '필요' 같은 것이 끼어들 자리는 없다. 그저 해야만 하는 일을 하는 것뿐이다. 간절히 원한다면 입은 다물고 몸은 움직여야 한다.

차도 가야 할 길을 간다. 입은 무겁게 다물고 몸은 가볍게 놀린다. 목사가 일러준 도시를 향해, 물러나는 해의 꽁무니를 물고 늘어진다. 그림자가 제법 길어졌다. 차는 제 그림자를 간발의 차로 쫓으며 달린다. 아무리 달려도 간발의 차는 간발의 차로 잡히지 않는다.

해는 작아지고 간발의 차는 커진다. 염소를 영영 찾지 못할까봐 두렵다. 백에서 얼마나 멀어졌는지 가늠할 수 없다. 홍수에 떠내려가 팔십이까지? 나무에서 떨어져 칠십팔까지? 집을 태워 육십사까지? 얼마나 밀려났는지 알 수 없지만 밀려났다는 사실은 확실하다. 발목에 힘을 줘 가속장치를 닦달한다. 잃어버린 시간과 거리를 만회해야 한다.

차가 많아진다. 발목은 액셀보다 브레이크를 자주 찾는다. 퇴근하기에는 이른 시각인데 차는 점점 많아진다. 세상의 모든 차가 앞을 막고 있는 것 같다. 육의 눈이 나와도 모자랄 판에 자꾸 일의 눈이 나온다. 주사위를 부지런히 굴리지만 번번이 한 칸만 전진이다. 주사위는 애간장 태우는 애인처럼 감칠나게 일의 눈만 보여주고 사내는 몸이 달아 쉼 없이 주사위를 던진다. 하지만 어김없이 한 번에 한 칸씩. 동대문. 종로5가. 종로4가. 종로3가. 종로2가. 종각.

사내는 라디오를 켜고 교통방송에 귀 기울인다. 올림픽대로 정체, 강변도로 정체, 동부간선도로 정체, 내부 순환도로 정체, 정체, 정체. 정체 모를 정체가 전염병처럼 도시 전체로 번진다. 결국 신촌로터리에서 일찌감치 튀어나온 러시아워에 덜미를 잡히고 만다. 주사위를 던질 기회조차 드문드문해진다.

주사위. 동생이 삼킨 주사위. 홀수의 눈이 나오면 빨갱이가 되는 주사위를 삼킨 동생은 머리가 깨지고 어깨가 부서지고 폐가 찢어지고 대장이 파열된 채 병원으로 실려갔다. 머리를 꿰매고 폐를 꿰매고 대장을 꿰매야 했다. 수술실로 실려가면서 동생은 사내의 손을 붙들고 말했다. 무서워. 무서워, 성. 겁대가리를 상실한 미친 동생이 무섭다고 했다. 이제까지 무서움을 무서워하지 않아서 무서운 벌이라도 받을까봐 무서워하는 것처럼 무서워했다.

난생처음 무서워할 때조차 동생은 웃고 있었다. 사실 웃는 것은 동생이 아니라 동생의 얼굴이었다. 눈썹이 둥글게 휘어지고 눈초리는 슬쩍 처지고 입꼬리는 살짝 올라가 언제나 웃는 것처럼 보이는 얼굴. 동생의 웃음이 두려움의 매끈한 표면 위에서 자꾸만 미끄러졌다. 동생은 기름방울처럼 빙글거리는 웃음 밑에서 고인 물처럼 두려움에 떨며 울었다.

수술실에서 살아나온 동생은 마취가 풀리자 주사위 똥을 눴다. 사내는 주사위를 동생의 머리맡 서랍에 넣어두었다. 주사위가 동생을 지켜주기라도 할 것처럼. 주사위가 동생의 낮을 지켜줬는지는 몰라도 밤은 지켜주지 못했다. 소매치기를 하다 감옥에 갔다며, 살얼음판에서 스케이트 타다 물에 빠졌다며, 철길에서 놀다 기차에 치였다며 새벽마다 울먹였다. 꿈이라고, 꿈에서 주사위 놀이판의 그림을 본 것일 뿐이라고 다독여도 꿈 밖에서 진짜 죄를 저지른 것처럼 울먹였다. 그런 죄를 짓지 않았다면 머리가 깨지고 어깨가 부서지고 폐가 찢어지고 대장이 파열되는 불행을 납득할 수 없다는 듯 울먹였다. 동생이 악몽을 호소할 때마다 사내는 서랍을 열어 주사위가 그대로 있는지 확인했다. 주사위가 보이지 않았다면 동생의 관자놀이에 총알처럼 박혀버렸다고 믿었을 것이다.

동생의 입에서 주사위라는 말이 튀어나올 때마다, 주사위를 볼 때마다 사내는 미안하다고, 먼저 주사위를 던지게 해서 미안하다고 말하고 싶었지만 차마 입이 떨어지지 않았다. 미안하다는 말을 뱉으면 동생이 죽을 것 같았다. 미안하다는 말이 동생을 죽일 것 같았다. 동생이 중환자실에서 여름을 버티다 영영 눈감을 때까지도 그 말을 입 밖에 꺼내지 못했다. 무서워. 무서워, 성. 동생이 눈감기 직전 두려움에 떨 때조차도.

동생이 죽은 뒤에야 사내는 미안하다며 가슴을 쥐어뜯었다. 미안하다는 말을 아껴서 동생이 서둘러 간 것 같았다. 주사위를 관에 넣지 않은 것은 동생의 영원한 밤을 지켜주기 위해서였다. 주사위 던지는 꿈 따위는 더이상 꾸지 않기를 바랐기 때문이다. 주사위를 던져야 할 사람은, 목숨을 걸고 주사위를 던져야 할 사람은 따로 있었다.

러시아워의 덫에 갇혀 어쩌다 한 칸 전진한다. 차가 전진하는 것이 아니라 러시아워라는 덫이 한 칸씩 나아간다. 동교동. 서교동. 합정동. 차가 몸을 배배 꼰다. 아이도 몸을 배배 꼰다. 이미 반쯤 꽈배기가 되었다. 파브르 박사도 어쩌지 못한다.

양화대교 위에서 아이는 완전히 꽈배기가 된다. 다리 건너서도 주사위를 굴릴 기회는 어쩌다 찾아오고 그나마 매번 한 칸씩이다.

양평동에서 꽈배기가 폭발하고 만다.

답답해.

아이가 머리를 앞뒤로 흔든다.

조금만 참아.

집에 가.

아이가 머리를 앞뒤로 빠르게 흔든다. 머리를 앞뒤로 빠르게 흔들면서 파란 토끼로 변신한다.

사내는 비장의 카드를 꺼낸다. 바지 주머니에서 캐러멜을 꺼내 아이의 눈앞에 흔든다. 아이의 머리가 멈춘다. 아이의 손이 캐러멜을 낚아챈다. 껍질을 까고 노란 마약을 입에 넣는다. 아이의 붉으락푸르락한 얼굴에 노란 천국이 내려앉는다. 아이가 잠잠해진다.

착한 일을 하자 하늘이 고속도로를 덥석 안겨준다. 고속도로와 절친한 인터체인지의 친절한 안내를 받아 120번 고속도로에 올라탄다. 간만에 나타난 고속도로를 붙들고 올라간다. 올라갈 수 있는 데까지 최대한 올라갈 것이다. 퇴근길 미등의 빨간 홍수는 이 도로까지 집어

삼키고 있지만 사내는 한숨 돌린다. 고속도로에서는 로터리도, 오거리도, 사거리도, 삼거리도, 갈림길도, 유턴도, 비보호 좌회전도, 요령껏 우회전도, 경적도, 오토바이도, 스쿠터도, 자전거도 없다. 오직 바퀴 넷 달린 기름통의 전진을 위한 직선과 곡선뿐이다. 한번 발 들이면 돌이킬 수 없지만 돌이킬 수 없기 때문에 오히려 마음이 편하다. 이랬다면 어땠을까, 저랬다면 어땠을까 하는 소모적인 저울질과 담쌓을 수 있다.

이 고속도로만 따라가면 염소가 달아난 도시가 나타날 것이다. 문제는 시간이다. 염소가 낌새를 채고 달아날 시간을 줘서는 안 된다. 그동안 너무 많은 시간을 줬다. 새로운 도시 이름을 수중에 넣은 지 두 시간이나 지났다. 자명종이 울기까지는 서른여섯 시간밖에 안 남았다.

한 시간 십칠 분을 더 바친 뒤에야 고속도로에서 내려온다. 아이는 이제 서른네 시간 사십삼 분짜리 자명종이다. 목사가 일러준 도시는 고속도로의 아래쪽에 웅크리고 있다. 인터체인지의 안내를 받아 아래로 내려간다.

인터체인지의 구부러진 병목에서 빠져나오자마자 사내는 길가에 차를 대고 지도를 펼친다. 사내는 길눈이 어둡다. 고물차의 골골대는 뼈와 혈관과 심장을 손보느라 내비게이션은 엄두도 못 냈다. 목사가 일러준 동네는 도시의 아래쪽에 도사리고 있다. 사내는 지도를 덮고 출발한다.

이 낯선 도시는 여름낮의 마지막 열기로 하얗게 달궈지고 있다. 어디선가 고무 타는 냄새가 나고 아이는 마지막 캐러멜의 껍질을 벗기고 있다.

목사가 일러준 동네가 표지판에 나타나기 시작하자 사내는 안도한다. 표지판에 귀 기울이며 핸들을 이리저리 움직인다. 삼정동, 심곡동. 두 칸을 전진해 마침내 목사가 일러준 동네 표지판 아래 선다. 심장이 쿵쾅거린다. 염소가 듣고 달아날까봐 겁난다. 흥분하기에는 이르다고, 샴페인을 터뜨릴 때가 아니라고 마음을 다잡으려 애쓴다.

사내는 주사위 놀이판을 떠올린다. 맨 윗줄에는 뱀이 우글거린다. 불장난 뱀, 벌목 뱀, 나무타기 뱀이 혀를 날름거리고 있다. 신중해야 한다. 주사위를 던져 홀수의 눈이 나오면 뱀이다. 홀수면 영락없이 뱀이다. 홀수면 빨갱이. 염소의 목소리가 귓불을 채찍질한다. 홀수면 빨갱이라고 으름장 놓던 가늘고 쉰 목소리가 이번에는 홀수면 뱀이라고 겁박한다. 주사위가 식은땀에 젖는다. 염소의 주소는 미완성이라고, 아직은 너의 시간이 아니라고, 식은땀 흘리는 주사위를 다독인다. 눈치를 보던 위가 손과 발에게 속삭인다. 이브를 꾀는 뱀처럼 일단 먹으라고 달콤하게 속삭인다.

김밥천국에서 김밥과 어묵과 라면을 주문한다. 아이는 과학자의 얼굴로 김밥을 찬찬히 들여다보더니 젓가락으로 시금치를 쏙 빼낸다. 어묵 국물에서는 고추를 건져내고 라면에서는 파를 집어낸다. 모두 파란색이다. 파란색이 천국에서 추방된다. 회색만 가리는 줄 알았더니 파란색도 싫어한다.

편식을 타박하는 지청구가 혀끝에서 맴돌다 목구멍으로 기어들어간다. 이제 파란색이라면 사내도 질색이다. 그래도 먹기는 한다. 시금치와 고추와 파가 사내의 목울대를 들썩인다. 시금치와 고추와 파의 파란 하느님처럼 선과 악을 분별하게 된다. 사내는 시금치와 고추와 파의 파란 천국에서 추방된다. 파란 천국의 파란 주인이 시퍼렇게 말한다. 너는 일생 고통 속에서 땅을 부쳐 먹으리라. 너는 흙에서 나왔으니 흙으로 돌아갈 때까지 땀을 흘려야 주림을 면하리라.

김밥과 어묵과 라면을 먹으며 사내는 땀범벅이 된다. 아이는 땀을 흘리지 않는다. 아이의 몸은 얼음 창고를 품은 듯 땀 한 방울 허락하지 않는다. 아이는 새끼 냉장고다. 아이의 피부는 새하얗고(사내는 까무잡잡하다!) 반질반질해서(사내는 거칠다!) 작은 항아리 같다(여자가 그런 것처럼!). 사내는 아이가 자신과 다르다는 사실에 먼지처럼 가벼워져 천국에서 나온다.

천국을 나서자 파란 불꽃 같은 어둠이 땅에서 솟구친다. 땅 밑에서 큰물처럼 밀고 올라오는 파란 불꽃 어둠에 여름 하늘이 보랏빛으로 질린다. 성마른 가로등 몇이 스스로의 조급함에 얼굴을 붉히며 엉거주춤 서 있다. 스카이라인 너머에서 어둠이 밝아오고 있다. 낯선 길 위에서는 겨울의 아침보다 여름의 밤이 더 갑작스럽다. 어머니는 말했지. 등뼈 누일 곳은 캄캄해지기 전에 마련해야 한다고.

사내는 오늘의 등뼈 누일 곳을 물색한다. 톰슨가젤의 본능이 역 쪽으로 가라고, 익명의 가시덤불과 번잡의 엉겅퀴 밑에 숨으라고 귀띔한다. 숨어 있다 옆구리를 노리라고, 사자를 쫓는 톰슨가젤처럼 말한다. 쫓는 자는 잘 숨어야 한다. 머리카락도 냄새도 잘 감춰야 한다. 바람을 안고 숨어야 한다. 계획의 동선 바깥에서 쫓기는 자와 마주치면 안 된다. 쫓는 자는 쫓기는 자와 마주칠 때 위험에 빠진다.

역을 가리키는 표지판을 따라 도시의 밑바닥으로 내려간다. 역 주변은 허름하고 번잡하다. 커피, 술, 커피, 술, 커피, 술을 지나 여관 골목에 들어선다. 낮고 낡은 여관들이 카페인과 알코올의 궁둥이를 향해 헤픈 주둥이를 내밀고 있다. 사내는 장미가 그려진 입간판을 고른다. 가시덤불 속에, 가시덤불의 맨 꼭대기 층에 숨는다.

은신처를 확보하자마자 사내는 씻는다. 추격자의 냄새를 없앤다. 씻으라고 욕실에 들여보낸 아이는 이곳의 물을 연구한다. 사내는 아이가 이 도시의 물을 분석하도록 내버려둔다. 염소의 코는 아이의 냄새를 모르니 괜찮을 것이다. 사내는 아이를 위해 거미집을 다시 세운다.

물에 대한 연구를 끝낸 아이는 거미집으로 쏙 들어간다. 거미집에 들어앉아 낡은 텔레비전 속의 새 야구를 본다. 사내도 낡은 침대에 누워 새 야구를 본다. 호랑이의 야구는 아직 군산에 머물고 있다. 불과 몇 시간 전만 해도 저 도시에 있었는데 먼 옛날처럼 아득하다. 저 도시에서의 하룻밤이 꿈속의 일 같다.

오늘의 상대도 사자다. 초반부터 사자에게 물려 육 점 차로 끌려간다. 8회 말이 끝나자 사내는 낡은 냉장고에서 새 맥주를 꺼내들고 거미집을 향해 말한다.

바람 쐬고, 아니, 옥상에 올라갔다 올게.

거미집은 반응이 없다.

사내는 여관 옥상에서 맥주를 마시며 9회가 지나가기를 기다린다. 도시의 불빛이 기름을 먹인 것처럼 번들거린다. 공기는 무겁고 눅눅하다. 습기를 잔뜩 머금은 바람이 불어온다. 어느 쪽에서 불어오는지 확인하기 위해 주위를 둘러본다. 십자가, 기차, 십자가, 먹구름, 십자가. 여관의 옥상은 십자가의 덤불 속에 들어앉아 있다. 떠나온 집, 영구임대아파트 옥상 같다. 아주 멀리 떠나왔는데 고작 같은 옥상이다.

아버지의 외침이 어깨를 짓누른다. 네 동생은 어디 있느냐? 지상의 아버지, 주정뱅이 하느님은 귀에서 술냄새를 풍기며 소리치곤 했다. 니 동상이 흘린 피가 땅바닥에서 시방 울부짖고 있당께. 니 동상의 피를 거시기하기 전까지 땅은 수확을 내주지 않을 것이여. 술주정이 아니라 진담이었다. 아버지는 얼마 안 되는 땅뙈기를 처분하고 법원 앞에 담뱃가게를 열었다. 어머니가 동생의 억울함을 부처님께 호소했다면 아버지는 법에 호소했다. M16에는 부처가 아니라 법, 대검에도 부처가 아니라 법, 박달나무 몽둥이에도 부처가 아니라 법.

아버지는 동생의 장례 때 입었던 검은 양복, 흰 와이셔츠, 검은 넥타이 차림으로 법원에 드나들었다. 매일매일이 장례식이었지만 넥타이 차림으로 출근하는 아버지를 갖고 싶다던 동생의 소원은 이루어진 셈이다. 새벽같이 담배 냄새를 풍기며 출근한 아버지는 밤늦게 술냄새를 풍기며 돌아와 격무에 시달린 샐러리맨처럼 우울한 얼굴로 울분을 터뜨리곤 했다. 직장상사를 욕하듯 법의 위선을 개탄했다. 정의사회 구현은 염병! 저기는 정의의 전당이 아니라 푸줏간이여!

법원에 출근하는 날은 그나마 나았다. 법원이 쉬는 날이면 새벽부터 술냄새를 풍기며 주정뱅이 하느님처럼 소리쳤다. 종배야, 니 동상은 어딨다냐? 사내는 카인처럼 항변했다. 몰러라. 나가 동상을 지키는 사람이다요? 주정뱅이 하느님이 노발대발했다. 니 동상은 어딨냐고? 사내는 먼지처럼 소리없이 외친다. 오매 아부지, 나는 동상을 안 죽였어라, 나는 동생을 안 죽였단 말이오. 나도 죽은 목숨이오. 아부지가 거시기 사망진단선가 확인선가 하는 종이 쪼가리에 실수로 내이름을 올렸을 때 나도 죽었당께. 동상 곁으로 가부렀당께. 그것도 모자라 아부지는 술에 찌든 밤마다 왜 동상이 아니라 나가 살아 있느냐는 눈빛으로 나를 죽여부렀소. 아부지, 아부지가 나를 죽였소. 오매하느님 아부지. 나가 뱃속에 회충이 들어앉은 것맹키로 시멘트 냄새를 쿵쿵대며 떠돌게 된 것도 전부 아부지 때문이오. 떠도는 신세가 된나를 만나는 놈마다 죽이려 달려드는 것도 아부지 때문이오. 그라요, 아부지. 나가 동상을 죽였어라. 나가 생때같은 동상을 죽였당께라. 그러지 않고서야 인생이 이러코롬 거시기헐 수 있겠소.

사내의 메마른 외침에 하늘은 벼락과 천둥이라는 응답을 들려준다. 비가 쏟아진다. 하늘의 창문들이 열리고 비가 장대처럼 쏟아진다. 모든 죄악의 살덩이를 쓸어버릴 기세로 쏟아진다.

여름밤을 두들기는 여름비는 사내의 조바심도 두들긴다. 이 모진비가 실낱같은 염소의 흔적을 지워버리면 어쩌나, 근심이 머릿속을 가득 채운다. 거세게 흘러내리는 비의 급류 속에서 염소의 흔적을 붙드느라 눈을 붙이지 못한다. 밤새 빗소리 위에서 뒤척인다.

새벽에 비가 그치고 나서야 늦은 잠에 빠져든다. 늦은 잠이 꿈을 꾼다. 사내는 무지개 위에서 미끄럼을 탄다. 꿈이라는 사실이 빤한 꿈이지만 브레이크가 작살난 차에 앉아 고갯길을 미끄러지는 것처럼 무섭다. 미끄러지는 것이 무서운 게 아니라 미끄러진 만큼 다시 올라가야 한다는 것이 무섭다. 어렸을 때 사내는 비료포대를 깔고 눈 비탈을 총알처럼 내려올 때보다 비료포대를 들고 올라갈 때가 더 좋았다. 그래서 소풍가방을 과자로 채우듯 올라갔다. 하지만 동생은 숙제를 해치우듯 올라갔다. 소풍 때도 동생은 짐을 줄여야 한다며 소풍 전날 과자를 먹어치웠다. 한배에서 나왔다는 게 신기할 정도로 동생은 뭐든 달랐다. 사내는 무지개에서 계속 미끄러진다. 땅끝까지 내려가는 무지개다. 내려갈수록 가벼워진다. 소풍의 아침을 향해 올라가는 동생의 소풍가방처럼 가벼워진다. 꿈과 현실 사이에 걸쳐진 무지개 빛깔 병목에 낀 채 사내는 꿈에 대한 해석을 시도한다. 어떤 꿈인지는 모르겠지만 어떤 꿈이 아닌지는 알겠다. 이것은 키가 크는 꿈이 아니다.

배고파.

아이의 허기가 밥을 달라고 사내의 눈꺼풀을 흔든다. 사내는 허우적대다 구름침대 아래로 떨어진다. 아이의 입꼬리가 살금살금 올라가며 웃음 비슷한 것을 만들어낸다. 고양이 웃음이다. 야옹이 웃음이든 뭐든 아이가 웃음 근처까지 간 것은 처음 본다. 아이도 웃을 줄 안다. 웃음 비슷한 것을 보여줄 수 있다. 동생의 웃음을 닮은 웃음이다. 웃는 모양이 동생을 닮았다. 웃을 때 아이는 동생을 닮는다. 동생이 웃는 모습을 한 번만 더 보고 싶다. 하지만 동생은 이제 영영 웃지 못하고 동생을 닮은 아이는 좀처럼 웃지 않는다.

동생의 웃음을 닮은 아이의 웃음 때문에 초조해진다. 꾸물거릴 때가 아니라고 동생이 나무라며 웃는 것 같다. 사내는 손목시계를 찾는다. 침대맡 탁자에 올려두었는데 보이지 않는다. 있어야 할 곳에 있어야 할 것이 없어서 당황한다. 몸이 차갑게 식는다. 허둥거리며 주위를 둘러본다. 손목시계는 아이의 팔뚝에 걸려 있다.

그걸 왜 차고 있어?

아빠가 바람 쐬러 갈까봐.

아이가 거미집을 지키는 거미를 내려다보며 말한다. 거미에게 말한다. 아이는 거미에게만 속마음을 털어놓는다.

혼자 바람 쐬러 가지 않겠다는 약속을 지불하고서야 사내는 손목시계를 되찾는다. 자명종은 이제 스물세 시간 삼십칠 분 남았다. 고작 하루.

오늘 내로 염소를 찾아야 한다.

8

여관 근처 기사식당에서 돈가스와 된장찌개로 아이와 자신의 아침 배를 채운 사내는 목사가 일러준 동네로 차를 몰고 간다. 가장 먼저 눈에 띈 부동산 중개업소 앞에 차를 세운다.

불펜에서 꼼짝 말고 기다려.

싫어.

아이가 간밤에 무슨 꿈을 꿨는지, 꿈결에 무슨 낌새라도 챘는지 떨어지지 않으려 한다.

아빠는 선발투수고 진구는 구원투수잖아. 구원투수는 불펜에서 기다려야지.

선발투수 계속 던질 수 없어.

아이가 창밖을 바라보며 말한다. 사내는 말문이 막힌다. 혹을 떼려다 혹에게 한 방 맞았다.

사내는 정신을 추스르며 반격을 쥐어짠다.

진구가 투수할 거야? 그럼, 혼자 내려야 돼.

같이 내려.

왜?

투수 바뀔 때 코치도 올라가.

사내는 또다시 말문이 막힌다. 아이는 야구율법학자다. 어쩔 수 없이 코치가 된 사내는 아이를 데리고 부동산 사무실에 들어간다. 아이는 벽에 걸린 지도에서 눈을 떼지 못한다. 눈도 깜박 않는다. 지도와 눈싸움하는 것 같다. 사내는 부동산 중개업자에게 인근 고물상의 위치를 얻어낸다. 큰물이 빠져나간 땅이 말랐는지 확인해줄 비둘기를 수중에 넣는다.

사내는 바퀴 달린 방주에 다시 올라타 창문 너머로 비둘기를 날린다. 비둘기를 따라간다. 비둘기가 오락가락한다. 내려앉을 곳을 찾지 못해 갈팡질팡 좌고우면한다. 간선도로와 이면도로를 이리 기웃, 저리 갸웃한다. 부동산 중개업자가 표지 건물로 일러준 편의점, 휴대폰 대리점이 너무 많아 헷갈린다.

세븐일레븐 왼쪽.

부동산 중개업자의 말을 다 듣고 있던 걸까. 아이가 큰 소리로 외친다.

방주는 아이의 지시에 따른다.

SK텔레콤 오른쪽.

부동산 사무실의 지도를 머릿속에 담아온 걸까. 아이의 목소리는 거침이 없다.

아이의 지시대로 휴대폰 대리점을 끼고 골목으로 들어서니 정말로 고물상이 나타난다. 하느님은 내비게이션의 갈비뼈를 꺼내 아이를 빚은 걸까. 사내는 아이가, 아이의 재주가 신기하다. 담임선생의 말대로 아이는 별나다. 별난 토끼, 별나라 토끼다.

고물상에도 아이와 함께 간다. 야구율법학자의 말에 따르면 이번에는 사내가 구원투수고 아이가 코치다.

고물상에는 고물이 많다. 산을 이루고 있다. 폐지 산, 고철 산, 플라스틱 산, 라디오 산, 텔레비전 산, 냉장고 산. 폐가전제품의 산이 가장 높다. 동생은 전기를 먹는 것이라면 뭐든 뚝딱 고쳤다. 죽지 않았다면 국제기능올림픽 금메달은 떼놓은 당상이었을 텐데. 금메달을 목에 걸고 무지개차, 아니 무개차를 타고 카퍼레이드도 했을 텐데. 어쩌면 우주인이 되어 달나라에 갔을지도 모르지. 세상을, 우주를 가졌을 텐데. 그러니까 살아만 있었다면.

고물상을 나서는 사내의 얼굴이 어둡다. 염소의 흔적을 찾지 못했다. 다른 고물상의 위치를 얻는 데 만족해야 한다. 첫번째 비둘기는 마른땅을 찾지 못하고 방주로 돌아간다.

두번째 고물상은 어렵지 않게 찾는다. 모두 인간 내비게이션 덕분이다. 아이는 사내가 묻지 않아도 자동으로 우회전, 좌회전, 직진을 또박또박 안내한다. 이 별난 아이가 없었다면 어쩔 뻔했나. 온 동네를 장님처럼 더듬고 있겠지. 아이를 데려오길 잘했다는 생각마저 든다. 상을 주기로 한다. 주사위 놀이판의 가르침과 같이, 죄를 지으면 벌을 받고 착한 일을 하면 상을 받아야 한다. 사내가 아는 정의란 그런 것이다. 의(義)의 열매와 죄의 열매를 한 바구니에 담지 않는 것, 의인의 목숨과 죄인의 목숨을 함께 거두지 않는 것. 주사위 놀이판이라면 열두 칸 전진일 텐데. 고심 끝에 동고동락하던 야구모자를 상으로 준다. 빨간 호랑이 면류관을 아이에게 넘긴다. 머리의 반쪽이 없어지는 기분이다. 아이에게 상을 주기는 난생처음이다.

야구모자를 쓴 아이와 방주에서 내린다. 이번에는 아이가 구원투수, 사내는 코치다. 스치기만 해도 잊을 수 없는 염소의 인상착의 앞에서 두번째 고물상은 고개를 젓는다. 여기에도 염소의 흔적은 없다. 다른 고물상의 위치를 아이의 내비게이션에 입력하고 물러난다. 두번째 비둘기도 마른땅을 찾지 못하고 방주로 돌아간다.

세번째 고물상도 아이 덕분에 헤매지 않고 찾는다. 아이와 함께 차에서 내린다. 이번에는 사내가 구원투수고 아이는 코치다.

고물 산이 다른 고물상보다 높고 험하다. 간밤의 비에 웃자란 잡초가 고물 산자락에 녹색 띠를 두르고 있다. 가장자리의 녹색 띠 때문에 고물 산은 마구잡이로 나무를 베어낸 민둥산처럼 보인다. 사내는 플라스틱 민둥산을 기웃거리다가 오토바이에서 뜯어낸 바람막이를 집어든다.

저 안쪽의 녹슨 컨테이너가 사무실이다. 포치까지 거느린 사무실이다. 각목 두 개를 나란히 세워 고정한 검정 그물이 컨테이너 지붕까지 걸쳐져 있다. 검정 그물에는 녹색 이파리를 엮어놓아 야전 막사처럼 보인다. 사내는 검은 물을 골똘히 품고 있는 크고 작은 웅덩이를 피해 사무실로 향한다.

컨테이너 안은 시원하다. 에어컨이 맹렬한 소리를 내며 냉기를 뿜고 있다. 고물상 주인은 의자 깊숙이 엉덩이를 파묻고 철제 책상에 발을 올린 채 신문을 읽고 있다. 빨간 해병대 티셔츠 소매 아래 드러난 팔뚝이 우락부락한 힘줄로 파랗다.

사내가 헛기침을 하자 짧고 흰 머리카락이 철사처럼 박힌 붉은 머리통이 신문 너머로 떠오른다. 혈색은 좋지만 주름이 자글자글한 얼굴이 딸려올라온다. 꼬깃꼬깃한 붉은 색종이를 펼쳐 눈, 코, 입을 그려넣은 것 같다. 쭈글쭈글한 붉은 눈두덩 밑에서 새까만 눈동자가 날카롭게 빛나고 있다. 사내는 붉은 머리통 너머로 시선을 던진다. 벽에 가격표가 붙어 있다. 스뎅 천사백원, 양철 깡통 천원, 고철 이백원, 플라스틱 백사십원.

이건 얼맙니까?

사내가 묻는다.

그 물랭이는 투 스타가 몰던 오토바이에 붙어 있던 놈이야.

일 킬로에 백사십원 아닙니까?

사내가 가격표를 보며 말한다.

일반적으로 그렇단 말이지. 횟집 가격표에도 다금바리는 시가라고 붙어 있거든. 그러니까 그 물건은 그냥 물랭이가 아니라 다금바리 물랭이란 말이지.

고물상 주인은 노래 부르듯 말한다. 가물치처럼 튀어나온 입, 말하기 좋아하는 입에서 노랫가락이 술술 흘러나온다. 사내는 주크박스의 입에 동전 몇 개를 넣기로 한다. 투 스타의 '물랭이'는 미끼일 뿐, 진짜 목표는 염소다. 큰 놈을 잡으려면 미끼도 커야 하는 법.

얼마면 되겠습니까?

한 장.

사내는 지갑에서 오천원권을 꺼낸다.

율곡 선생 말고 세종대왕.

사내는 오천원권을 한 장 더 꺼낸다.

두 명의 신하보다는 한 명의 왕이지.

아, 네.

사내는 만원권을 건네며 본론을 꺼낸다.

고물상 주인은 책상 옆에 놓인 의자를 권한다. 자동차에서 떼어낸 의자다. 아이는 벽에 걸린 사슴 머리에 정신이 팔려 있다.

할레루야. 선생이 앉은 자리에 교황께서 앉으셨소. 이 녀석은 교황 요한 바오로 2세 성하께서 방한 당시 탔던 차에서 뜯어냈단 말이지.

주크박스는 독실한 가톨릭 신자처럼 노래한다.

아, 네.

사내는 엉덩이를 슬쩍 들고 의자를 새삼 내려다본다. 의자에게 경의를 표한다. 고물상의 입가에 만족스러운 웃음이 피어난다.

그래, 사람을 찾는단 말이지?

고물상이 두 손을 마주 비비며 말한다.

사내는 염소의 인상착의를 댄다. 한쪽 볼에 뱀처럼 똬리를 튼 화상 흉터, 라는 금화가 주크박스를 들썩이게 한다.

알다마다. 눈이 오나 비가 오나 하루도 거르지 않고 동트기 무섭게 딸딸이 끌고 오던 노인네.

사내의 눈동자에 불이 켜진다. 마침내 염소의 흔적을 찾았다. 세번 째 비둘기가 올리브 잎을 물고 왔다. 물 빠진 땅을 찾은 것이다.

오늘내일한다던데⋯⋯

주크박스가 이상한 소리를 낸다. 맛이 간 게 분명하다. 맛이 간 주크박스는 두들겨패야 한다. 오늘내일이라니. 누구 마음대로. 사내의 이목구비가 뒤틀린다. 맛이 간 것은 주크박스가 아니라 사내다. 눈앞이 깜박깜박하고 지지직거리는 소리가 들린다. 텔레비전도 맛이 가고 라디오도 맛이 간다. 맞아도 싼 텔레비전이고 라디오다. 주크박스는 잘 돌아간다. 염소의 교통사고에 관한 노래를 들려준다.

어두운 새벽길 육교 밑은 컴컴하지 사람은 시커멓지, 부랴부랴 브레이크 밟았지만 비는 내리고 길은 미끌미끌, 날아간 화살이요 엎질러진 물이라. 모든 일에는 때가 있단 말이지.

사내는 따귀라도 맞은 것처럼 볼이 화끈거린다. 고물상의 노래가 자신을 비웃고 질책하는 것 같다. 귀에 거슬린다. 칠판을 손톱으로 긁어대는 소리다. 교황의 의자조차 가시방석이다. 백이 눈앞인데, 손만 뻗으면 닿을 곳에 있는데 사악한 우연이 또다른 뱀을 준비하고 있었다. 홀수면 뱀인 줄 알았는데 홀수든 짝수든 뱀이었다.

동생이 주사위를 던졌을 때 짝수가 나오길 간절히 빌었는데 멍청한 짓이었다. 동생은, 영리한 동생은 알고 있었던 거야. 미친 영리한 동생은 주사위가 속임수에 불과하다는 걸 꿰뚫고 있었던 거야. 짝수가 나와도 염소는 우리를 가만두지 않았을 거야. 피를 보고야 말겠다는 눈빛이었어. 그것도 모르고 동생이 주사위를 삼키지 않았다면 어땠을까, 멍청한 생각을 했어. 멍청한 새끼. 아둔한 새끼. 사내는 자신이 역겨워 견딜 수 없다. 싸구려 속임수에 놀아난 어리석음을 용납할 수 없다. 병원이 어쩌고 가족이 저쩌고. 주크박스가 불행에 또다른 불행을 얹으며 노래하지만 귀에 들어오지 않는다.

사내는 도망치듯 자리를 뜬다. 방주로 숨어든다. 큰물은 아직 빠지지 않았다. 아직은 방주에서 내릴 때가 아니다. 큰물이 타락한 세상을 쓸어버리기 전에는 내리면 안 된다. 사내는 바들바들 떤다. 심장은 불바다인데 머리꼭지는 얼음장이다.

아이가 뭔가를 들고 온다. 플라스틱 판을 조수석에 들이민다.

이런 쓰레기를 뭐하러 가져와?

사내의 외침이 불똥처럼 튀어오른다.

만원 주고 샀잖아.

아이의 딱딱하고 차가운 대답이 사내의 반대쪽 뺨을 후려친다. 삐뚜름해졌던 눈과 귀가 제자리를 찾는다. 텔레비전도 라디오도 정신을 추스른다. 사내는 플라스틱 판을 짐칸에 던진다. 투 스타의 오토바이라니, 세상에. 잠깐 눈 감으니 코를 베어간다. 그런데 무슨 병원이랬지? 라디오가 맛이 가는 바람에 정작 중요한 대목을 놓쳤다. 사내의 귀가 아이에게 도움을 청한다.

병원 이름이 뭐랬지?

친구가 있는 병원?

'친구'라는 말이 심장을 찌른다. 알고 보니 칼이 아니라 열쇠다. 맹꽁이자물쇠가 딸깍 열리고 심장에 갇혀 있던 분노의 불길이 얼굴을 드러낸다. 추적이 막바지에 이르렀는데 사고라니. 누구 마음대로 교통사고를 당한단 말인가. 염소는 나의 것. 염소에게는 교통사고를 당할 권리도 없다.

그래.

병원 이름을 얻어내기 위해 사내는 마지못해 대답한다.

아이의 입에서 병원 이름이 곧장 튀어나온다. 염소가 눈감기 전에 빨리 가야 한다. 사내의 심장이 조급해져 급하게 뛴다. 모든 일에는 때가 있단 말이지. 고물상의 노래가 심장에 밟힌다. 사내는 서둘러 지도를 펼친다.

지도와 아이의 도움으로 염소의 병원을 손쉽게 찾는다. 아이를 떼어놓을 궁리를 하는데 의외로 일이 쉽게 풀린다. 아이는 병원을 경원한다. 의사, 간호사, 환자. 유니폼투성이지만, 아이가 좋아하는 유니폼투성이지만 아이는 궁지에 몰린 짐승처럼 긴장의 털을 잔뜩 곤두세우고 있다. 병원이, 병원의 어떤 면이, 병원이 불러내는 어떤 기억이 아이의 솜털에 정전기를 일으키고 있다. 사내는 어머니를, 어머니의 죽음을 떠올린다. 어머니의 죽음이 새삼스럽다. 어머니를, 어머니의 죽음을 잊고 있었다는 생각에 죄책감이 밀려온다. 죄책감에 떠밀려 짐칸을 돌아본다. 어머니의 오동나무 상자가 공구상자 밑에 깔려 있다.

차에서 내린 사내는 짐칸 문을 열고 어머니를 공구상자 위에 올려놓는다. 아이는 병원을 노려보며 의자에 붙박여 있다. 이 고물차가 공장의 조립라인에서 사뿐사뿐 걸어나올 때부터 조수석에 붙어 있었던 것 같다. 붙박이 조수다. 차에서 혼자 내리니 홀가분하지만 허전하기도 하다. 조수를 잃은 기분이다. 사내는 뒤를 돌아본다. 아이와 잠깐 눈이 마주친다. 아이의 눈빛에서 혼자 남겨질 거라는 두려움은 읽을 수 없다. 병원에는 뒷문이 없어서 달아날 구멍이 없다고 여기는 듯하다.

사실 그것은 염소에 대한 사내의 생각이다. 아이의 시선이 사내의 머리 위를 향한다. 사내에게 어떤 경고를 전하려는 것처럼 위쪽을 노려본다. 사내도 위를 올려다본다. 녹색의 십자가가 새하얀 건물 꼭대기에서 무심히 펄럭이고 있다. 오늘내일이라니. 염소가 눈앞에서 영원히 사라져버릴지도 모른다니. 사내는 염소의 건재를 간절히 바라며 걸음을 재촉한다.

사내에게 병원은 언제나 미로다. 여기가 저기 같고 저기가 여기 같다. 마음이 급해서 더 복잡하고 더 거대한 미로다. 코너를 돌면 똑같은 풍경이 기다리고 있다. 발목을 낚아챌 것처럼 반질반질한 복도, 약품 냄새를 풍기며 머리를 어지럽히는 벽, 소리없이 열리고 닫히며 유령 같은 사람을 토해내는 문. 환자들도, 의사들도, 간호사들도 비슷비슷해서 이 사람이 저 사람 같고 저 사람이 이 사람 같다. 모두모두 추적을 방해하는 훼방꾼이다.

허둥지둥 이리 기웃 저리 기웃하던 사내 앞에 중환자실이 나타난다. 벽에 내걸린 명단을 서둘러 살핀다. 염소의 이름은 없다. 사내는 가슴을 쓸어내린다.

다시 허둥지둥 이리 기웃 저리 기웃하던 사내 앞에 안내데스크가 나타난다. 안내원에게 다짜고짜 염소의 이름을 댄다. 염소를 어디에 감췄느냐고, 어서 내놓으라고 소리치고 싶은데 꾹 참는다. 안내원은 원무과에 가서 알아보라고 한다. 원무과로 달려간다. 반질반질한 복도를 일축하고, 약냄새 풍기는 벽을 제치고, 소리없이 열리고 닫히는 문을 따돌리고 원무과로 달려간다. 원무과에는 담당자가 없다. 담당자가 자리를 피해서 허탕 친다. 모두모두 한통속이 되어 염소를 감춘다.

믿을 것은 두 다리와 두 눈뿐. 사내는 엘리베이터 쪽으로 달려간다. 입원실은 오층부터다. 엘리베이터는 육층을 지나 올라가고 있다. 사내는 비상계단으로 뛰어올라간다. 오층부터 뒤진다. 병실 문 옆에 붙은 환자 명단을 일일이 확인한다. 염소가 없다. 육층에도, 칠층에도 없다. 냄새를 맡고 달아난 걸까. 오늘내일한다지 않았나. 염소라면 그럴 수 있을 것 같다. 삼십 년 동안이나 미꾸라지처럼 요리조리 피해 다닌 염소라면 그러고도 남을 것 같다.

팔층으로 올라가는 다리가 후들거린다. 환자 명단을 일별하는 눈이 시큰거린다. 팔층에도 염소의 이름은 없다. 염소가 쉽게 덜미를 내줄 리 없다. 구층으로 오르는 사내의 표정이 무겁다. 눈을 부릅뜨고 명단을 확인한다. 염소의 이름은 없다. 없다. 없다. 없다. 사내가 멈칫한다. 염소의 이름이다. 왼쪽 맨 아래 분명히 염소의 이름이 적혀 있다. 숨이 멎을 것 같다. 심장이 터질 것 같다. 몸이 차가워진다. 손에 식은 땀이 맺힌다.

병실 문이 열려 있고 웅얼거리는 소리가 들려온다. 사내는 병실 안쪽을 들여다본다. 왼편 안쪽 구석 침대를 잘 차려입은 사람들이 둘러싸고 있다. 염소의 침대를 둘러싸고 기도중이다.

어린양의 죄를 용서해주시고 어린양이 죄에서 일어나듯이 병상에서 일어나게 해주소서.

용서라는 눈먼 칼이 사내의 애먼 뱃가죽을 찌른다. 용서라니. 인간이 죄를 짓는 것은 용서라는 말 때문이다. 예수를 십자가에 못박은 자들은 제가 무슨 짓을 하는지 알고 있었다. 산 사람의 손과 발에 못을 박으면 어찌 되는지 알고 있었다.

사내는 용서라는 무책임한 말에 성난 얼굴로 돌아선다. 타락한 기도를 돌아보지 않는다. 오백만 명의 의인을 찾아내도 구할 수 없는 죄악의 도시가 유황불에 무너지고 있어서 돌아보면 소금기둥이 되기라도 할 것처럼. 대신 진짜 기도를 올린다. 저는 먼지와 재에 지나지 않는 몸이지만 감히 아룁니다. 약속한 의인 쉰 명에서 다섯 명이 넘친다고 죄악의 성읍을 내버려두시렵니까?

염소의 상태를 염탐하기 위해 사내는 간호실로 간다.

담당 간호사는 거구다. 코끼리다. 코끼리 간호사에게 염소의 상태를 묻는다.

TA 환자분이요? 보름째 코마 상태입니다. 라이프 서포트로 근근이 버티고 계세요.

꼬마요?

간호사가 얼굴을 붉힌다.

의식불명 상태예요. 생명 유지 장치로 근근이 버티고 있어요.

이번에는 사내가 얼굴을 붉힌다.

그러니까, 거시기 뭐냐, 식물인간이라는 뜻입니까?

그런 셈이죠.

사내의 얼굴이 새파래진다. 삼십 년을 찾아 헤맨 끝에 겨우 덜미를 잡았는데 식물인간이라니. 식물염소라니. 염소가 죽음의 문턱에 드러누워 있다는 사실이 믿기지 않는다. 속임수 같다. 너구리는 궁지에 몰리면 죽은 척하지 않는가. 담당 의사를 만나게 해달라고 요구하지만 간호사는 난색을 표한다.

실례지만 환자분과는 어떤 관계죠?

의외의 반격에 사내는 당황한다. 섣불리 입을 떼지 못한다.

혹시 가족분이시면…… 연락 달라고 보험회사 직원이 명함을 남겼는데……

간호사가 말끝을 흐리며 책상 서랍을 뒤진다.

거시기 아닌데요.

하긴 가족분이 이제 나타나실 리는 없고…… 그 택시…… 기사분?

아닌데요.

택시기사라는 말에 사내의 미간이 좁아진다. 택시기사가 모든 것을 망쳐버렸다. 고물상의 노래가 귀에 거슬린 이유를 이제야 알 것 같다. 고물상은 택시기사의 입장에서 노래했다. 무단횡단이면 운전자에게 책임이 없다는 건가. 어쨌거나 가해자 아닌가. 염소에게 무슨 일이라도 생기면 택시기사를 용서하지 못할 것 같다. 누구도 염소한테 손댈수 없다. 하느님조차도. 동생을 데려올 수 없다면 염소도 데려갈 수 없다.

그럼……

간호사가 빤히 쳐다본다.

친굽니다.

사내는 간호사의 눈을 피하며 대꾸한다.

아, 네.

그런데 택시기사도 찾아온 적 없습니까?

매일같이 전화해서 환자분 상태를 확인했는데 며칠 전부터 연락이 뚝 끊겼어요.

간호사는 의사를 부르러 자리를 뜬다.

간호사가 의사를 데려온다. 담당 의사는 젊다. 젊다기보다는 어려 보인다. 사내는 의사에게 염소의 진짜 상태를 묻는다.

뇌에 피가 고이고 고관절이 부서졌습니다. 뇌 수술은 성공적이었지만 아직 의식을 회복하지 못하고 있습니다.

의사는 염소의 머리를 찍은 MRI 사진도 보여준다.

깨어날 가능성은 있습니까?

최선을 다하고 있지만 장담할 수는 없습니다.

뼈가 부서졌다면 고통이 엄청날 텐데……

염려 안 하셔도 됩니다. 고통은 없습니다.

고통이 없다고요?

네. 코마 상태에서는 아무것도 느끼지 못합니다.

조금도 말입니까?

걱정 마십시오. 고통은 전혀 없습니다.

의사가 진통제처럼, 진통제의 하느님처럼 말한다.

사내의 얼굴이 일그러진다. 염소 몫의 고통을 고스란히 떠안은 것 같다. 말도 안 된다. 이것은 속임수다. 가증스런 속임수다. 풋내기 마술사의 엉터리 속임수다.

의사가 자리를 뜬 뒤에도 사내는 염소의 MRI 사진을 뚫어져라 들여다본다. 속임수의 비밀을 밝혀내고야 말겠다는 결연한 얼굴로 의심이라는 지푸라기에 매달리지만 소득은 없다.

염소의 병실에는 다시 가지 않는다. 마술이 속임수가 아닐까봐, 속임수가 아니라는 결론과 마주할까봐 두렵다. 이 모든 것이 협잡이고 술수라는 확신에 찬 의심 덕분에 겨우 병원에서 걸어나온다.

  병원 앞 냉면집에서 이른 저녁을 먹고 병원 뒷골목 여관에 방을 얻는다. 맨 위층에서 병원이 가장 잘 보이는 방을 고른다. 일단 사냥감을 시야에 두고 동태를 살피기로 한다. 마술의 속임수를 밝힐 시간을 벌기로 한다. 속임수가 틀림없다고 확신하면서도 속임수가 아닐까봐 두렵다.

  오늘은 야구라는 진통제도 효과가 없다. 사내는 병원의 뒤통수가 내다보이는 창문 앞을 오락가락한다. 못 피우는 담배를 뻐끔뻐끔, 안 마시는 술을 홀짝홀짝. 사내의 숨결이 니코틴과 알코올의 이중주로 불쾌해진다. 사내가 풍기는 빨간 두려움이 아이의 파란 불안을 자극한다. 아이는 집에 가자며 보챈다. 거미집에 들어앉아 진짜 집에 가자고 막무가내로 칭얼댄다. 가려면 혼자 가라는 호통을 가까스로 삼킨다. 진짜, 곧이곧대로, 혼자 나서고도 남을 대책 없는 토끼라는 사실을 취중에도 기적적으로 떠올린다. 한여름 밤의 작은 기적에 사내는 가슴을 쓸어내린다. 그렇다고 뾰족한 수가 있는 것은 아니어서 귀를 닫고 입을 다문다. 지금은 눈앞의 적에 집중할 때. 눈앞의 적만도 벅찬데 등뒤에 또다른 적을 만들 수는 없다. 불을 끈다. 어둠이 아이의 칭얼거림을 거미집에 붙들어 맨다. 밤에는 불을 피우면 안 돼. 사냥감에게 위치가 노출되거든.

  사내는 창문 앞 어둠에 붙어앉는다. 염소의 병실이 손에 잡힐 듯하다. 병원의 십자가가 녹색 전기를 끌어모으고 있다. 녹색의 적외선 과녁을 새까만 어둠에 새기고 있다. 한쪽 눈을 감자 과녁이 더 크고 분명해진다. 방아쇠를 움켜쥔 검지에 염소의 맥박이 느껴진다. 진통제라도 맞은 것처럼, 잠깐, 기적적으로 평안해진다.

아이가 부스럭거리는 소리에 사내는 소스라치며 창문 앞에서 눈을 뜬다. 눈을 뜨자마자 전방을 확인한다. 병원은, 염소의 병실은 그대로다. 사내는 안도의 한숨을 내쉰다. 거죽을 씻고 내장을 비운 뒤 아침을 먹기 위해 여관방을 나선다. 사내는 카운터에 하루 더 묵겠다고 얘기한다. 맥도널드에서 아침의 허기를 해결한다.

아빠랑 병원에 같이 갈래?

사내가 냅킨으로 입 주위를 닦으며 묻는다.

병원이라는 말에 아이가 움츠러든다. 아이의 손에 들린 치킨버거도 움츠러든다.

불펜에 혼자 있어도 되겠어?

아이는 굳은 표정으로 고개를 끄덕인다. 그토록 떼어내려고 발버둥 쳤는데 함께 가겠다고 매달리지 않는 아이가 섭섭하고 야속하다.

아이를 여관방에 데려다주고 사내는 병원에 간다.

병실 문간에서 염소의 동태를 살핀다. 병실에는 차마 발을 들이지 못한다. 사냥감과 너무 가까워지면 사냥꾼이 위험에 빠진다. 염소는 마스크와 튜브를 매단 채 동태처럼 누워 있다.

간호실에 가 코끼리 간호사를 붙들고 염소의 간밤을 체크한다. 염소는 간밤에도 식물이었고 오늘 아침에도 여전히 식물이다.

사내는 보호자 대기실에 죽치고 앉아 아침드라마와 뉴스와 졸음으로 오전을 죽인다. 여관방에 돌아가 아이를 데리고 나와 중국집에서 점심을 해결한다.

불펜에 혼자 있어도 괜찮아?

사내가 짬뽕 국물을 후루룩 마시고 나서 묻는다.

아이는 자동인형처럼 고개를 끄덕인다.

사내는 병원에 돌아가 염소를 먼발치에서 확인하고 보호자 대기실로 간다. 병구완에 지친 보호자들 틈에서 드라마 재방송과 담배와 하품으로 오후를 죽인다. 염소를 먼발치에서 확인하고 여관방으로 퇴근한다. 포테이토피자를 주문해 아이와 나눠 먹으며 야구를 본다. 호랑이는 사자와 일 승씩 주고받은 뒤 삼 연전의 결승전을 치르지만 오늘도 사내의 야구는 8회까지다.

해의 뒤통수 너머로 달의 이마가 떠오르는 것처럼 뭔가가 반복된다. 알 수 없는, 저항할 수 없는 반복의 힘에 이끌려 사내는 어둡고 뜨거운 여름밤의 창문 앞에 웅크린다. 창턱에는 졸음을 몰아낼 캔커피가 여벌의 탄창처럼 입을 앙다문 채 대기중이다.

아이의 부스럭거리는 소리가 창문 앞 사내의 월요일 아침을 흔든다. 병원은 눈앞에 그대로 있고 어제와 같은 하루가 눈을 뜬다. 맥도널드, 병원, 만리장성, 병원.

오늘은 야구가 없어서 아이를 데리고 근처 재래시장에 간다. 아이와 시장에 가기는 처음이다. 녹색의 아케이드 아래서 아이의 눈이 커진다. 낯선 행성을 탐사하는 우주인이다. 면도기, 면도 거품, 속옷, 양말, 세탁비누, 컵라면, 노란 것들(캐러멜, 바나나우유, 바나나, 노란속옷, 노란 양말)을 사는 내내 아이는 곁에서 떨어지지 않는다. 혼잡한 구간을 지날 때는 바짝 달라붙는다.

　복잡한 골목 안에서 전기구이 통닭집이 튀어나온다. 사내가 전기구이 통닭을 처음 먹은 것은 중학교 삼학년 때였다. 동생이 반 일등을 해서 아버지가 사온 것이다. 전기구이 통닭은 천국의 맛이었다. 일등만 해봐 맨날 거시기해줄 것잉께. 아버지는 닭다리를 뜯는 동생을 흐뭇하게 바라보며 큰소리쳤다.

　사내는 아이를 데리고 전기구이 통닭집에 들어간다. 전기구이 통닭을 한 마리 주문한다. 물렁물렁 핑크빛 닭이 쇠꼬챙이에 꽂혀 빙글빙글 돌며 전기를 먹고 바삭바삭 노릇노릇해진다. 아이는 낯선 행성의 신기한 연금술을 숨죽이고 지켜본다. 노란 전기통닭을 냄새 맡고 찔러보고 뜯어본다.

　먹어봐. 켄터키 거시기보다 더 맛있을 것잉께.

　아이는 포크로 뜯어낸 살점에 눈을 대고 코를 대고 혀를 대고 이를 대고 다시 혀를 대더니 조심조심 씹는다. 낯선 행성을 탐색하고 분석하고 맛본다. 아이가 닭다리를 뜯어내 한입 문다. 아이의 턱이 분주해진다. 턱의 박자가 점점 빨라진다. 노란 전기의 달콤한 맛이 입 주위로 퍼진다. 사내의 입가에 켄터키 프라이드 할아버지의 미소가 걸린다. 죽은 아버지처럼 아버지 노릇을 한 기분이다.

　잠실야구장에 가.

　아이가 전기통닭에게 말한다.

　타이거즈 경기 아니야.

　사내가 대꾸한다.

　주말에 가.

사내는 망설인다. 염소가 언제 깨어날지 모른다. 염소 곁을 떠나면
안 된다.

잠실야구장에 간다고 했어.

아이가 전기통닭에게 소리친다.

잠실야구장.

아이의 목소리가 푸르스름해진다. 파란 토끼가 파란 목청을 가다듬
고 있다.

알았어.

일단 시간을 벌기로 한다. 주말은 아직 멀다. 사내의 삶은 주말과
멀어지기만 했다. 눈뜨면 언제나 월요일 아침이었다. 막막하고 힘겹
고 분주한 월요일 아침.

사내는 여관방에 돌아가서는 엄마 노릇을 한다. 아이의 노래진 노
란 속옷을 빨아 옷걸이에 걸어둔다. 야구가 없어서 아이는 파브르 박
사에게 가고 사내는 창문 앞, 초소로 간다.

아이가 큰 소리로 『파브르 곤충기』를 읽는다.

딱부리먼지벌레는 죽은 것처럼 나자빠져 더듬이는 십자가 모양으
로 겹치고 못뽑이 턱은 딱 벌리고 다리는 접어 배에 얹은 채 꼼짝도
안 했습니다.

아이의 목소리가 사내의 귀를 잡아당긴다. 딱부리먼지벌레에 대한
파브르 박사의 관찰이 사내의 귀를 잡아당긴다.

그런데 흥미롭게도 파리나 다른 벌레가 슬그머니 다가가 슬쩍 건드
리면 죽은 척하던 녀석들이 얼른 일어나 달아나는 것이었습니다. 녀

석이 누워 있는 테이블을 살짝 건드려보았더니 역시 깨어나 달아났습니다.

사내의 눈은 이제 아이 쪽을, 아이가 숨어 있는 거미집 쪽을 바라보고 있다.

나는 그제야 진실을 알 수 있었습니다. 녀석들은 죽은 척하는 것이 아니라 두려움이나 위험 앞에서 잠깐 기절하는 것이었습니다.

거미집에서 들려온 결론에 사내는 깜짝 놀란다. 사내는 거미집이 들려준 마술의 비밀을 되새김질하며 병원을 노려본다. 흰 벽에 못박힌 십자가는 녹색 전기를 일찌감치 불러모아 조만간 몰려들 어둠에 대비하고 있다. 유리창 주위로 어둠이 모여든다. 유리는 병원과 함께 어두워진다. 시간의 연금술이 유리 바깥 면에 어둠의 수은을 발라 사내의 이마와 눈과 코와 귀와 입과 턱이 떠오른다. 병원 위로 사내의 희끄무레한 얼굴이 겹친다. 병원의 녹색 십자가, 녹색 조준선이 사내의 이마에 찍힌다. 사내는 창에서 화들짝 떨어진다. 녹색 십자가가 일러준 녹색의 뜨거운 진실에 이마를 덴 채.

지난 삼십 년 내내 사내는 쫓기는 기분이었다. 염소를 쫓을 때조차 그랬다. 심지어 염소를 쫓을수록 더 쫓기는 기분이었다. 염소가 사냥꾼이고 자신은 사냥감인 것 같았다. 그렇다면 염소가 저 지경인 지금은 왜 쫓기는 기분일까? 어쩌면 평생 이런 기분으로 살아야 할지도 모른다. 문득 화가 치민다. 사내는 창에서 멀찌감치 물러난 채 녹색 십자가를, 녹색 전기 십자가를 노려본다. 해야 할 일을 더이상 미룰 수 없다. 사내는 벗어둔 옷을 걸쳐입는다. 와이셔츠를 입고 넥타이를 매고 양복을 차려입는다.

잠깐 병원에 다녀올게.

아까 갔다 왔잖아.

오늘은 더블헤더야.

오늘은 더블헤더야.

아이가 죽은 척 책 속에 누워 있는 딱부리먼지벌레에게 말한다.

여관방을 나온 사내는 병원으로 간다. 죽은 척 누워 있는 염소에게
간다. 문간에서 병실 안쪽을 살핀다. 사내가 움찔한다. 웬 젊은 남자
가 다른 환자들을 등진 채 염소의 보조 침대에 앉아 있다. 머리카락은
짧고 목은 굵고 어깨는 떡 벌어졌다. 교회 사람은 아니다. 병원에 처
음 온 날 이후로는 구경도 못했다. 게다가 교회 사람이라면 혼자 올
리 없다. 가족인가? 택시기사일지도 모른다. 사내는 젊은 남자의 뒷
모습을 유심히 살핀다. 남자가 일어선다. 사내는 벽 뒤로 몸을 숨긴
다. 구두 소리가 다가온다. 사내는 벽에 붙은 환자 명단을 살피는 척
한다. 구두 소리가 복도로 나온다. 곁을 지나치는 남자를 슬쩍 본다.
눈매가 날카롭다. 몇 발짝 거리를 두고 남자의 뒤를 따라간다.

남자가 휴대폰을 꺼내 전화를 건다. 사내는 발소리를 죽이며 뒤를
밟는다. 뒤를 밟는다는 생각에 심장박동이 거칠어진다. 심장이 뒤를
밟는 것 같다. 남자가 화장실로 들어간다. 남자의 굵고 낮은 목소리가
화장실 안에 울린다.

여전합니다.

보고하는 듯한 사무적인 말투. 가족은 아닌 것 같다.

사내는 화장실 앞에서 머뭇거린다.

염소와 관련된 것은 머리카락 한 올이라도 그냥 지나치면 안 된다. 사냥꾼의 목소리가 등을 떠밀어 사내는 화장실로 들어간다.

남자는 맨 안쪽 소변기를 차지한 채 통화중이다. 사내는 입구에서 가장 가까운 부스로 들어가 귀를 세운다. 남자의 목소리가 낮고 은밀해서 어렴풋하다. 기사, 잠수, 합의금, 무연고, 수거. 이런 말들이 섞여 있다. 택시기사는 아니다. 보험회사 직원인가?

갑자기 말이 끊긴다. 조용해진다. 사내는 마른침을 삼킨다. 숨소리를 죽인다. 다시 소리가 들린다. 가래침 뱉는 소리, 물 내리는 소리, 가까워지는 구두 소리, 또 물소리, 멀어지는 구두 소리. 사내는 구두 소리가 완전히 사라지고 나서야 부스에서 나와 화장실 밖으로 나간다. 저만치 엘리베이터 문이 닫힌다. 남자의 날카로운 눈매가 엘리베이터 문 너머로 사라진다.

사내는 염소의 병실로 돌아간다. 염소는 여전히 죽은 척 누워 있다. 다른 침대의 환자들도 딱부리먼지벌레처럼 미동도 없이 누워 있다. 병원 마술의 핵심은 이것이다. 산 사람을 죽은 척 누워 있게 하기. 어떤 방법을 쓰는 걸까? 최면술? 마취제? 어쩌면 바꿔치기일지도 모른다. 죽음의 상자 마술처럼.

사내는 조심조심 발소리를 죽여가며 병실 구석으로 간다. 병상 머리맡에 적힌 이름부터 확인한다. 염소가 맞지만 속단은 금물. 사내는 다른 환자들을 등진 채 보조 침대에 걸터앉는다. 심장의 박자가 빨라진다. 그날 이후 염소를 지척에서 보기는 두번째다.

처음은 아버지가 화병으로 돌아가신 직후, 의정부에서였다. 방충망을 뜯고 염소의 머리맡까지 접근했다. 술냄새가 진동했다. 방바닥에는 약봉지가 널려 있었다. 내과, 피부과, 신경정신과. 아무리 어깨를 흔들어도 무거운 잠에 짓눌린 염소는 거친 숨소리만 토해냈다. 신발도 벗지 않은 채 술과 약에 취한 무시무시한 잠에 빠져 있었다. 잠에 떨어진 심장에 칼을 들이댈 수는 없었다. 동생이 당한 대로 갚아줘야 했다. 주사위에는 주사위, 칼에는 칼. 칼보다 주사위가 먼저였다. 목숨을 걸고 주사위를 던지게 해야 했다.

근처 만화방에서 염소가 깨어나기를 기다린 게 실수였다. 만화를 보다 깜박 잠든 게 실수였다. 머리맡에서 눈을 부릅뜨고 기다렸어야 했다. 허겁지겁 달려갔을 때 염소는 이미 온데간데없었다. 서랍장의 서랍은 죄 열려 있고 비키니장도 텅 비어 있었다. 급히 짐을 꾸린 흔적이 역력했다. 귀신같이 낌새를 채고 달아난 것이었다.

심장의 빠른 박자에 맞춰 심장께의 칼이 부들부들 떤다. 하지만 아직은 칼의 시간이 아니다. 사내는 심장과 심장께의 칼을 다독이며 숨을 깊이 들이마신다. 염소는 인공호흡기와 수액 바늘과 심박측정기 센서를 주렁주렁 매달고 있다. 병든 식물이다. 플라스틱 마스크가 코와 볼과 입을 가리고 있어 진짜 염소가 맞는지 식별할 수 없다. 듬성듬성한 머리카락, 검버섯이 핀 이마, 쪼글쪼글한 목, 깡마른 팔. 염소가 아닌 것 같다. 늙은 칠면조 같다. 사내는 몸을 앞으로 숙이고 마스크 너머를 뚫어져라 쳐다본다. 마스크에 들러붙은 입김이 꼬리를 내리자 한쪽 볼에 똬리를 튼 뱀이 대가리를 쳐든다. 염소가 틀림없다.

사내는 양복 상의 안주머니에서 주사위를 꺼낸다. 주사위를 염소의 손에 쥐여준다. 기절한 딱부리먼지벌레를 건드린다. 깨어나라고. 어서 정신 차리라고. 정신 차리고 주사위를 던지라고. 동생에게 강요했던 것처럼 주사위를 던져보라고. 목숨을 걸고 던져보라고. 홀수면 죽음이고 짝수면 저승이라고.

염소는 꿈쩍도 않는다. 사내는 조용히 기다린다. 염소가 딱부리면 지벌레처럼 발끝부터 떨고 다리를 놀리다가 머리와 등을 젖히며 발딱 일어나기를 파브르 박사의 얼굴로 기다린다. 시간은 주사위처럼 구르고 창에는 주사위의 눈 같은 별이 뜬다. 별 하나(죽음), 별 둘(저승), 별 셋(죽음), 별 넷(저승), 별 다섯(죽음), 별 여섯(저승). 밤하늘은 거대한 주사위. 거대한 검은 주사위. 반짝이는 흰 눈이 박힌 거대한 검은 주사위.

염소는 여전히 꿈쩍도 않는다. 사내는 자리에서 일어선다. 조급할 필요는 없다. 산 채로 잡았으니 복수는 시간문제일 뿐. 사내는 여관방으로, 염소의 병실을 감시하는 초소로 물러간다.

지구 반대편으로 물러갔던 해가 똑같은 하루를 물고 돌아온다. 아이는 새로운 생활계획이 담긴 노란 도화지를 벽에 붙여놓았다. 기상, 세수, 맥도널드, 휴식, 독서, 만리장성, 휴식 및 낮잠, 독서, 도미노, 야구, 휴식, 취침.

사내는 아이의 생활계획표대로 기상하고 세수하고 맥도널드에서 아침을 해결하고 아이를 여관방으로, 휴식과 독서로 데려다준다. 어둡고 좁고 퀴퀴한 휴식으로 들어가는 아이의 뒤통수에 사내는 짠해진다. 그래도 출근해야 한다. 여관을 나와 병원으로 출근한다. 넥타이까지 매니 진짜 출근하는 기분이다.

병원에 출근해서 맨 먼저 하는 일은 눈도장 찍기. 사내는 염소의 병실 문 앞에 서서 안쪽을 들여다본다. 죽은 척 누워 있는 환자들. 아니, 위험 앞에서 기절한 환자들. 사내의 심장이 무릎께까지 철렁 내려앉는다. 염소의 침대가 비었다. 염소가 없다. 다리가 없어서 걷지 못하는 식물이, 기절해서 죽은 듯 누워 있던 딱부리먼지벌레가 어디론가 사라졌다.

사내는 간호실로 달려간다. 코끼리 간호사를 붙들고 염소는 어디에 있느냐고(어디로 빼돌렸느냐고) 묻는다. 간호사는 얼이 빠진 얼굴이다. 심장이 또다시 덜컹 내려앉는다. 심장이 불길한 상상의 구덩이로 굴러떨어진다. 누구 마음대로. 교통사고는 몰라도 죽는 것은 마음대로 할 수 없다. 염소에게는 멋대로 죽을 권리가 없다.

그게……

간호사의 얼굴에 곤혹스러워하는 빛이 스친다.

어디 있습니까?

사내의 눈썹이 파르르 떤다.

저희도 몰라요.

간호사가 얼굴을 붉히며 대답한다.

모르다니 대체 무슨 말이죠?

아침 회진 준비를 위해 가보니 없었어요. 의식도 없는 상태인데 어떻게 된 노릇이죠?

그걸 나한테 물으면 어떡합니까?

엘리베이터 감시 카메라에도 없고……

말도 안 돼.

죽지 않았다는 사실에 안도하지만 잠시뿐, 사내는 허탈함과 당혹감에 휩싸인다. 다 잡았는데, 숨통을 움켜쥐었는데, 또 놓쳐버렸다. 무릎이 휘청 꺾인다. 부당하다. 억울하다. 사내는 더듬이를 잃은 곤충처럼, 방향감각을 잃은 미친 곤충처럼 절망적으로 중얼거린다. 말도 안 돼. 이럴 수는 없어. 나한테 이럴 수는 없어.

괜찮으세요?

간호사가 놀란 얼굴로 묻는다.

괜찮지 않지만 사내는 포기하지 않는다. 기절했던 딱부리먼지벌레가 정신을 차리고 달아났다면 찾아내야 한다. 지옥 끝까지라도 쫓아가야 한다.

각별한 사이셨나봐요.

삼십 년을……

사내는 말을 잇지 못한다. 삼십 년을 하룻밤 새 잃은 기분이다. 주사위가 염소를 깨운 걸까? 주사위를 쥐여주지 말았어야 했다. 칼이 나설 기회를 주사위가 앗아갔다. 주사위가 기절한 딱부리먼지벌레를 깨워 칼이 영원히 찾을 수 없는 곳으로 달아나게 했다. 주사위. 주사위 때문이다.

사내는 염소의 병실로 달려간다. 미친 듯이 염소의 침대를 뒤진다. 베개를 뒤집고 이불을 걷는다. 침대 밑도 살핀다. 서랍장도 뒤진다. 주사위가 없다.

거시기는 어디 있죠?

바로 옆 침대의 환자에게 따지듯 묻는다.

거시기라니요?

유령 같은 백발의 환자가 눈을 크게 뜨고 묻는다.

주사위는 어디 있죠?

주사위요?

환자의 눈이 더 커진다.

사내는 주사위를 삼킨 벙어리처럼 입을 열지 못한다. 주사위가 사라졌다. 염소가 주사위를 갖고 사라졌다. 사내는 염소의 침대에 털썩 주저앉는다. 어머니의 죽음 앞에서도 어금니 꽉 깨물고 버텼던 무릎이 무너진다. 주사위를, 동생의 주사위를 잃어버렸다. 하늘이 무너진 기분이다.

사내는 염소가 죽은 척 누워 있던 자리에서 꼼짝 않는다. 주사위가 없어서 옴짝달싹 못한다. 백이 코앞이었는데 주사위를 잃어버렸다. 염병할 주사위가 없어서 염병할 구십구에서 오도 가도 못하게 돼버렸다. 껍데기만 남은 기분이다. 썩은 지푸라기가 두개골과 심장을 가득 채운 것 같다. 청산가리를 빠뜨렸다고 발길을 돌린 게 실수였다. 청산가리 없이도 동대문에서 결딴냈어야 했다. 잠자는 심장에 칼을 들이대지 못해 기회를 날려버린 의정부는 또 어땠는가?

후회의 꼬리를 물고 회한이 밀려온다. 아버지의 실망하는 표정, 타이거즈가 질 때면 짓던 표정이 보인다. 아버지를 어떻게 볼까? 마지막 순간까지 웃는 얼굴로 무서워한 동생. 동생에게 면목이 없다.

사내는 숨죽여 운다. 아버지가 불쌍해서 운다. 동생이 불쌍해서 운다. 어머니가 불쌍해서 운다. 여자가 불쌍해서 운다. 아이가 불쌍해서 운다. 칼이 불쌍해서 운다. 청산가리가 불쌍해서 운다. 주사위가 불쌍해서 운다.

9

병원을 나서는 사내는 사냥꾼의 얼굴을 되찾는다. 무슨 일이 있어
도 염소를 찾아내야 한다. 하늘이 무너졌지만 솟아날 구멍을 뚫어야
한다. 실제로 구멍을 뚫었다. 간호실 책상 서랍에서 슬쩍한 명함. 염
소의 가족이 찾아오면 연락 달라고 보험회사 직원이 남긴 명함. 염소
는 보험회사 쪽에 기웃거리지 않을까? 쥐도 새도 모르게 줄행랑친 염
소가 섣불리 꼬리를 드러낼까? 하늘이 무너지는데 겨우 바늘구멍을
뚫었다.

제로 손해보험 영업팀장. 이름과 휴대폰 번호만 달랑 적혀 있다. 회
사 전화번호도 회사 주소도 없는 이상한 명함이다. 사내는 명함 속 휴
대폰 번호로 전화를 건다. 신호음이 길게 이어진 뒤 굵고 낮은 남자
목소리가 들려온다.

여보세요.

보험회사죠?

아닌데요.

제로 손해보험 아닙니까?

아, 맞아요.

수화기 저쪽의 말이 급해진다. 엎지른 것을 주워담는 목소리. 석연치 않다. 염소와 관련된 것은 하나같이 다 수상쩍다.

무슨 일로?

거시기 명함을 보고……

돈 쓰시게? 아님 받아내야 할 돈이 있으신가?

닳고닳은 점원이 물건을 권하는 말투다. 돈을 빌려준다고? 받아내야 할 돈은 또 뭔가? 혼란스럽다. 적어도 보험회사는 아니다. 일단 미끼를 던져보기로 한다.

받아내야 할 돈이 좀 있습니다.

사무실로 찾아오쇼.

사무실이 어디죠?

사내는 남자가 불러준 주소를 명함에 받아적는다. 서울이고 가리봉께다. 어쩐지 목소리가 귀에 익다.

사내는 여관으로 달려간다. 아이는 거미집에 엎드려 『파브르 곤충기』를 큰 소리로 읽고 있다. 사내는 부산스레 짐을 챙긴다. 세면대에 늘어놓은 세면도구와 의자에 널어둔 속옷을 거둬들인다. 그제야 아이가 관심을 보인다.

집에 가?

아이는 『파브르 곤충기』에게 묻는다.

찾을 사람이 있어. 어서 짐 챙겨.

친구?

'친구'라는 말이 거슬리지만 말씨름할 시간이 없다.

그래.

친구 병원에 있어.

지금은 없어.

친구 다 나았어?

몰라.

친구 어디 갔어?

몰라. 친구 아니야. 어서 짐이나 챙겨.

사내가 버럭 소리지르며 거미집을 철거한다. 바닥에 널린 곤충 부대를 스파이더맨 가방에 쓸어담는다. 질풍처럼 짐을 꾸린다. 마지막으로 냉장고에서 어머니를 꺼낸다. 오동나무 상자가 서늘하다.

아이는 벽에 붙은 생활계획표를 조심조심 떼어내고 있다. 벽의 심장이라도 떼어내는 것처럼 신중하다. 복장이 터지지만 입술을 깨물며 참는다. 잠자는 파란 토끼가 눈뜨면 곤란하다. 염소를 깨운 것만으로도 어리석은 짓은 충분하다. 카운터로 내려가 숙박비를 치르고 차에 오른다.

전에 왔던 길을 되짚어 도시의 북쪽으로 올라간다. 서울하고도 가리봉이라면 다른 길, 질러가는 길이 있을 수도 있지만 익숙한 길만 고집한다. 도시의 북쪽에서 120번 고속도로를 다시 잡아탄다. 고속도로에는 차가 많다. 심장은 액셀에서 떨어지지 않으려 하지만 발은 자꾸만 브레이크를 찾는다. 속도계의 바늘은 오십에서 왔다갔다한다. 120번 고속도로가 아니라 50번 고속도로다. 속도계의 바늘이 더 밀린다. 왔던 길만 고집한 게 후회스럽지만 고속도로에는 비상구가 없다. 계속 후회한다. 시속 사십삼 킬로미터의 속도로 쭉 후회한다.

어지러워.

아이가 『파브르 곤충기』를 들여다보며 말한다.

책 보고 있으니까 그렇지.

독서 시간.

뭐?

십이시까지는 독서 시간.

나중에 읽어.

독서 시간.

아이는 생활계획표를 두개골 밑에 붙인 모양이다. 사내는 한숨을 쉰다. 역시 어떻게든 아이를 떼어놓고 왔어야 했다.

지금은 주자야. 다음 베이스까지 달려야 해. 멈추면 죽어.

다음 베이스까지. 멈추면 죽어.

야구라는 마법의 손이 아이의 두개골에서 생활계획표를 떼어낸다. 아이는 앞차의 그림자만 말없이 노려본다. 그림자를 읽는다. 생활계획표는 여전히 아이의 두개골에 붙어 있다.

여관을 떠난 지 한 시간, 병원을 나선 지 한 시간 이십 분, 염소가 사라진 지 만년 만에 120번 고속도로에서 빠져나온다. 낯선 길을 따라 남쪽으로 내려간다.

당산, 문래, 신도림, 가리봉. 동대문 쪽과 마찬가지로 곳곳이 공사 중이다. 불도저와 포클레인이 늙은 건물을 도시 가장자리로 밀어붙이고 있다. 철로변까지 밀린 건물들은 비슷하게 후줄근해서 분간이 안 된다. 주소도 중구난방이다.

사내는 차를 세우고 명함의 휴대폰으로 다시 연락한다. 신호음만 들린다. 차에서 내려 탐문한다. 건물의 주소를 알아보고 행인에게 묻고 다시 건물의 주소를 살피지만 소득이 없다.

길 잃은 양은 마음속으로 시편을 노래하며 부동산 중개업소를 찾는다. 부동산 중개업자는 나의 목자이시니 나는 아쉬울 것 없어라. 파란 풀밭에 나를 쉬게 하시고 잔잔한 물가로 나를 이끄시어 내 영혼에 생기를 돋우어주시고 바른길로 끌어주시니 당신의 이름 때문이어라.

철물점, 편의점, 중국집, 철물점, 열쇠가게, 휴대폰 대리점, 철물점. 마침내 목자가 기도에 응답한다. 부동산이라고 빨갛게 소리치는 간판이 하늘에서 내려온다. 사내는 빨간 계시 아래 차를 세운다. 차가 멈추기 무섭게 아이는 무릎 위의 책을 들여다본다.

내려.

아이는 꿈쩍 않는다.

아이의 도움이 필요하다. 내비게이션에 새 정보를 입력해야 한다.

이번에는 진구가 코치야.

이번에는 진구가 코치.

아이가 독서에서, 생활계획표에서 내린다.

번지수로는 이쯤인데……

부동산 중개업자는 벽에 붙은 지도를 짚으며 말한다. 사내는 아이를 쳐다본다. 지도를 바라보는 아이의 표정이 팽팽하다. 지도를 입력하고 있다. 아이의 볼과 입술이 느슨해진다. 입력이 끝났다. 사내는 고맙다는 말을 남기고 차로 돌아간다.

아이가 일러주는 대로 차를 몬다. 차와 오토바이와 리어카가 아무렇게나 세워진 비좁고 어수선한 길의 팔을 몇 번 비틀자 철길에 면한 낡은 건물 사이에서 명함의 주소와 끝자리만 다른 번지수가 튀어나온다. 삼, 사, 오, 육, 칠. 사내는 명함의 주소 건너편에 차를 세운다.

저 건물에 갔다 올게. 차에서 기다려.

아이는 대꾸 대신 잠시 멈춘 생활계획표에, 생활계획표 속의 독서에 시동을 건다. 앞으로 한 시간 반 안에 아이가 차에서 내리는 일은 없을 것이다. 사내는 생활계획표에 아이를 맡기고 차에서 내린다. 철길에 몸을 던질 듯 서 있는 낡은 건물로 향한다.

명함은 사무실이 몇층인지 말하지 않는다. 과묵하기는 건물도 마찬가지. 간판도 없고 일층에는 셔터가 내려져 있다. 사내는 계단을 올라간다. 이층 출입문도 잠겨 있다. 문 위에는 대광실업이라는 상호가 음각된 현판이 붙어 있다. 삼층으로 올라간다. 제로 손해보험 간판은 보이지 않는다. 파란 칠이 벗겨져 너덜너덜한 출입문에는 초인종도 딸려 있지 않다. 역시 수상쩍다.

탕탕. 사내는 파란 허물을 벗고 있는 철문을 두드린다. 걸쇠가 허락하는 만큼만 문이 열린다. 차가운 공기가 훅 끼쳐오고 걸쇠 너머로 동그랗고 투실투실한 중년 남자의 얼굴이 나타난다. 눈두덩은 두둑하고 눈 밑은 검은 게 너구리 같다. 투실투실한 살이 표정을 깔고 앉은, 무표정한 너구리다.

뭐요?

가래가 끓는 듯 칼칼한 목소리. 명함 주인이 아니다.

제로 손해보험을 찾는데요.

제로 손해보험? 무슨 일로?

너구리는 그곳이 제로·손해보험인지 여부는 전적으로 사내의 행색에 달린 것처럼 머리에서부터 발끝까지 훑어본다. 사내는 다시 미끼를 던진다.

돈 문제 때문에……

너구리가 걸쇠를 푼다.

사내는 철문 안으로 들어간다.

창문 쪽을 뺀 모든 벽에 캐비닛이 빼곡히 늘어서 있다. 캐비닛으로 벽을 두른 방이다. 안쪽에는 철제 책상이 있고 출입문과 가까운 쪽에는 까만 가죽 소파가 탁자를 마주 보고 놓여 있다.

너구리가 소파에 앉으며 맞은편 자리를 권한다. 사내는 소파에 앉는다. 너구리는 흰 티셔츠에 검정 양복 차림이다. 뱃살이 두둑하다. 침묵이 흐른다. 벽걸이 에어컨이 가쁜 숨을 토하며 징징거린다.

뭐, 마실 거라도?

물 한 잔 마실 수 있을까요?

너구리가 끙 소리를 내며 일어나 한쪽 구석에 놓인 소형 냉장고에서 물병을 꺼낸다. 냉장고 옆 캐비닛을 열고 유리컵을 두 개 꺼내 물을 담아온다.

사내는 목을 축이기 위해 찾아온 것처럼 물을 벌컥벌컥 마신다. 너구리는 탁자 밑에서 나무젓가락을 꺼내더니 포장을 뜯고 둘로 쪼개 컵 위에 걸친다. 양복 상의 안주머니에서 작은 플라스틱 통을 꺼낸다.

알약이 가득 든 통이다. 알약을 꺼내 나무젓가락에 얹는다. 마술이라
도 준비하는 것 같다. 아무 일도 일어나지 않는다. 뭔가가 일어날 때
까지 기다려야 할 것 같다.

지진이라도 난 것처럼 갑자기 건물이 흔들린다. 탁자가 흔들리고
유리컵이 흔들리고 나무젓가락이 흔들려 알약이 물속으로 떨어진다.
알약을 삼킨 물이 거품을 물며 부글댄다.

역시 KTX야. 정확해.

너구리가 손목시계를 들여다보며 말한다.

너구리는 그제야 물을 마신다. 마시는 게 아니라 천천히 씹어먹는
다. 컵을 깨끗이 비운 뒤 양복 상의 안주머니에서 이쑤시개를 꺼내 잇
새를 쑤신다.

돈을 쓰실 건가, 받으셔야 하는가?

받아야 할 돈이 있습니다.

얼마나?

사내는 당황한다. 액수를 미리 정하지 못했다.

팔백…… 정도.

떼인 지는 얼마나 됐고?

삼십 년쯤.

역시 엉겁결에 대답한다.

지독한 놈이군.

너구리가 미간을 찌푸린다.

수수료는 얼마나……

KTX가 생기기 전이니 절반이오.

절반이나요?

너구리가 다시 미간을 찌푸린다.

무에서 유를 창조하는데 그 정도면 약소하지.

그래도 절반은……

제로 손해보험. 우리는 절대로 고객에게 손해를 끼치지 않소. 삼십 년씩이나 버틴 놈도 우리한테 걸리면 어림없지.

정말로 실패한 적이 없습니까?

절반이 내 돈인데 어떻게 실패할 수 있겠소?

제대로 찾아왔다. 사냥개다. 한번 물면 절대로 놔주는 법이 없는 무시무시한 사냥개. 이제 사냥개의 뒤만 밟으면 된다. 염소를 찾는 건 시간문제다. 죽었던 희망이 되살아난다. 바늘구멍에 빛이 든다.

생각 좀 해보고 다시 연락드려도 될까요?

너무 오래 생각하지는 마쇼. 시간은 금이니까.

무표정한 얼굴과 사무적인 말투 때문일까. 충고가 아니라 위협처럼 들린다. 사냥꾼도 사냥개를 조심해야 한다. 어떤 사냥개들은 사냥꾼도 무니까. 사내는 알겠다고 답하고 자리에서 일어난다.

궁금해서 그런데…… KTX가 생긴 이후는 수수료가 얼맙니까?

절반이오.

너구리는 여전히 무표정해서 농담인지 진담인지 아리송하다. 살찐 어린애처럼 표정이 없다. 이곳에 발을 들인 이후 처음으로 사내는 두려움을 느낀다. 어서 빨리 이 캐비닛 감옥에서 나가고 싶지만 속내를 들키지 않기 위해 일부러 천천히 움직인다.

출입문 손잡이에 너구리의 실루엣이 어른거린다. 사내의 심장이 펄

쩍 뛰어오른다. 따라오는 걸 전혀 눈치채지 못했다. 사내의 등뒤로 철
문이 닫히고 딸깍, 걸쇠 거는 소리가 들린다. 사내는 서둘러 계단을
내려간다.

아래쪽에서 올라오는 사람을 발견한 것은 이층 계단참에서다. 시커
먼 사람의 형체가 빛을 등진 채 계단을 올라오고 있다. 어깨가 떡 벌
어진 어둠이다. 목은 짧고 굵다. 캄캄한 사람의 형상이 성큼성큼 다가
온다. 짧게 자른 스포츠머리, 날카로운 눈매. 염소의 침대 맡을 지키
던 남자, 염소의 상태를 전화로 알리던 남자다. 저 남자가 왜 여기에?
사내의 머리가 퍼즐 조각을 쥔 채 분주해진다. 날카로운 눈매와 부딪
히자 사내는 황급히 눈을 내리깐다. 퍼즐 조각을 여기저기 대보며 계
단을 내려간다.

건물 밖으로 나오자 퍼즐 조각이 제자리를 찾는다. 남자는 이곳 위
치를 전화로 알려준 목소리, 귀에 익은 듯한 목소리의 주인공이자 간
호사가 보관하던 명함의 주인공이다. 가족이 나타나면 연락하라고 했
다지. 저 사냥개들은 지옥이 아니라 천국 끝까지도 쫓아갈 것이다. 하
느님이 보는 앞에서도 돈을 뜯어내겠지. 염소는 언제부터 저 사냥개
들에게 쫓긴 걸까? 사내는 겨드랑이를 파고드는 한기에 몸을 떨며 차
에 오른다.

아이는 여태 독서중이다. 배검은독거미와 어리호박벌의 결투가 한
창이다. 결투는 배검은독거미의 승리로 막을 내린다. 거미의 승리에
아이의 목소리가 커진다. 아이의 목소리가 사냥개들의 귀에 들어갈까
봐 염려스럽다. 사내는 차에 시동을 건다.

집에 가?

아이가 배검은독거미를 바라보며 묻는다. 배검은독거미는 이제 메뚜기를 물고 있다.

아니. 집에 못 가.

여관집에도 못 가?

그래. 오늘은 차가 집이야.

차가 집이야.

아이는 흡족한 모양이다. 집에 가자고 떼를 쓰면 어쩌나 싶었는데 뜻밖의 반응이다.

사내는 차를 뒤로 물린다. 사냥개가 소굴에서 나오는 것을 확인할 수 있을 정도의 거리를 두고 가로수 그늘에 숨어 시동을 끈다.

아이는 스파이더맨 가방을 열고 생활계획표와 스카치테이프를 꺼낸다. 생활계획표를 정면 유리창 귀퉁이에 붙인다. 스파이더맨 운동화를 벗는다. 양말도 벗는다. 티셔츠까지 벗는다. 아이는 고물차를 진짜 집으로 여기는 것 같다. 곤충 부대마저 대시보드 위에 늘어놓는다. 사내는 아이를 내버려둔다. 고물차가 집이라는 상상을 내버려둔다. 그 엉뚱한 상상이 아이를 오래 붙들고 있기만 바라며 사냥개 소굴을 주시한다. 잠복중인 형사라도 된 기분이다.

별다른 움직임이 없다. 여름의 태양은 점점 위세를 떨치지만 에어컨을 켤 수는 없다. 숨죽이고 있어야 한다. 덥다. 더워서 눈꺼풀이 무거워진다. 눈꺼풀이 무거워서 더 덥다. 하품이 나온다. 기지개를 켜고 고개를 놀리고 손가락 마디를 차례로 꺾는다. 졸음을 차창 밖으로 몰아낸다. 삼십 년을 기다렸는데 이쯤은 일도 아니다.

점심시간.

아이가 소리친다.

사내는 손목시계를 확인한다. 생활계획표가 정한 점심시간에서 한 치의 어긋남도 없다. 사내는 길 건너편 중국집에 전화를 걸어 자장면과 사천자장면을 주문한다. 중국냉면이 먹고 싶지만 가급적 국물은 삼가야 한다. 길 건너 봉고로 배달해달라는 주문에 수화기 저쪽의 남자가 뭐요? 라고 반문하더니 가게 밖을 내다본다. 사내는 자신도 모르게 몸을 낮춘다.

차가 집이니까 차에서 자장면을 먹어.

아이의 목소리가 팽팽하다. 아이는 차가 집이라는 상상에 푹 빠져 있다.

자장면이 도로를 건너온다.

아이가 차에서 먹고 싶다고 해서……

사내는 자장면값을 건네며 변명을 슬쩍 얹지만 어린 배달원은 듣는 둥 마는 둥이다. 배달원의 무관심에 안도한다.

자장면을 먹으면서도 사내는 사냥개 소굴에서 눈을 떼지 않는다. 차에 숨어서 자장면을 먹고 있으니 진짜 잠복중인 형사라도 된 것 같다. 그릇을 돌려주고 오면서도 사냥개 소굴에서 눈을 떼지 않는다.

아이는 생활계획표의 명령대로 휴식을 취하고 있다. 플라타너스 그늘이 그새 한 걸음 물러났다. 사내는 플라타너스 그늘로 차를 물린다. 아이는 생활계획표가 권한 낮잠을 눈꺼풀에 매단다. 꾸벅거리며 존다. 아이는 지금 '휴식 및 낮잠'이다. 사내는 의자 등받이를 뒤로 젖히고 장기전에 대비한다. 목이 마르지만 참는다.

사냥개 소굴 앞에 오토바이가 한 대 멈춘다. 사내는 척추를 벌떡 일으켜세운다. 오토바이 뒷자리에 철가방이 실려 있다. 사내는 척추를 다시 비스듬히 눕힌다. 목이 마르지만 계속 참는다. 배달원이 오토바이를 타고 돌아간다.

덥다. 더워서 더 목이 마르지만 참는다. 여름날의 열기는 절정으로 치닫는다. 차만 가끔 오갈 뿐 지나가는 사람은 없다. 이 거리에서 움직이는 것은 플라타너스 그늘뿐이다. 저만치 비껴난 그늘로 차를 물린다. 차 안이 플라타너스 그늘처럼 고요하다. 아이의 책 읽는 소리가 그립다.

아이의 머릿속에 시계가 들어 있는 걸까. 생활계획표에 정확히 맞춰 깨어난다. 아이가 갈증을 호소한다. 환타를 원한다. 아이에게 돈을 쥐여주고 편의점에 보낸다. 생수도 주문한다. 편의점은 차 뒤쪽에 있다. 사이드미러 속 아이가 편의점에 들어간다. 사내는 전방과 사이드미러를 번갈아 쳐다본다. 아이가 사이드미러로 돌아오지 않는다. 사내의 미간이 좁아진다. 혼자 보낸 것을 후회한다. 사내는 차를 편의점까지 후진시킨다.

아이는 환타를 든 채 음료수 코너 앞에 멍하니 서 있다. 사내가 아이의 이름을 부른다. 아이의 이름은 편의점 안으로 들어가지 못하고 아이는 여전히 음료수 코너 앞에서 두리번거리고 있다. 젊은 여자 손님이 문을 열고 나오는 틈을 타 사내는 다시 아이의 이름을 외친다. 아이가 이쪽을 돌아본다. 사내는 아이에게 오라고 손짓한다. 아이는 눈을 내리깐 채 출입문 쪽으로 걸어온다. 점원이 아이를 불러 세운다.

아이는 여전히 눈을 내리깐 채 환타값을 치르고 편의점을 나와 차에 오른다.

생수는?

생수 없어.

아이가 성난 얼굴로 대꾸한다.

편의점에 생수가 없다니, 사내는 아이의 말을 이해할 수 없다.

정말로 생수가 없어?

생수 없어.

아이가 페트병을 뚫어져라 쳐다보며 말한다. 환타에게 말한다. '환타'라는 글자가 사내의 눈을 사로잡는다.

삼다수는?

삼다수 있어.

잔뜩 굳었던 아이의 얼굴이 풀어진다.

삼다수 가장 작은 걸로 한 병 사와.

삼다수 가장 작은 걸로 한 병.

사내는 차에서 내리는 아이의 뒷모습을 망연히 바라보다 사냥개 소굴로 고개를 돌린다.

아이가 차에 오르자마자 사내는 플라타너스 그늘까지 차를 전진시킨다. 사내가 생수로 목을 축이는 사이 아이는 환타병을 단숨에 비운다. 아이는 트림을 한 뒤 다시 생활계획표로, 생활계획표의 독서로, 생활계획표의 독서의 『파브르 곤충기』로 돌아간다. 아이의 목소리가, 책 읽는 소리가 돌아온다. 송장벌레를 데리고 돌아온다.

송장벌레는 먹잇감을 발견하면 그 밑에 기어들어가 시체를 등져 지

렛대 구실을 하면서 억센 발톱으로 땅을 팠습니다. 그러면 시체는 제 무게 때문에 조금씩 아래로 파묻혔습니다. 송장벌레는 애벌레에게 주기 위해 먹이에는 손도 대지 않았습니다. 먹는 것이라고는 썩은 고기에서 흘러나오는 물이 고작이었습니다. 송장벌레는 새끼들을 위해 열심히 일하는 곤충이었습니다. 그런데 할 일이 끝나면 전혀 다른 모습이 되었습니다. 해야 할 일이 없어지자 늙고 쇠약해지더니 정신까지 이상해졌습니다. 동료의 팔다리를 부러뜨리고 심지어 잡아먹기까지 했습니다. 들판의 장의사로서 보여준 멋진 모습과는 딴판이었습니다.

음료수 코너 앞에 서 있던 아이의 얼굴이 자꾸만 어른거린다. 편의점 음료수 코너 앞에서 길을 잃어버리는 아이를 세상에 홀로 남겨둘 수는 없다. 역시 청산가리는 아이와 함께 먹어야 한다. 결심은 더 확고해졌지만 왠지 사내는 심장이 무거워진다.

사내는 염소에 집중한다. 염소를 추적할 사냥개들의 움직임에 집중한다. 염소를 떠올리니 심장이 가벼워진다. 아직 해야 할 일이 남은 송장벌레처럼 힘이 넘치고 정신이 또렷해진다.

올 것이 오고야 만다. 오줌이 마렵다. 요의는 점점 강해진다. 저 아래쪽 뿌리가 꽉 막힌 수압으로 묵직하다. 참을 때까지 참다 사내는 환타병을 집어들고 바지 지퍼를 내린다. 바지에서 튀어나온 빨간 수도꼭지를 환타병 주둥이에 끼운다. 오줌이 흘러나온다. 진짜, 진짜 잠복하는 기분이다.

아빠 오줌 노래.

아이가 소리친다.

아이가 환타병을 달라고 손을 내민다. 사내는 아이에게 환타병을 건넨다. 아이도 고추를 꺼내 환타병에 끼우고 오줌을 눈다.

진구 오줌도 노래.

아이가 소리친다.

아이는 마개를 꼭 닫은 뒤 환타병을 대시보드 위에 올려놓는다. 책을 읽다가도 자꾸만 고개를 들어 환타병을 쳐다본다. 급기야 곤충 부대로 빙 둘러싼다.

오토바이가 다시 와서 그릇을 찾아간다. 그늘을 따라 간혹 차를 움직인다. 플라타너스 그림자가 점점 길고 엷어진다. 사냥개들은 움직이지 않는다. 시간은 플라타너스 그림자와 아이의 생활계획표 속에서만 흘러가는 것 같다. 수술하는 나나니벌, 거미를 사냥하는 대모벌, 성스러운 쇠똥구리. 아이의 '독서'는 끊이지 않는다. 저녁식사 시간이 되어서야 멈춘다. 아이의 생활계획표에는 도미노 피자라고 적혀 있다. 사내는 114로 전화해서 근처의 도미노 피자집 번호를 알아낸다. 아이가 좋아하는 하와이안피자를 주문한다. 위치를 설명하는 데 애를 먹는다. 건너편 중국집 이름을 대고서야 주문에 성공한다.

맞은편에서 배달 오토바이가 나타난다. 오토바이 뒷자리에는 커다란 주사위가 매달려 있다. 파란 철 주사위. 철 주사위를 삼키기라도 한 것처럼 속이 뒤집어진다. 내장기관이 죄다 물구나무선다. 동생의 주사위가 어딘가 캄캄한 구석에서 혼자 울고 있을 것만 같다. 차가운 땅속에 묻힌 동생처럼 울부짖고 있을 것 같다.

배달원이 피자 시킨 분 맞느냐고 묻는다. 사내는 뒤집어진 정신을 수습하며 고개를 끄덕인다. 배달원이 파란 주사위의 뚜껑을 열고 노란 상자를 꺼낸다. 돈을 건네고 상자를 받는다. 상자가 따뜻하다.

배달원이 차창 너머로 차 안을 기웃거린다. 맨발에 러닝셔츠 차림의 아이와 차창에 붙은 생활계획표와 오줌이 담긴 환타병과 오줌이 담긴 환타병을 둘러싸고 있는 곤충 부대를 흘깃거린다. 성가신 파리다. 남의 집을 염탐하는 무뢰한이다. 무엇보다 사냥개들의 시선을 끌까봐 겁난다. 사내의 숨구멍이 일제히 움츠러든다.

볼일이 더 남았습니까?

아, 아닙니다.

배달원이 오토바이를 타고 떠난다. 사내는 한시름 던다. 다시 감시에 집중한다. 피자를 먹으면서도 한눈팔지 않는다. 눈도 깜박이지 않는다. 사냥개들은 저녁도 안 먹고 웅크리고 있다. 물러가는 빛으로 거리가 노랗게 물든다.

야구.

아이가 야구를 찾는다. 도미노 피자 다음은 야구라고 생활계획표가 외치고 있다.

지금은 안 돼.

라디오를 켜려면 시동을 걸어야 한다. 사냥개들의 귀를 자극하면 안 된다.

야구.

아이가 소리친다.

진구야.

야구. 야구. 야구.

아이의 목소리가 점점 커진다. 파란 토끼가 시동을 건다. 사내는 어쩔 수 없이 시동을 건다. 파란 토끼를 깨우느니 이편이 더 낫다.

아이가 스피커에 귀를 대고 채널 조정 다이얼을 신중하게 돌린다. 새끼 금고 털이범 같다. 금고의 자물쇠가 팔짱을 풀고 야구를 내놓자 아이의 볼이 말랑말랑해진다. 호랑이와 독수리가 독수리 둥지에서 맞붙었다.

사냥개들은 조용하다. 전깃줄 너머로 날이 저문다. 붉은 기운이 땅바닥에서부터 타올라 전깃줄을 밟고 하늘로 튕겨져오르며 사라진다. 사물들이 검은 가면을 뒤집어쓴다. 개와 늑대의 시간이 동네 양아치처럼 거리를 어슬렁거린다. 가로등이 켜지자 더 어두워진다. 가로등마다 어둠이 켜진다. 사냥개들을 감시하느라 야구가 한 귀로 들어왔다 다른 귀로 흘러나간다.

마침내 사냥개가 움직인다. 젊은 사냥개가 건물에서 나와 길가에 세워둔 승용차에 오른다. 사내는 등받이를 세운다. 사냥개의 검은 차가 눈에 불을 켜고 달리기 시작한다. 사내는 재빨리 유턴해서 꼬리를 문다. 너무 바짝 붙으면 눈치챌 테고 너무 놔주면 놓칠지도 모른다. 적당한 거리를 유지해야 하는데 쉽지 않다. 방심하면 간격이 자꾸 좁혀진다.

사냥개는 철길을 끼고 달린다. 사냥개와 철길 사이에는 허름한 건물이 즐비해 철길이 나타났다 사라지고 멀어졌다 가까워진다. 사냥개가 우회전해서 건물 뒤로 사라진다. 사내는 화들짝 액셀을 밟고 급히 핸들을 꺾는다.

땡땡땡. 경고음이 울리면서 빨간 차단 막대가 내려온다. 사냥개는 이미 건널목을 건넜다. 사내는 액셀을 힘껏 밟는다. 덜커덩. 차가 건널목을 가로지르며 펄쩍 뛰어오른다. 반대편 차단 막대가 차의 뒤통수를 때린다.

아빠.

아이의 목소리가 펄쩍 뛰어오른다.

하마터면 큰일 날 뻔했다. 사내의 심장이 덜컹 내려앉는다. 길은 왼쪽으로 휘어지고 휘어지는 길 위에 사냥개는 보이지 않는다. 액셀을 부서져라 밟는다. 차가 비명을 지른다. 휘어지는 어둠을 돌파하자 저만치 교차로에 서 있는 사냥개가 보인다.

신호등이 바뀌고 사냥개가 교차로를 건넌다. 사냥개 뒤에 바짝 붙는다. 다리도 건넌다. 사냥개는 달리고 달린다. 우로 꺾고 좌로 꺾으면서 계속 달린다. 검은 허공을 문 스카이라인이 복잡해지는가 싶더니 다시 느슨해진다. 어디가 어딘지 짐작조차 할 수 없다.

사냥개가 큰길을 버리고 우회전한다. 속도를 늦추고 한적한 도로를 천천히 달리다 캄캄한 어둠 속으로 쑥 들어간다.

사내는 어둠의 입구에 차를 세운다.

여기서 기다려.

아이는 라디오에서 꺼낸 야구에 빠져 있다.

사내는 차에서 내린다. 발소리를 죽이고 어둠 속으로 들어간다. 어두운 공터 한쪽에 사무실로 개조한 컨테이너가 보인다. 사무실도 캄캄하다. 사냥개의 차는 저만치 세워져 있다. 그 앞에는 죽은 차의 시체가 산더미처럼 쌓여 있고 거대한 프레스기가 무시무시한 파괴의 신처럼 우뚝 버티고 서 있다. 폐차창이다.

차에서 사냥개가 나온다. 사내는 컨테이너 뒤로 재빨리 숨는다. 사냥개가 트렁크에서 뭔가를 꺼내 어깨에 짊어지고 죽은 자동차의 산을 오른다. 몇 번 헛디뎌 휘청거리지만 넘어지지는 않는다. 프레스기 바로 아래 널브러져 있는 차 트렁크에 시커먼 뭔가를 집어넣는다. 사냥개가 주위를 둘러본다. 사내는 목을 움츠린다. 사냥개가 트렁크를 닫는다. 죽은 자동차의 산에서 내려와 검은 차에 오른다.

사내는 프레스기 밑의 차와 사냥개의 차를 번갈아 쳐다본다. 둘 중 하나를 택해야 한다. 사냥개를 그냥 보낸다. 무엇을 버렸는지 확인해야 할 것 같다. 왠지 그래야 할 것 같다.

사내는 프레스기 쪽으로 다가간다. 차의 껍데기를 딛고 올라간다. 문제의 트렁크 앞에 선다. 가슴이 뛴다. 수상쩍은 어둠이 가슴속에서 소용돌이친다. 저 트렁크를 열면 무시무시한 게 튀어나올 것 같다. 사내는 입을 앙다문 채 트렁크를 연다. 캄캄하다. 사내는 휴대폰 폴더를 열어 손바닥만한 빛을 불러낸다. 사내는 흠칫 놀라며 주춤 물러선다. 양복 케이스 끝에 사람의 다리가 튀어나와 있다. 사내는 휴대폰을 앞으로 내민다. 앙상한 다리다. 시퍼런 다리다. 죽은 다리다. 지퍼를 내리는 사내의 손이 떨린다. 시퍼런 다리의 주인이 얼굴을 내민다. 눈두덩이 움푹 꺼진 얼굴은 검푸르다. 눈꺼풀 끝에 피가 촛농처럼 굳어 있어 피로 눈을 봉한 것 같다. 눈먼 자의 유령이다. 가만, 볼에 흉터가 있다. 사내는 휴대폰을 가까이 들이댄다. 똬리를 튼 뱀의 흉터. 염소다. 휴대폰이 염소의 얼굴 위로 떨어진다. 사내는 하얗게 질린다. 주저앉는다. 사냥개들이 염소의 숨통을 끊어버렸다.

아니다. 염소가 죽었을 리 없다. 염소가 그리 쉽게 갈 리 없다. 사내는 벌떡 일어나 지퍼를 마저 내린다. 또다른 지퍼가 나타난다. 염소의

232

가슴에서부터 아랫배까지 지퍼가 달렸다. 가슴 밑에는 가로 지퍼도 달려 있다. 십자 지퍼. 누군가 염소의 몸에 십자 지퍼를 달았다. 십자 가를 꿰맸다.

사내는 염소의 심장께를 두 손으로 힘차게 누른다. 누르고 두드리고 때린다. 염소는 꿈쩍도 않는다. 다시 심장께를 누르고 두드리고 때린다. 미친 듯 누르고 두드리고 때린다. 하느님, 염소를 돌려주면, 염소의 심장을 돌려주면 당신을 믿겠습니다. 아아, 하느님. 주사위를 던지기 전에는, 목숨 걸고 주사위를 던지기 전에는 염소를 데려갈 수 없습니다. 염병할! 염병할! 아, 염병할 염소의 염병할 심장이 뛰지 않아요, 염병할 하느님.

염소가 죽었다.

위가 뒤집힌다. 구역질난다. 토한다. 위가, 식도가 입 밖으로 쏟아져나올 것 같다. 신물이 입가에 줄줄 흘러내린다. 사내는 털썩 무릎 꿇는다. 염소의 손이 눈에 들어온다. 뭔가를 움켜쥐고 있는 손이다. 염소의 새끼손가락을 잡아당긴다. 나사못으로 조인 것처럼 옴짝달싹 않는다. 범퍼에 한 발을 올리고 온 힘을 모아 손가락을 잡아당긴다. 손가락이 조금씩 움직인다. 새끼손가락 하나 펴는 것만으로도 온몸이 땀에 젖는다. 잠시 숨을 돌리고 약지를 편다. 또다시 숨을 돌린 뒤 중지를 편다. 손바닥에 희끗한 게 보인다. 주사위다. 동생의 주사위다.

사내는 다시 주저앉는다. 염소의 발바닥이 시멘트를 빚어 만든 것처럼 딱딱해 보인다. 평생 선 채 잔 발 같다. 염소는 언제부터 사냥개들에게 쫓겼을까? 동대문에서도 사냥개들을 피해 달아난 걸까? 의정부에서도? 신발도 벗지 않은 채 자던 모습이 어른거린다. 아주 오래

전부터 쫓겼을 것 같다. 그러니까, 어쩌면, KTX가 생기기 전부터.

지독한 놈들! 콩팥부터 금이빨까지 돈 될 만한 것은 다 빼갔더라고
요.
경찰이 고개를 절레절레 흔들며 말한다.
연고자는 아직 못 찾았습니까?
어제 딸과 겨우 연락이 닿긴 했는데……
사내는 경찰이 말을 잇기를 기다린다.
시신 인수를 포기했습니다.
다른 가족은요?
딸이 유일한 가족입니다.
그럼, 시신은 어떻게 되는 겁니까?
무연고 시신은 해부 실습실이나……
거시기, 제가 수습해도 되겠습니까?
뭔가에 쫓기듯 내뱉은 말에 사내는 화들짝 놀란다.
경찰은 사내에게 서류를 내밀고 채워야 할 빈칸을 하나하나 짚어준
다. 괜한 소리를 했나 싶지만 이제는 주워담을 수 없다. 사내는 이름
과 주민번호와 주소를 적는다. 사망자와의 관계 앞에서 머뭇거린다.
망설임 끝에 빈칸을 채운다. 첫 획이 희미하지만 개의치 않고 마저 쓴
다. 진구. 사내는 자신이 쓴 글자를 물끄러미 바라본다.
그런데 거시기……
사내가 서류를 넘기며 입을 뗀다.
뭐, 도와드릴 일이라도 있습니까?

택시기사 연락처를 알 수 있을까요?

사고를 낸 택시기사요?

네, 장례 소식은 알려야 할 것 같아서요.

아, 네. 잠깐만요.

경찰은 사건 파일을 뒤져 사내가 원하는 것을 찾아준다.

사내는 차로 돌아간다. 아이는 라디오 속 야구에 빠져 있다. 호랑이는 잠실에서 곰을 상대하고 있다.

잠실야구장에 가.

아이가 라디오에게 말한다.

그래.

사내가 맥없이 중얼거린다.

사내는 여관방에 들어오자마자 텔레비전 야구를 켜고 전화로 화장터를 물색한다. 큰 화장터부터 알아본다. 서울과 이곳의 화장터는 다음주 초까지 만원이다. 염소가 마지막으로 숨어 있던 도시의 화장터에서 겨우 불씨를 확보한다.

다음날, 사내는 근처 맥도널드에서 아침을 먹고 지도를 따라 북쪽으로 달린다. 건널목을 건너 위로 올라간다. 신월동의 도로 표지판에 국립과학수사연구원이 나타난다. 표지판의 안내를 받아 국립과학수사연구원에 당도한다. 입구의 경비원에게 경찰서에서 받은 서류를 보여준다. 경비원이 어디론가 연락을 취하더니 본관 앞에서 대기하라고 한다. 사내는 차를 본관 앞에 대고 기다린다.

십 분쯤 뒤 젊은 남자가 염소의 시신을 얹은 이동식 침대를 밀고 나온다. 사내는 방수포의 지퍼를 내리고 시신을 확인한다. 염소가 맞다. 염소를 봉고의 짐칸에 싣고 출발한다. 화장터로 가기 위해 120번 고속도로에 올라탄다.

첫번째 인터체인지에서 고속도로를 버리고 남쪽으로 내려간다. 도시의 아래쪽으로 내려간다. 일요일의 거리는 한산하다. 초등학교 앞이라 속도를 줄인다. 아이 또래의 남자애가 미친 듯 자전거 페달을 밟아 봉고를 따라온다. 운구차를 밀어붙인다. 땀이라는 생명의 진주를 장딴지에 빚어내며 죽음을 따라잡는다. 결국 추월한다. 유후! 잔인한 승리의 포효를 내지르며 골목으로 휙 뛰어든다.

저멀리 가파른 녹색 비탈이 보인다. 도시를 굽어보는 산이다. 산자락을 에둘러 간다. 산의 뒷면은 완만하고 넓다. 숲과 잔디밭이 번갈아 펼쳐지는 공원이다. 아치 모양의 북문을 통과해 녹색 안식처로 들어간다. 사람들이 많다. 파란 잔디 곳곳에서 돗자리의 은박이 번쩍인다. 은박 돗자리 위에서 김밥을 먹고 잠을 자고 자다 깨서 칭얼거리고 칭얼거리는 애를 달랜다. 파란 잔디밭에서는 배드민턴을 치고 공을 찬다.

도시락을 까먹는 모녀를 쳐다보는 아이의 눈이 가늘어진다. 배드민턴을 치는 부자를 바라보는 아이의 입이 튀어나온다. 사내의 눈에는 젊은 아빠들만 보인다. 젊은 아빠들의 젊음만 보인다. 사내의 아버지가 그랬듯 사내는 늙은 아빠다. 늙은 아빠라서 미안한 아빠다.

오늘은 야구장에 가자.

늙은 아빠지만 약속은 지키고 싶다. 약속은 나이를 먹지 않는다.

아이는 대꾸가 없다.

화장 시설은 공원의 맨 아래, 남문 바로 위에 자리잡고 있다. 쇠기둥과 유리로 지어올린 구조물은 체육관처럼 보인다. 실제로 옆에는 체육관이 들어서 있다. 사내는 화장 시설 입구에 차를 댄다. 차에서 내려 화장 시설로 들어간다. 최소한의 쇠기둥과 최대한의 유리로 끌어 모은 최대한의 빛. 내부도 진짜 체육관 같다.

사내는 시설 직원에게 운구를 부탁한다. 직원이 이동식 침대를 밀고 나와 염소를 싣고 간다.

사내는 차를 주차장에 댄다.

같이 갈래?

아이는 시무룩하다. 사내는 자전거를 타고 봉고를 따라잡던 꼬마를 떠올린다. 아이에게는 그런 맹렬한 생명력이 없다. 아이의 생명의 심지는 불꽃 한 줌 피워올리지 못한다. 젖은 성냥처럼 안쓰럽다.

어디 가지 말고 불펜에서 기다려.

아이는 역시 대꾸가 없다.

사내는 화장 시설로 들어간다. 저쪽 불가마 앞에서 목사가 까맣게 잘 차려입은 사람들을 모아놓고 설교한다.

원수를 사랑하십시오. 하나님께서는 선인에게나 악인에게나 당신의 해가 떠오르게 하시고 의로운 이에게나 불의한 이에게나 비를 내려주십니다. 우리가 사랑하는 이들만 사랑한다면 무슨 상을 기대할 수 있겠습니까? 예수님께서 말씀하셨습니다. 너희는 좁은 문으로 들어가라. 멸망으로 이끄는 문은 넓고 길은 널찍하여 들어가는 자 많지만 생명으로 이끄는 문은 좁고 길은 비좁아 찾아드는 이 적다. 저 문은 멸망의 길이 아니라 생명의 문이니 형제님은 하나님의 나라에서 영원한 생명을 얻을 것입니다. 우리 함께 기도합시다.

까만 사람들이 입을 모아 기도한다.

하늘에 계신 아버지, 아버지의 이름을 거룩히 드러내시며 아버지의 나라가 오게 하시며 아버지의 뜻이 하늘에서와 같이 땅에서도 이루어지게 하소서. 오늘 저희에게 일용할 양식을 주시고 저희에게 잘못한 이를 저희가 용서하였듯이 저희 잘못을 용서하시고 저희를 시험에 빠지지 않게 하시고 저희를 악에서 구하소서. 아멘.

사내는 까만 사람들의 기도를 등진다. 악인에게나 선인에게나 해를 주고 의로운 이에게나 불의한 이에게나 비를 내리는 아버지께는 볼일이 없다. 대신 남쪽 붉은 땅에 선 채 묻혀 있는 아버지를 떠올린다. 우주를 심장에 품고 있었으나 꽃 한 송이 피우지 못하고 먼지로 돌아간 동생을 생각한다. 사내의 눈이 불타고 귀가 얼어붙는다. 얼어붙은 귀에 아브라함의 목소리가 메아리친다. 사내는 아브라함의 목소리로 기도한다. 의인을 죄인과 함께 죽이시어 의인이나 죄인이나 똑같이 되게 하시는 일은 당신께 어울리지 않습니다. 온 세상의 심판자께서는 정의를 실현하셔야 하지 않겠습니까? 부디 불의를 심판하시어 저희를 악에서 구하소서. 칼과 주사위와 청산가리의 이름으로 아멘.

하느님의 말씀을 나누어 가진 까만 사람들이 교회를 나서는 걸음으로 화장 시설을 빠져나간다. 그리고 보니 여기는 염소가 다니던 교회를 닮았다.

사내의 이마에 비친 경고등이 깜박이고 불가마의 문이 열린다. 염소가 불바다로 천천히 흘러들어간다. 사내는 주사위를 염소의 관 위에 올려놓는다. 주사위가 요단강을 건넌다.

두 시간 뒤 염소가 나무 상자에 담겨나온다. 염소를 어떻게 할 것인 가? 주사위를 삼킨 염소를 어쩌할 것인가? 염소를 받아든 사내는 밖을 바라본다. 저멀리 은박이 점점이 찍힌 파란 융단 위에서 김밥과 배드민턴으로 번식하고 번영하는 생명들을 바라본다. 새끼를 먹이는 젊은 엄마들은 은색 너럭바위에 낀 이끼 같고, 셔틀콕을 주으러 가는 젊은 아빠들은 뿌리 뽑힌 나무 같다. 젊지만 무기물이다. 젊은 무기물이다. 새끼들에게 칼슘을 내주고 진흙으로 돌아가고 있다. 이미 자연의 일부다. 새끼들은 어미 아비의 칼슘을 뽑아먹고 단단해진 장딴지로 애먼 운구차를 추월한다. 냉혹하게 추월하고 잔인하게 쾌재를 부른다.

사내는 피크닉을 간 적이 없다. 아버지의 아들로서든, 아들의 아버지로서든 한 번도 없다. 염소는 피크닉을 간 적이 있을까? 아들로서든 아버지로서든? 염소도 누군가의 아들이자 아버지였다는 당연한 사실에 사내는 흠칫한다. 유일한 혈육인 딸이 시신을 포기했다는 말이 새삼 귀를 때린다. 염소는 어떤 아버지, 어떤 칼슘이었을까? 어쩐지 염소도 피크닉을 간 적이 없을 것 같다. 염소도 아버지답지 않은 아버지, 칼슘답지 않은 칼슘이었을 거라는 생각에 사내는 또 한번 흠칫한다.

염소를 안고 봉고로 돌아간다. 아이가 차에 없다. 염소를 짐칸에 넣고 허둥지둥 아이를 찾아나선다. 공원을 샅샅이 뒤진다. 김밥 안에도 없다. 매점 아이스크림 냉장고에도 없다. 스포츠, 레저용품점에 진열된 배드민턴 라켓에도 없다. 화장실 수도꼭지에도 없다. 염병할 연못 잉어 입속에도 없다. 빌어먹을 개미굴에도 없다.

문득 군산에서의 밤이 떠오른다. 아이에게 뭐라고 했지? 불펜에서 기다리라고 했던 것 같다. 불펜으로 갔을까? 야구장으로? 잠실야구장? 조르다 지쳐서 혼자? 미친 생각이 날뛴다. 미친 생각을 멈출 수 없다.

저멀리 빨간 야구모자가 보인다. 토끼다. 아이가 손바닥을 들여다보며 터벅터벅 걸어오고 있다.

진구야!

사내가 소리친다. 손바닥만 들여다보는 멍청한 걸음걸이가 화나고 반갑다.

아이가 고개를 든다.

아빠.

아이의 무표정한 얼굴이 사내를 바라본다. 그것도 잠시 다시 손바닥으로 고개를 떨어뜨린다. 손바닥에는 나침반이 있다.

불펜에서 기다리라고 했잖아.

사내는 화를 삭이며 말한다. 화를 내면 아이를 영원히 잃어버릴 것 같다.

호랑나비가 날아왔어. 꼼짝도 안 했어. 한쪽 날개 끝이 뜯겨졌어. 진구는 안 다쳤지만 꼼짝 안 했어. 안 다친 진구가 꼼짝 안 하니까 다친 호랑나비는 계속 다친 호랑나비였어. 진구가 차에서 내리니까 호랑나비도 다시 날았어. 진구가 따라가니까 호랑나비가 계속 날았어. 진구가 달리니까 호랑나비도 하늘을 달렸어. 호랑호랑 날아갔어.

아이는 미친 말을 미친 듯 쏟아낸다. 칼슘이 부족한 말, 칼슘이 부족해서 부실한 말이다. 사내는 정신을 가다듬는다. 칼슘을 어디에

됐더라. 두개골을 가득 채운 진흙 덩어리에서 야구라는 칼슘을 찾아
낸다.

아빠가 얼마나 찾았는지 알아? 혼자 야구장에 간 줄 알았잖아?

잠실야구장 아빠랑 가.

사내는 긴장이 풀린다. 맥이 풀린다. 무릎이 풀린다. 칼슘이 풀린
다. 진짜로 아이를 되찾은 기분이다. 사내는 쭈그려앉는다. 아이의 손
바닥에 올려진 나침반을 들여다본다. 삶의 지침을 찾으려는 사람처럼
바늘을 주시한다. 바늘이 파르르 떤다.

아빠.

……

미안.

사내는 깜짝 놀란다. 귀를 의심한다.

뭐라고?

미안.

뭐가 미안해?

윤아름 선생님이 상대방 눈자위가 빨개지면 미안하다고 하랬어.

사내는 아이의 눈을 바라본다. 이번에는 아이가 나침반을 내려다본
다. 사내의 눈과 아이의 눈이 숨바꼭질한다.

사내는 목이 멘다. 낯선 사람들에게는 수백 번도 더 들려줬지만 가
족에게는 한 번도 들려주지 않은 말을 아이한테서 들었다. 마음이 아
니라 용기가 없어서 들려주지 못한 말을 아이한테서 들었다.

괜찮아. 괜찮아, 진구야.

아버지한테서 들어보지 못한 말을 사내는 아들에게 난생처음 들려

준다. 무조건적인 칼슘을 한 줌 내준다. 아이는 여전히 나침반을 들여다보고 있다.

그런데 나침반은 왜 들고 있어?

아빠 차 남문 앞에 있어. 파란 바늘 끝 따라가면 아빠 차야.

그렇구나.

사내는 아이의 머리를 쓰다듬으려다 멈칫한다. 아이가 싫어한다. 사내는 아이가 싫어하는 게 싫다. 사내는 손을 거두고 일어선다. 배드민턴을 지나, 김밥을 지나 차로 향한다. 아이가 김밥을 쳐다본다.

김밥 사먹을까?

계란말이김밥.

김밥집에서 계란말이김밥을 산다. 매점에서 삶은 계란, 바나나우유, 사이다, 은박 돗자리도 산다. 아이와 피크닉을 간다. 난생처음 은박 피크닉을 간다. 사과나무 아래 은박 돗자리를 깐다. 삶은 계란부터 먹는다. 사내는 흰자만 벗겨먹고 노른자는 아이에게 준다. 사내는 사이다를, 아이는 바나나우유를 마신다.

저만치 떨어진 아이 또래의 꼬맹이가 이쪽에 쭈그려앉은 젊은 아빠를 향해 공을 던진다. 공이 이쪽으로 굴러온다. 새하얀 가죽이 빨간 이를 가지런히 드러내며 싱긋 웃고 있는 진짜 야구공이다. 아이가 야구공을 줍는다. 야구공을 요리조리 뜯어보며 연구한다.

꼬마야, 이리 던져.

쭈그려앉은 어른이 아이를 향해 말한다. 아이가 연구를 중단하고 사내를 쳐다본다. 불펜의 코치를 쳐다본다. 사내는 고개를 끄덕인다. 아이가 공을 쥐고 일어선다. 두 팔을 바짝 들어올려 원심력을 만든다.

한쪽 다리를 들어올렸다 앞으로 차면서 장전된 원심력을 발사한다. 야구공이 날아간다. 하얀 야구공이 파란 하늘 속으로 빨갛게 빙글거리며 날아간다.

스트라이크.

사내가 마음속으로 소리친다. 스트라이크라는 판결의 뿌듯한 물결이 가슴속에 메아리친다.

야구공 사줄까?

사내가 기쁨의 메아리에 화답한다.

야구장.

야구장을 어떻게 사줘?

잠실야구장.

사내는 그제야 아이의 말뜻을 알아차린다. 손목시계를 확인한다. 이제 막 다섯시가 지나갔다. 서두르면 경기 시작 전에 도착할 수 있다.

늦은 건 아냐.

주말에는 다섯시.

사내의 얼굴이 굳어진다. 또 깜박했다. 늙은 아빠라서 깜박깜박한다. 오늘은 일요일이니 삼 연전의 마지막 시합이다. 늙은 아빠지만, 늙어서 깜박깜박하는 아빠지만 오늘만큼은 아이와의 약속을 지키고 싶다. 오늘만큼은 더이상 미안하고 싶지 않다.

어서 가자.

사내는 잔디밭에 펼쳐놓은 어설픈 피크닉 흉내를 서둘러 거두고 차로 달려간다.

공원을 떠난 지 한 시간이 지나서야 120번 고속도로에서 빠져나온다. 몇 회일까? 사내는 라디오를 켜고 잠실의 야구를 찾는다. 라디오는 횡설수설하더니 가래 끓는 소리만 들려준다. 머리통을 얻어맞은 뒤에는 아예 입을 다물어버린다.

6번 도로는 가다 서다 간다. 강 건너 46번 도로는 잘 달리는 것 같다. 양화대교를 건넜어야 했다. 강을 건너려고 여의도에 발을 들였다가 미로에 갇힌다. 일방통행이라는 덫이, 막다른 길이라는 지뢰가 곳곳에 도사리고 있다. 지나간 곳으로 돌아온다. 결국 아이의 나침반에게 도움을 청한다. 나침반의 지시에 따라 북쪽으로 올라간다. 원효대교를 건너 여의도라는 미로에서 탈출한다. 기쁨은 잠시, 46번 도로도 절뚝거린다. 한 우물을 팠어야 했다. 동작대교를 건너 본래의 우물로 돌아간다. 우물이 다시 마른다. 6번 도로가 다시 절뚝거린다. 강 건너가 더 빨라 보인다. 한남대교를 건넌다.

강이 자꾸 따라와.

아이의 외침이 사내의 뒤통수를 후려친다. 추적을 따돌리려는 것처럼 지그재그로 가고 있다. 자꾸만 백미러를 흘깃거리고 있다. 뭔가가 쫓아오는 것 같은 기분에 쫓기고 있다. 기척도 없이 쫓아오는 불안에 휘둘리지 않기 위해 버틴다. 동호대교, 성수대교, 영동대교를 이 악물고 버틴다.

잠실야구장.

아이가 소리친다.

너무 버티다 잠실대교를 지나쳤다. 강 건너 잠실야구장이 조명탑에 불을 붙이며 날아간다. 올림픽대교를 건너 야구장이라는 비행접시를 추격한다. 6번 도로를 잡아타고 쫓는다.

비행접시를 따라잡자마자 매표소로 달려간다. 매표소에도, 입구에도 사람이 없다. 아이와의 약속만 아니면 발길을 돌렸을 테지만 그냥 들어간다. 비행접시에 무임승차한다. 아이는 휘둥그런 눈으로 주위를 둘러본다. 잠실야구장은 사내도 처음이다. 아이와 야구장에 오게 되리라고는 꿈속에서도 꿈꾸지 못했다. 꿈만 같다. 꿈속의 꿈만 같다.

몇 회일까? 경사진 통로를 오르는 사내의 걸음이 분주해진다. 평소에는 곤충 박사의 얼굴로 발치만 두리번거리던 아이도 부지런히 걷는다. 언제나처럼 무표정하지만 상기된 것 같기도 하다. 함성이 들린다. 야구는 끝나지 않았다. 어쩌면 끝났다는 뜻일지도 모른다. 더 다급해진다. 맨 먼저 나타난 출입구로 뛰어든다. 빛의 소용돌이에 휩쓸린다. 비행접시에 납치되었다고 주장하는 사람들은 엄청난 빛에 대해 입 모아 얘기한다더니. 여기는 빛의 도가니, 빛의 콜로세움이다. 주변의 풍경이 차츰 윤곽선을 얻는다. 빨간 선수들이 수비를 하고 있다. 사내는 전광판을 확인한다. 7회 말이고 곰에게 한 점 내준 호랑이는 여태 한 점도 못 얻었다.

딱 소리와 함께 흰 막대풍선들이 벌떡 일어난다. 흰 막대풍선들이 춤추고 노래한다. 3루 쪽 노란 막대풍선들은 시무룩하다. 전광판을 건너 3루 쪽 외야석에 자리잡는다. 그새 공수가 바뀌었다.

전광판이 안 보여.

아이가 모로 서 있는 전광판에게 말한다.

내야에는 자리가 없는데.

전광판이 안 보여.

아이의 목소리가 불안하게 떨린다.

전광판이 꼭 있어야겠어?

전광판이 안 보여.

아이는 안절부절못한다.

저쪽에도 있잖아.

사내가 본부석 위쪽에 설치된 간이 전광판을 가리키며 말한다.

선수들이 없어.

아이가 간이 전광판을 노려보며 소리친다.

아이의 말대로 간이 전광판에는 선수들의 이름이 없다. 스코어만
있다. 주변 사람들이 일제히 이쪽을 쳐다본다. 사내는 마지못해 자리
에서 일어선다. 전광판을 얻기 위해 의자를 포기하고 내야 쪽 통로 계
단에 앉는다.

사내는 진짜 야구를 느낀다. 조명탑에 알알이 박힌 에디슨의 해, 인
공 태양 아래 눈부시게 반짝이는 파란 잔디, 파란 다이아몬드를 깎고
다듬는 기민한 움직임들, 마운드 위로 켜켜이 쌓이는 태초의 정적, 투
수의 다리가 정적 더미를 박찰 때마다 새로 태어나는 백색 왜성, 빨갛
게 싱글거리는 초신성의 궤도에 달라붙는 관중들의 함성과 탄식. 와
글와글, 들썩들썩, 여기는 별세상이다. 별나라다. 별나라의 야구다.
깨끗해지고 순수해지는 느낌, 강력한 세제로 뼈마디의 얼룩을 씻어내
는 기분이다. 아이는 전광판을 뚫어지게 쳐다본다. 야구라는 지구인
들의 기이한 놀이를 관찰하고 분석하고 연구하는 외계인의 얼굴이다.

8회 초에도 호랑이는 점수를 내지 못한다. 전광판에 영이 늘어난
다. 스코어보드는 하나뿐인 일을 빼면 모두 영이다. 다른 숫자는 없

246

다. 아이의 일기장 같다. 아이의 일기장 속 야구 같다. 선수들 이름 앞에는 수비 위치를 알려주는 숫자가 불을 밝히고 있다. 야구는 모든 상황을 숫자로 표기할 수 있다. 어쩌면 아이는 이진법을 쓰는 별나라에 야구를 중계했는지도 모른다.

8회 말 수비, 두 명의 타자를 잡아낸 뒤 안타와 볼넷을 거푸 내줘 만루 위기에 몰린다. 딱. 공이 2루수의 글러브에 눈 깜짝할 새 빨려들어간다. 사내는 가슴을 쓸어내린다. 9회는 차마 볼 수 없다.

화장실 다녀올 테니까 꼼짝 말고 있어.

아이는 전광판만 뚫어져라 쳐다보고 있다.

사내는 야구 밖으로 나간다.

화장실에서 나온 사내는 야구에게 돌아가지 않는다. 통로를 배회하고 기념품점을 기웃거린다. 야구공을 산다. 야구공을 쥐고 있으니 야구의 핵심을, 야구라는 기이한 별의 심장을 움켜쥐고 있는 것 같다. 천둥 같은 함성이 들린다. 사내는 자석에 끌리듯 출입구로 다가간다. 호랑이 한 마리가 홈으로 뛰어든다. 세이프. 기어이 동점을 만든다. 1루에 나간 주자는 불러들이지 못하고 공격권을 내준다.

사내는 출입구에서 옴짝달싹 못한다. 야구 안으로 들어가지도, 야구 밖으로 나가지도 못한 채 9회 말을 엉거주춤 지켜본다. 가슴을 졸이며 본다. 패하면 자기 때문일 것 같다. 마지막 공격에서 극적으로 동점을 만든 것은 자신이 안 봤기 때문이라는 확신만큼이나 의심의 여지가 없다. 마지막 타자를 잡아낸 뒤에야 사내는 야구에게, 야구를 연구하는 아이에게 돌아간다.

연장전도 영만 추가한다. 결정적 한 방이 터지지 않는다. 야구는 마무리할 타이밍을 놓쳐버린 연설처럼 늘어진다. 자리를 뜨는 관중도 있다. 호랑이는 마지막 공격에서도 점수를 못 낸 채 마지막 수비를 한다. 선두 타자에게 볼넷을 내준다. 희생번트로 1루 주자가 2루까지 간다. 대타가 들어선다. 대타는 3루수 땅볼로 물러나고 2루 주자는 발이 묶인다. 다음 타자가 때린 공이 투수 옆을 스치고 중견수 앞으로 굴러간다. 2루 주자는 3루를 돌아 홈으로 달리고 중견수는 포수에게 송구한다. 주자의 발과 포수의 미트가 아슬아슬한 사선 위에서 춤춘다. 노랗게 피어오르는 흙먼지, 하얗게 피어오르는 석회가루. 아웃. 탄식과 함성이 교차한다. 경기는 무승부로 끝난다.

관중들은 분주한 월요일 아침을 향해 잰걸음으로 빠져나간다. 아이는 나갈 생각을 하지 않는다. 텅 빈 그라운드를, 홈 플레이트 쪽을 물끄러미 바라본다. 홈 플레이트를 연구중이다. 사내도 꼼짝 않는다. 어차피 서둘러 가야 할 곳도, 잰걸음으로 맞으러 갈 월요일 아침도 없다.

집에 가.

아이가 홈 플레이트 쪽을 쳐다보며 중얼거린다.

뭐?

집에 돌아가.

아이가 홈 플레이트에게 또박또박 말한다.

지금?

집에 돌아가.

조명등이 하나둘 꺼진다. 하얗게 빛나던 홈 플레이트가 일요일 밤의 어둠 속으로 녹아든다. 순간, 사내의 두개골 아래에 고인 어둠이 번쩍 밝아온다. 빛나던 홈 플레이트가 머릿속에 들어앉는다. 희미해진 파울라인이, 집으로 돌아가는 길이 부챗살처럼 펼쳐진다. 머릿속에 펼쳐진 새하얀 길이 사내의 눈초리를 팽팽하게 잡아당겨 놀란 표정을 만들어낸다. 사내는 방금 머릿속에 떠오른 생각에, 아이가 들춘 야구의 진실에 부르르 몸을 떤다.

그래, 오늘은 늦었으니 내일 가자. 월요일은 이동 일이니까 내일 가자.

월요일은 이동 일.

아이의 입가에 만족의 주름이 몰려든다.

오늘밤은?

아이는 에디슨 못지않은 발명왕. 걱정거리가 사라지기 무섭게 새 걱정거리를 발명한다.

캠핑하자.

어디에서?

사내는 아이에게 야구공이라는 답을 건넨다. 아이는 눈을 반짝이며 사내의 답을 이리저리 돌려본다. 야구공을 분석한다.

일, 이, 삼, 사, 오……

아이가 속사포처럼 숫자를 세기 시작한다. 야구공의 빨간 치아를 세기 시작한다.

……백, 일, 이, 삼, 사, 오, 육, 칠, 팔.

야구공의 실밥은 백팔 개다. 사내도 처음 알았다.

백팔.

사내는 아이가 밝혀낸 야구공의 비밀을 중얼거린다.

사내는 아이를 데리고 차로 돌아가 야구장의 불이 모두 꺼질 때까지 기다린다. 야구장이 완전히 여름밤의 일부가 되자 사내는 짐칸을 열고 거미집과 은박 돗자리를 꺼낸다. 염소의 상자도 꺼낸다. 아이는 스파이더맨 가방을 챙긴다. 아이의 손전등을 앞세우고 야구장의 어둠을 향해 걸어간다. 내야석 끝에서 야구장으로 내려간다. 야구장은 밤의 양탄자처럼 푹신하고 고즈넉하다. 아이는 눈밭을 걷는 것처럼 한 발 한 발 꾹꾹 내딛는다. 사내는 내야를 지나 홈 플레이트 쪽으로 간다.

여기에서 캠핑해?

아이의 물음에 사내는 고개를 끄덕이고 홈 플레이트 위에 거미집을 세운다. 거미집 앞에 은박 돗자리를 깐다. 아이는 손전등을 앞장세우고 거미집의 어둠 속으로 쏙 들어간다.

진구야. 아빠 좀 도와줘.

아이가 손전등과 호기심을 거미집 밖으로 내민다.

파울라인이 희미해져서 다시 그려야 해.

파울라인을 다시 긋는 모험에 아이는 기꺼이 동참한다. 파울라인을, 주루 선을, 집으로 돌아가는 길을 다시 긋는다는 즐거움에 손전등을 앞장세우고 깡충거리며 1루로 향한다. 사내는 희미해진 석회가루 위에 염소를 조금씩 뿌린다. 3루를 돌아 홈으로 간다.

아이는 거미집 밑에 눕고 사내는 은박 돗자리 위에 눕는다. 머리맡에 아이의 숨소리와 곤충 부대의 경계심이 느껴진다. 별이 나타난다. 별을 품은 하늘이 나타난다.

아빠.

아이의 목소리가 가까운 하늘에서 내려오는 것 같다.

왜?

할머니는 어디에서 자?

아이는 그새 새 걱정거리를 발명했다.

집에서.

누구 집?

할머니가 이 세상에 오기 전에 살던 집.

이 세상에 오기 전?

그래.

집으로 돌아갔어?

그래.

할머니 홈런 쳤어?

그래.

우리도 내일 집에 돌아가.

그래.

아이는 입을 다문다.

사내도 입을 다문다. 입을 다물고 마음속으로 야구의 진실을 중얼거린다. 그래. 집에 가자. 무사히, 살아서 집에 돌아가자. 사내는 무심코 양복 상의 안주머니에 손을 집어넣는다. 칼과 청산가리는 그대로 있다. 쪽지를 꺼내 펼친다. 염소의 마지막 주소에는 빨간 펜으로 가위표가 쳐져 있고 낯선 숫자가 적혀 있다. 염소를 친 택시기사의 휴대폰 번호다. 사내는 어둠 속에 숨은 숫자를 가만히 노려본다.

작가의 말

야구란 무엇인가.

누군가에게는 밥이고 누군가에게는 법일 수 있다.

누군가에게는 불이고 누군가에게는 물일 수 있다.

누군가에게는 혼이고 누군가에게는 한일 수 있다.

누군가에게는 집이고 누군가에게는 길일 수 있다.

여기 집을 떠나 낯선 길 위에 선 아버지와 아들이 있다.

아버지에게는 해야 할 일이 하나 있고 아들에게는 해서는 안 될 일이 많다.

아버지의 품에는 칼이 아들의 품에는 나침반이 있다.

칼을 품은 아버지와 나침반을 품은 아들이 함께 야구를 본다.

칼을 품은 아버지에게 야구란 무엇이고 나침반을 품은 아들에게 야
구란 무엇인가.

그리하여 당신에게 야구란 무엇인가.

그러나 이것은 야구에 관한 소설이 아니다.

2013년 여름

김경욱

문학동네 장편소설
야구란 무엇인가
ⓒ 김경욱 2013

1판 1쇄 2013년 7월 16일
1판 2쇄 2013년 8월 5일

지은이 김경욱
펴낸이 강병선
책임편집 황예인 | 편집 김내리 백다흠
디자인 김선미 유현아
마케팅 신정민 서유경 정소영 강병주 | 온라인마케팅 김희숙 김상만 이원주 한수진
제작 서동관 김애진 김동욱 임현식 | 제작처 영신사

펴낸곳 (주)문학동네
출판등록 1993년 10월 22일 제406-2003-000045호
주소 413-120 경기도 파주시 회동길 210
전자우편 editor@munhak.com | 대표전화 031) 955-8888 | 팩스 031) 955-8855
문의전화 031) 955-8890(마케팅) 031) 955-8864(편집)
문학동네카페 http://cafe.naver.com/mhdn

ISBN 978-89-546-2204-2 03810

www.munhak.com